一 个 人 ， 遇 见 一 本 书

TopBook
饕书客

头上花枝照酒卮

王这么 著

宋词与宋人的心灵胜境

陕西新华出版传媒集团
陕西人民出版社

图书在版编目（CIP）数据

头上花枝照酒卮：宋词与宋人的心灵胜境 / 王这么著. -- 西安：陕西人民出版社，2021.7
ISBN 978-7-224-14198-6

Ⅰ. ①头… Ⅱ. ①王… Ⅲ. ①宋词—鉴赏②文化史—中国—宋代 Ⅳ. ① I207.23 ② K244.03

中国版本图书馆 CIP 数据核字 (2021) 第 113770 号

出 品 人：赵小峰
总 策 划：刘景巍
出版统筹：关宁 韩琳
策划编辑：王凌 晏藜
责任编辑：王倩 张启阳
整体设计：哲峰 翟竞

TopBook 鼕书客

头上花枝照酒卮：宋词与宋人的心灵胜境

作　　者　王这么
出版发行　陕西新华出版传媒集团　陕西人民出版社
　　　　　（西安市北大街 147 号　邮编：710003）
印　　刷　陕西金和印务有限公司
开　　本　787 毫米 ×1092 毫米　1/16
印　　张　19.5
字　　数　223 千字
版　　次　2021 年 7 月第 1 版
印　　次　2021 年 7 月第 1 次印刷
书　　号　ISBN 978-7-224-14198-6
定　　价　78.00 元

前言

PREFACE

一生中你到底会看到几次满月升起

二零二一年伊始，听到了喜爱的作曲家坂本龙一再次患癌的消息。两年前，坐在电影院里看关于他的纪录片。大屏幕上，已是极其清癯的他，念诵了一段合作过电影中的台词：

“我们经常将生命当作是一个永不枯竭的井。

然而所有事物只会发生有限的次数，也许只有一两次。

你能记住多少次童年中某个特定的下午？那种已经成为你生命一部分的下午，甚至没有它你会无法想象自己的人生。

也许最多也就四五次吧，或许更少。

一生中你到底会看到几次满月升起？”

一生中你到底会看到几次满月升起？我还记得幼年时对夜空中那一轮满月的印象，奇异的、神秘的、无边无际的皎洁，望着它，人像是在睁着眼睛做梦。后来，在不同的年龄，在不同的地方，每当抬头看见天空的满月，我都会认真地注视着它，就像第一次看到它时那样。

“人生代代无穷已，江月年年只相似。”人事代谢，往来古今，月亮还是那一轮，人的情感也还是那些，喜怒哀乐痴恋怨嗔，任何年代也不会改变。古人步于月下，怀着他们的心事，吟咏出的那些传世诗篇，就像收纳着当时月色的宝盒，深藏在汉语的汪洋里，等待着一个被捞起、打开的契机。

距第一次出版关于宋词解读的作品，已经十年过去了。这十年世界变化巨大，我也从青年迈入了中年，尝到了更丰盛复杂的人生滋味，心绪难言。很幸运，十年前的文字，蒙出版社厚爱，获得了修订再版的机会。说是修订，其实是进行了大篇幅的增改，几近重新创作。这也在意料之中，同一个人在其人生的不同阶段，凝望空中同样的满月，心中的感触不可能没有变化。经典的宋词作品，当然是常读常新的。

这新，不仅关于作品，也是关于作者的。抚摩着这些熟悉的名字，我现在更想了解的，是在青史和文学史之外，作为个体的人而存在的他们。在纷繁无常的人世里，内心充满文艺性敏感的他们如何自处，如何平衡肉身与灵魂？他们又是怎样应对人生中那些不可避免将要到来的事物——“比如亮起来的黎明，比如暗下去的黄昏，比如宿命的邂逅，比如预知的离别，比如摧枯拉朽的爱情……比如生，比如死”？而我也慢慢察觉到，宋词作为一种时代性文学体裁，它的独特性正在于此，它正适宜于人们表达生命中的这些不可避免和难以言喻。

人的一生，实际上看不了几回满月升空。个体的生命体验是单薄的，幸好还有文学，幸好还有经典。所以，展开书页，我再次打开那一个个的月光宝盒。

以上，是一个尽量简短的前言，作为写作者，该说的话已经都在自己的书里了。关于拙作，这里还有两点可能多余的说明：

一、两宋词坛，大家、名家太多，而一本书的容量太小，更多的词人和他们的作品，只能放在下一本书中出场了。

二、外一篇《他们的光荣与梦想》，是在宋词和词人的系列写作中，最早写出来的一篇。当年驱动着我下笔的，是宋代士人那浓烈的家国情怀。时光流逝，这份内心的震动与感佩未变。这篇文字，除了标题，我基本上未做大的改动。和全书其他各篇章相比，风格差异明显。放在书末，聊以纪念初心。

二零二一年五月十日 记

目录

CONTENTS

柳永的光荣与失败

也许老天给他的安排就是一个词人，教他为这时代而来，为这时代而歌。

倾国倾城一首词

词人柳永万万没想到，他的一首词，居然在历史上起到了“祸国红颜”的作用。

金国名将完颜宗弼，读了柳永描述钱塘繁华的名作《望海潮》之后，掷卷兴叹，誓要夺取宋室大好河山。北宋因此而亡。

南宋被打得落花流水，偏安一隅，这笔账也得算上。南宋罗大经《鹤林玉露》说，当时金国皇帝完颜亮“欣然有慕于‘三秋桂子，十里荷花’，遂起投鞭渡江之志”。

一个国家灭亡，不能怪到女人身上，宋的灭亡，也别有历史原因。这些附会，只能说明，柳永的词写得太好、太美、太招人爱了。

传说中的“祸水”之词《望海潮》是这样写的：

东南形胜，三吴都会，钱塘自古繁华。烟柳画桥，风帘翠幕，参差十万人家。云树绕堤沙，怒涛卷霜雪，天堑无涯。市列珠玑，户盈罗绮，竞豪奢。

重湖叠巘清嘉。有三秋桂子，十里荷花。羌管弄晴，菱歌泛夜，嬉嬉钓叟莲娃。千骑拥高牙，乘醉听箫鼓，吟赏烟霞。异日图将好景，归去凤池夸。

宋代的大成就之一，是城市的兴起与市民文化的发达。杭州，古称钱塘，便是两宋首屈一指的名城。

“吴兴”“吴郡”“会稽”，号为三吴之地，占据了大宋东南一面的形胜。好风光如画图，而钱塘，作为三吴之都邑，便是这幅画中的画眼，大地河山珠陈玉列，它是最耀眼的一颗明珠。

“烟柳画桥，风帘翠幕”，八个字，绘出钱塘独具婉约美的水乡风貌。城里十万人家，俱在柳烟中、画桥畔，户户卷风帘、张翠幕，真可谓温柔安乐之乡。十万户，不是夸张，在柳永的时代，钱塘之居民早已达到十余万户了，此后还在不断地增加。

十余万户的人，到了农历八月间，倾城出动去看潮。民间传说，钱塘江潮，是吴国大夫伍子胥亡魂的愤怒，化作白袍白甲的浪花将士，向着旧都城呐喊。伍子胥在吴越争霸中，被越国大夫文种的离间计害死。文种也没落得好下场，吴亡后，因勾践的猜疑而自刎。滚滚长江东逝水，浪花淘尽英雄。历史的悲情，演变成了庶民的狂欢节。

每年，观潮的人扶老携幼，挤成欢腾的另一片海。白浪滔天的潮水之上，又有例行的水军操练，是军事演习，也是娱乐。周密的《武林旧事》中记录：“艨艟数百，分列两岸；既而尽奔腾分合五阵之势，并有乘骑弄旗标枪舞刀于水面者，如履平地。”又有弄潮儿们奋勇争先，在江水中拿命博彩头。关于此景，曾有另一位词人潘阆写下实录：

酒泉子

长忆观潮，满郭人争江上望。来疑沧海尽成空，万面鼓声中。

弄潮儿向涛头立，手把红旗旗不湿。别来几向梦中看，梦觉尚心寒。

壮阔的江水只是杭州城的外围。柳永的镜头，从云树簇绕、雪涛崩裂的钱塘江，又摇回来，扫向城内的街市、商肆：“市列珠玑，户盈罗绮”。珠宝之光辉，闪耀于青天白日之下；锦绣的华彩，充塞着每一处屋舍……奢华得令人惊叹，富有得叫人嫉妒。

位于南北大运河南端号称“东南第一州”的杭州，在宋代已成为全国经济的重心。对内陆，它源源不绝输出钱粮赋税；对海外，它张臂迎接来自阿拉伯、波斯等地的商船。北宋最注重海上贸易，早在宋真宗朝，便已在杭州设立市舶司。宋仁宗朝，欧阳修如此描述杭州：“四方之所聚，百货之所交，物盛人众，为一都会……其民幸富完安乐。又其俗习工巧，邑屋华丽，盖十余万家，环以湖山，左右映带，而闽商海贾，风帆浪舶，出入于江涛浩渺、烟云杳霭之间，可谓盛矣。”[1]

说起杭州城的景物清嘉，一个西湖，要占去了九成。以唐时白居易留下的白堤为界，西湖分为里湖与外湖，波光相叠，水鸟相呼，是为“重湖”。四周皆有山，层峦叠嶂，苍烟青岚，是为“叠巘”。山水相依，湖山之间，美景不胜数，柳永来此，正值夏秋之际，便选了“三秋桂子，十里荷花”

两样来代表，八个字，绽放西湖的岁时盛景。

生活于这画图中的人，悠闲快乐无尽。城中，音乐与舞蹈永不停息。明月夜，红男绿女泛舟湖上，歌声抛洒在波心。艳阳天，老者悠然垂钓，少女荡舟采莲……黄发垂髫，皆有所乐，可不正是人间天堂么？

早在五代时，杭州已经有了“人间天堂”的美誉。陶穀《清异录》云：“轻清秀丽，东南为甲；富兼华夷，余杭又为甲；百事繁庶，地上天宫也。”到了宋代，连京城的人，也都这样羡慕地称呼着杭州。[2]

在这样的地方做官，真是好差使啊！柳永笔锋一转，夸起领导人来了：“千骑拥高牙，乘醉听箫鼓，吟赏烟霞。异日图将好景，归去凤池夸。”

高牙，高矗之牙旗。将军之旌，竿上以象牙饰之，故云牙旗。代指高官。千乘的骑兵簇拥着官人出行，何等威风，然后干的啥事儿呢——“乘醉听箫鼓，吟赏烟霞。”看风景，听曲子，喝酒，吟诗。

原来，在古人眼里，这正是为政的最高境界：无为而治。官儿能做成这样的悠闲风雅，正说明了百姓安居乐业，境内清平。

凤池，即凤凰池，是皇宫禁苑中的池沼，代指朝廷。“您将把此地的好风景带回朝廷里夸赞”——这是在恭维对方深得朝廷信重，就要飞黄腾达。

这一年，柳永在游学途中经过杭州。驻扎此地的两浙转运使孙何，是柳家的世交长辈，故前往拜谒。孙何身居高位，很爱才，经常接见青年学子。柳永献上此词，大得其赏识，而才子的大名，也随着这首《望海潮》流传开了。

原来，所谓的“祸水”之词，本是一首唱给高官的“赞歌”，一首应酬之作。应酬之作，能写成千古名作，靠的是啥？不仅是才华，更是发自内心的激情。

歌唱需要激情。享受美、享受生活，也需要激情。居陋巷、喝稀饭也不改其乐的人，永远是极少数。通常情况下，我们会鼓足热情歌颂的，都是让自己感到满足与欣悦的东西。柳永此时就很欣悦。这一年，他才二十岁，手上大把青春，眼前大好未来，老天又给了他无限文学天赋……

一位年轻的天才诗人，撞上一个时代的繁华，他的激情，就来得这么蓬勃、实在。

才子词人，自是白衣卿相

柳永是福建崇安人。

有宋一代，福建之文化昌盛，惊艳全国，世称“海滨邹鲁”，所谓小孔孟之乡也。两宋共举行一百一十八次进士考试，录取进士三万九千余人，其中福建籍进士七千多人，名列全国第一。一百一十八名状元之中，福建又占十九人——这还是在“福建子”受到北方文化官僚集体排斥的情况下。

“宋兴，闽八郡之士取名第如拾芥，相挽引居台省、历卿相不绝于世，举天下言得第之多者，必以闽为首称。”[3]

柳永的家乡崇安，属八郡之一的建州管辖。建州这个地方，史称“家有诗书，户藏法律”，“其民之秀者狎于文”。[4]

柳永的祖父柳崇，虽为布衣，却是本地的文化名人，急公好义，很有话语权。乡邻们有什么纷争，都不去官府，而是找他来评理。

柳崇的儿子们都走的是科举之路，其中柳永的父亲柳宜，在南唐时代官至监察御史，入宋以后，又做到了工部侍郎。

柳宜给三个儿子都从《易经》里起了名字，从大到小分别叫“三复”“三接”“三变”。最小的那位“柳三变”，后来自个儿改名叫了柳永。因他在一族兄弟中排行老七，世人又称其“柳七”。

三复、三接这两位兄长，后来都考了进士，做了官。

柳三变呢，从小格外聪慧，论才华，论学问，只有比哥哥们更厉害的。乡人都夸赞：这孩子以后怕是要中状元的！

柳爸爸极爱这小儿子，在外游宦，也把他带在身边。往来于苏州、扬州，都是些烟花繁华之地。一不小心，竟让这孩子早识了风月，小小年纪便往青楼里厮混。

柳爸爸升职到了京里，柳三变也跟到了汴梁。京城气象又是不同，繁华里透着庄严，盛大中藏着浪荡。正是：“举目则青楼画阁，绣户珠帘。雕车竞驻于天街，宝马争驰于御路，金翠耀目，罗绮飘香。新声巧笑于柳陌花衢，按管调弦于茶房酒肆。八荒争辏，万国咸通。集四海之珍奇，皆归市易；会寰区之异味，悉在庖厨。花光满路，何限春游，箫鼓喧空，几家夜宴。伎巧则惊人耳目，侈奢则长人精神。”[5] 就连那街边的乞丐，好似也自有一等远胜他处的气派呢。

柳三变立刻倾了心，深深地爱上了这座城，而且觉得，这满城风流，将来必定有自己的独一份儿。

倾杯乐

禁漏花深，绣工日永，蕙风布暖。变韶景、都门十二，元宵三五，银蟾光满。连云复道凌飞观。耸皇居丽，嘉气瑞烟葱蒨。翠华宵幸，是处层城阆苑。

龙凤烛、交光星汉。对咫尺鳌山、开羽扇。会乐府、两籍神仙，梨园四部弦管。向晓色、都人未散。盈万井、山呼鳌抃。愿岁岁，天仗里、常瞻凤辇。

这篇是写京城的元宵节，写皇帝出巡，与民同乐，正大堂皇，俨然万代千秋之感。

破阵乐

露花倒影，烟芜蘸碧，灵沼波暖。金柳摇风树树，系彩舫龙舟遥岸。千步虹桥，参差雁齿，直趋水殿。绕金堤、曼衍鱼龙戏，簇娇春罗绮，喧天丝管。霁色荣光，望中似睹，蓬莱清浅。

时见。凤辇宸游，鸾觞禊饮，临翠水、开镐宴。两两轻舠飞画楫，竞夺锦标霞烂。罄欢娱，歌鱼藻，徘徊宛转。别有盈盈游女，各委明珠，争收翠羽，相将归远。渐觉云海沉沉，洞天日晚。

春天皇家园林金明池对外开放，纵凭士庶游赏，皇帝也会驾临，同看水军演武及各种水上表演。这一首文采斐然，笔力浑厚，情景兼融，道尽承平气象。

再看这一首《木兰花慢》：

拆桐花烂漫，乍疏雨、洗清明。正艳杏浇林，缃桃绣野，芳景如屏。倾城。尽寻胜去，骤雕鞍绀幰出郊坰。风暖繁弦脆管，万家竞奏新声。

盈盈。斗草踏青。人艳冶、递逢迎。向路傍往往，遗簪堕珥，珠翠纵横。欢情。对佳丽地，信金罍罄竭玉山倾。拚却明朝永日，画堂一枕春醒。

写清明节后，全城百姓都去郊外踏青。景色明丽，人物生动，可称为词体的“宋都风俗志”。无奈作者本人情感太充沛，态度欠端庄。镜头一歪，便直奔美人们去了。看，盈盈身姿的，是忙着斗草的少女；艳冶大方，引得男子们魂不守舍的，是识风情的娘子；路边上还掉落着无数珠翠首饰，竟无人拾捡……

如此种种混乱迷人之景，柳永以两个字总结之：“欢情”。欢娱、快活、情难自已。爱要尽兴地爱，酒要敞开了喝，痛饮这生命中的琼浆玉液，不醉不休，沉酣到天明。

宋代的文人士大夫们，也会与民同乐，但没有像柳永这样，主动热情地站在参与者角度，去赞美俗世之美妙、讴歌庶民之欢乐的。

也很少有人会像柳永这样，私生活上不自掩饰的。风月场，大家自然也去，不过是逢场作戏，点到为止，能做不能说，说也很含蓄。而柳永呢，像鱼儿进了水，一头扎进秦楼楚馆，倚红偎翠，无比快活，放声高歌。

宋人叶梦得《避暑录话》中说：“柳耆卿为举子时，多游狭邪，善为歌辞，教坊乐工，每得新腔，必求永为辞，始行于世，于是声传一时。”

乐工伎人们，谱了新曲子，要有新歌词来配啊，就来求柳永。柳永歪在姐姐妹妹的香闺里，运笔如飞，一曲新词酒一杯，大功告成，亲个嘴儿！

因为曲子新，音律美，词也写得通俗——文字晓畅，意思也直白，就是男欢女爱。没文化的百姓一听，懂了！唱到俺们心里头了！

就是从柳永这里，词体在宋代有了一个文人趣味与世俗音乐合流的变革。“有井水处，皆歌柳词”，指的不仅是柳词流传广泛，更指其审美风格上的通俗化。

这是柳永在词史上做出的巨大贡献。而这个贡献在当时，实在是不够人正眼瞧的。

能让世人正眼相看的是："朝为田舍郎，暮登天子堂。""十载寒窗无人识，一举成名天下知。"

柳三变小的时候，曾写过一篇作文名为《劝学文》，道："学则庶人之子为公卿，不学，则公卿之子为庶人。"学习是为了参加科举，科举能够让平头百姓秒变达官贵人，轻松完成社会阶层的飞跃。

柳三变对科举这件事是信心满满，进考场之前，他写了这么一首词，留赠青楼中的情人：

长寿乐（平调）

尤红殢翠。近日来、陡把狂心牵系。罗绮丛中，笙歌筵上，有个人人可意。解严妆巧笑，取次言谈成娇媚。知几度、密约秦楼尽醉。仍携手，眷恋香衾绣被。

情渐美。算好把、夕雨朝云相继，便是仙禁春深，御炉香袅，临轩亲试。对天颜咫尺，定然魁甲登高第。等恁时、等著回来贺喜。好生地。剩与我儿利市。

这词写得……怎么说呢？可谓轻狂。

你看他上来就香艳露骨，写自己与情人种种偷期密约、浓情蜜意，"眷恋香衾绣被"，我就爱跟你滚被窝之类。从被窝里翻出来，立刻就想象自己怎么进了皇宫，参加殿试，受皇上爱重，一举夺魁："小甜心，就在家等着为我庆祝吧，看我拿个状元回来。到时也发你个大红包。"

等到放榜一看，不敢相信自己的眼睛——落第了！出鬼了！

宋真宗大中祥符二年（1009），也就是柳永首试的这年正月，国家发布了新的文化政策："读非圣之书，及属辞浮靡者，皆严谴之。"[6] 除了严厉打击非儒家正统的思想，还要禁止浮艳夸张的文风。有学者认为，柳三变的落榜，很可能与此政策有关。

落第的柳三变脸上无光，心中不忿，被佳人们劝慰着连喝了几天花酒，才缓过劲儿来，又作词表态曰：

如鱼水

帝里疏散，数载酒萦花系，九陌狂游。良景对珍筵恼，佳人自有风流。劝琼瓯。绛唇启、歌发清幽。被举措、艺足才高，在处别得艳姬留。

浮名利，拟拚休。是非莫挂心头。富贵岂由人，时会高志须酬。莫闲愁。共绿蚁、红粉相尤。向绣幄，醉倚芳姿睡，算除此外何求。

无所谓，像我这样才华横溢的人，走到哪儿，都有美人深情挽留。得啦，那些世俗浮名，我可不放在心上，反正总有那一天，我会时来运转，壮志得酬。现在嘛，我只想醉拥着心上人儿睡大觉，云云。

时光匆匆，转眼间，哥哥柳三复已进士及第了。未来北宋历史上的能臣贤相、文豪大儒，也都经由科举，陆续地走向政治舞台了。一个历史上被称为文化盛世的大时代正在到来，柳三变他，却迎来了第三次的名落孙山。饶是他浪漫、恣意、乐观，当此际，也惊了、恼了、丧了。

然后，就有了那首著名的词：

鹤冲天

黄金榜上，偶失龙头望。明代暂遗贤，如何向？未遂风云便，争不恣狂荡。何须论得丧？才子词人，自是白衣卿相。

烟花巷陌，依约丹青屏障。幸有意中人，堪寻访。且恁偎红倚翠，风流事，平生畅。青春都一饷。忍把浮名，换了浅斟低唱！

这些年，他依旧近乎狂妄地自信。“黄金榜上，偶失龙头望”，参加科举，不是只为得一进士，他要的是独登魁首，当最荣耀的状元郎。盛世清明，暂时遗漏个把贤才，这种事也是有的，机遇没到而已。

诗人孟浩然当年不得志，写诗说：“不才明主弃，多病故人疏。”这是怨望之言，皮里阳秋，皇帝听了生气，老朋友听了，也不高兴。但柳永不这样，他决定原谅社会的不公。

他的原谅方式，是亲手给自个儿戴上一顶桂冠——“才子词人，自是白衣卿相”。自有科举以来，人们认为凡得中进士者，虽还未授官，将来都是有望位列公卿的，故以“白衣卿相”作为进士的美称。柳三变却声称：“我嘛，就凭这词人之才，也能得一个‘白衣卿相’的名头了！”

轻轻的一句话，却像是不经意的一巴掌，打到了“科举”也打到了“官本位”的脸上。话本身是没错的，诗人不必追求世俗社会的认可，但是，世俗是好惹的吗？它也必会回赠诗人以荆棘。

柳三变更狂言道：“好在，我还可以去烟花巷里，寻访旧约，获得慰藉。”逛个青楼，你还逛出知己感来了！“风流事，平生畅”，“畅”，是痛快、尽情的意思，这是要不顾一切地尽情声色了。他说，青春如此短暂，不忍为些须

“浮名”，放弃“浅斟低唱”的快乐。可是，短暂青春消逝之后，又将如何呢？这不是诗人需要考虑的事情。

这首《鹤冲天》，中心思想一句话：“老子不稀罕！”真的不稀罕吗？不，作为士大夫阶层中的一员，柳三变从未忘记过他的目标。他只是过于信任了自己，又错估了命运。本以为唾手可得，孰料百求不得。

屡试不第，一方面，他深感屈辱，另一方面，又自负其才，不能接受。迷惑，失落，痛苦，挣扎，种种心绪，终于为强烈的自尊心反弹，发泄以惊世骇俗的狂言。

古时候有些人想做官，不得其门而入，便会改走隐逸路线，高唱“我视富贵如浮云”，回南山高卧去也。“山中”，是他们的心灵庇护所，也是他们的人生加油站。柳三变呢，他深爱这红尘繁华，隐士的清淡日子，他是敬谢不敏的。但他也有自己的心灵安放之处，便是君子不齿的“花街柳巷”。

对“身为下贱”的青楼女，柳三变爱恋她们的肉身，欣赏她们的才华，体谅她们的哀乐，甚至，把心灵寄托在她们的闺房里。

河山壮阔，非主流的路不好走

又过了几年，换了宋仁宗做皇帝，因年幼，由刘太后垂帘听政。柳三变再次落榜。关于这次落榜，坊间传说有两个版本：

其一，本来柳三变已经得中了，上报之后，圣上见了名字不喜，道：“且去浅斟低唱，何要浮名？”遂一笔黜落。

其二，有人荐柳三变之才，圣上说："得非填词柳三变乎？"答曰："是。"圣上道："且去填词。"

这个圣上，按时间推测，可能是执政的刘太后，而非宋仁宗本人。刘太后一手接下宋真宗晚年昏政的烂摊子，一手开启宋仁宗时代的"太平盛世"，是极有政治才能的铁腕女强人，她厌恶柳三变这种浪荡才子，在情理之中。

柳三变心灰意冷，遂再无顾忌，出入娼馆酒肆，与狐朋狗友狂饮烂醉，且给自己立了一个新名头，曰："奉旨填词柳三变"。

柳爸爸业已去世。这些年，柳三变仍逗留京城，一是不舍帝都风物和情人，二，还是为了应试。但父亲一走，经济上立刻窘迫了，京城物价高昂，怎么混呢？"耆卿居京华，暇日遍游妓馆。所至，妓者爱其词名，能移宫换羽，一经品题，声价十倍。妓者多以金物资给之。"[7] 柳三变，变成了一位宋代的职业音乐人，专为青楼女子填词谱曲。科举无望，试官不长眼，今上厌弃，他的才华，却为妓女们所追捧。

欲海情天，亦有倦时。才俊仙郎，在无情的时间中，渐成了中年大叔。情人们嫁的嫁，走的走，分的分，柳三变也终于要离开京城了，去干吗？散心。

雨霖铃

寒蝉凄切，对长亭晚，骤雨初歇。都门帐饮无绪，留恋处，兰舟催发。执手相看泪眼，竟无语凝噎。念去去，千里烟波，暮霭沉沉楚天阔。

多情自古伤离别，更那堪，冷落清秋节！今宵酒醒何处？杨柳岸，晓风残月。此去经年，应是良辰好景虚设。便纵有千种风情，更与何人说？

“安史之乱”，杨贵妃缢死于马嵬坡，唐明皇西窜入蜀。蜀地多雨，檐角的铃铛，夜夜为风雨摇动。那凄寒单调的声音，在长安的宫殿中从未听过。明皇思念妃子，遂作《雨霖铃》一曲，让仅存的梨园子弟张野狐以筚篥吹奏。

这个曲子，是专为生离死别而诞生的。柳三变一生至此，经过的离别已很多。但这一次，是最凄苦的一次：

情人远别，仕途失意，壮志不酬，逆旅寂寞，让这个浪荡子的一颗不羁心，也终于品尝到了生命入秋的滋味。

“踟蹰亦何留？相思无终极。秋风发微凉，寒蝉鸣我侧。”很多年前，曹植在《赠白马王彪》诗中写道。放诞风流的青年王孙，饱受政治打击之后，终于听懂了寒蝉抱树之哀声。柳三变以蝉声入题起兴，奠定了全词“悲”的基调。

“对长亭晚”——汴京的城门之外，代表着“送别”的驿亭，在官道上一个接一个的，隐没在越来越浓的暮色里。于听觉的哀感之后，又带给人视觉的煎迫感。

一般人出门，都是赶个大早。这里却非要挨到天色昏黄才走，是因为不舍。一对情人坐在帷帐里头，一杯杯地饮酒。“无绪”者，没头绪也，满腹心事，道不清，理还乱，只能以酒浇之。这样耗着，看过了一场秋雨，被舟子一催再催，两人才转移到岸边上，又是一场难分难舍。执手泪眼相看的身影，在河岸边，枯柳下，凝成情人回忆中的痛，也凝成了永恒的诗篇。

柳三变此次离京，走的是水路。宋代的汴京，水运网络发达，以城为中心，四条运河通往全国，分别是汴河、广济河、金水河及惠民河，合称“汴京四渠”。其中以汴渠最为重要。全国最富庶的东南六路（淮南路，江南东、西路，荆湖南、北路，两浙路），其漕粮百货，均由汴渠运往京师，正所谓“漕引江湖，利尽南海，半天下之财赋，并山泽之百货，悉由此路而进”。[8]

财货进京，柳三变出京，扁舟一叶，经荆楚，过洞庭，下江南，故有“念去去，千里烟波，暮霭沉沉楚天阔”的想象与感伤。“去去”者，一去再去也，船行水急，不可回头，格外显出别情之伤痛无助。而望着烟波浩渺，天上地下、无边无际的空荡，亦呼应着人心中无穷的孤独。

下阕，将情感往深广里推进，直指古往今来有情人之苦。“多情自古伤离别”一句，却是从江淹《别赋》化来的：

“黯然销魂者，唯别而已矣！况秦吴兮绝国，复燕宋兮千里。或春苔兮始生，乍秋风兮暂起。是以行子肠断，百感凄恻。风萧萧而异响，云漫漫而奇色。舟凝滞于水滨，车逶迟于山侧。棹容与而讵前，马寒鸣而不息。”

《别赋》对于离别的痛苦是泛写的，是普世性的。柳三变这里，却是取其意，放到自家的亲身经历中，又和所经所见的秋日景象融合在一起。

草木萧瑟凋零，秋之肃杀，本已伤人，秋天的离别，更令人不堪。要注意的是，一直写到这里，他还没有真正上路呢，而在他的想象中，痛苦已经先行到来了。

他知道，痛苦必将到来……与其说是想象，不如说，这是建立在情人敏感心灵上的一种预判。之前，他和她，像两个惊惶的孩子偎在一起，用酒取暖，然而酒迟早会醒，醒在没有了她的清冷拂晓，醒在一个人的客舟里，醒在残月下——

“今宵酒醒何处？杨柳岸，晓风残月。”

这几句，是逼真如画的“景语”，亦是心绪难言的“情语”。你看，两岸垂柳已沾秋露，仍在依依低拂过往船只，似枉费的多情。晨风袭面，在鱼肚白的天际，残月展现着它苍白的形象……是这般惨淡凄清之景，配着这样一个寂寞悲伤的人。

从今谙尽江湖滋味。从今，仍然会遇上春秋佳日，良辰美景，但都是虚设了。为什么呢？因为：“便纵有千种风情，更与何人说？”比如说我看到一朵牡丹开得好，唤谁同赏？折它下来，给谁戴？从今而后，花无人戴，酒无人劝，醉也无人管，就是这种状况。

柳三变情人多，关系长久、感情格外深厚的，是一位名唤“虫娘”（昵称“虫虫”）的女子。柳三变出京后，又有一首词，专为“虫虫”而作。

征部乐

雅欢幽会，良辰可惜虚抛掷。每追念、狂踪旧迹。长祇恁、愁闷朝夕。凭谁去、花衢觅。细说此中端的。道向我、转觉厌厌，役梦劳魂苦相忆。

须知最有，风前月下，心事始终难得。但愿我、虫虫心下，把人看待，长似初相识。况渐逢春色。便是有，举场消息。待这回、好好怜伊，更不轻离拆。

青楼中人身不由己。虫虫在京城，迎来送往。柳三变对此既理解，又苦恼，只恨没人能帮自己去京城烟花阵里找她，向她诉说自己的魂牵梦绕。又希望她与客人们交往时，把持得住，莫要日久生情——说白了，就是怕她变心。

《雨霖铃》中来送别的那位，很可能就是“虫虫”。但《雨霖铃》这阕词，词风骚雅，是文人审美。而这阕《征部乐》呢，则是柳三变词作中的“俗调”：词风浅俗，文字平易，多用市井口语，更符合大众口味。

他对虫虫说：“但凡有了举场消息，我立刻回来。”原来北宋前期，科举的最后一关即礼部会试加殿试，时间并不固定，或一年一次，或两年一次，或三年一次。这就给各地举子们的备考工作造成了混乱。直到宋英宗朝，才算有了三年一次“大比”的准信儿。就这样，还有人赶不上趟。

比如南宋词人曹豳有《红窗迥》一词，专写举子赶路之急切：

春闱期近也，望帝乡迢迢，犹在天际。懊恨这一双脚底。一日厮赶上五六十里。

争气。扶持我去，转得官归，恁时赏你。穿对朝靴，安排你在轿儿里。更选个、宫样鞋，夜间伴你。

马上要开考了，人还在路上，只恨自家这双脚不争气，遂许诺道：足下兄，你跑快点儿，待我考完得了官职，不仅给你换贵气的朝靴穿，到晚间，还要寻一对宫样时尚女靴儿，来相陪你呢！

再说柳三变，那是典型的身在江湖，心在京城。果然，没两年，他就跑回来了。这一次，他中了！中了个三甲的进士。和他另一个哥哥柳三接还是同榜——他哥其实也算蹉跎了，但人家心态好，不抱怨。俗话说，“三十老明经，五十少进士”，进士，本来就没那么好做的呀。

随后，便授了官职，新科柳进士上任去也。做的是睦州（今天镇江境内）团练推官，正九品的幕职官，在州里管点司法的事务。后来又陆续迁调，在浙江、江苏一带游宦。

结果，他又愁苦起来了。

官人，侬脑子里缺根弦

愁苦个啥呢？

原来在宋朝做地方官，有一点不好，就是做不安稳，多则三年，少则一年半载，屁股还未坐热，便要调去其他州县，弄得大家疲于奔命。

升迁也很不容易。柳三变这种普通进士，一概是先送基层锻炼，为“幕职、州县官”，又称“选人”。“选人”者，“京官”之候选也。

自宋真宗朝开始，选人必须经过“三任六考”——三年一任，考课六次。由所在机构长官写评语，考核你的资历与绩效。

然后进入“磨勘”环节，把你的资料与考课成绩交到中央，由专门机构勘验、复审，通过之后，你就能获得晋升“京官”的资格，称之为“改官”。然后才算正式迈上帝国官僚体系的升迁阶梯。

这个流程，如果过不去，那么，就只能依据“循资”的原则，在幕职、州县的七级阶官中逐级升迁，一年年耗着了！

“循资”“磨勘”“改官”，都必须有上级官员（号为“举主”）为你做推荐。“举主”要承担荐举失察之责，所荐人数更有限制，比如宋真宗朝，中书省、门下省五品以上朝臣每人每年只可荐举五人，其他朝官只可推荐三人。僧多粥少，一套流程走下来，许多人直到退休，还在“选人”的位子上打转，终生“沉沦下僚”也。

柳三变呢，也就困在这个流程上了。他一心想要回京城，不仅为晋升，也因为关于京城的一切，都使他怀念。

在一首调名《戚氏》的词中，他诉说道：“帝里风光好，当年少日，暮宴朝欢。况有狂朋怪侣，遇当歌对酒竞留连。别来迅景如梭，旧游似梦，烟水程何限。念名利，憔悴长萦绊。追往事、空惨愁颜。”

东奔西走，官做不上去，京城回不了，风流快活没了，狐朋狗友也聚不着，祖国的大好河山倒是看了个饱。

八声甘州

对潇潇暮雨洒江天，一番洗清秋。渐霜风凄紧，关河冷落，残照当楼。是处红衰翠减，苒苒物华休。唯有长江水，无语东流。

不忍登高临远，望故乡渺邈，归思难收。叹年来踪迹，何事苦淹留？想佳人妆楼颙望，误几回、天际识归舟。争知我，倚阑杆处，正恁凝愁！

宋代的文化人，往往嫌弃柳永的词“病之在俗”，后代的读者，又往往只知柳永乃婉约大家，实际上，柳永他既不俗又不婉约的时候，也是常有的。比如这一阕词，格调之高远，气象之开阔，古今词坛，鲜有其匹。

起笔一个“对”字，引领出无限山川风月。这一个“对”字，更暗示着全词都有作者一个主观之“我”在。“我”登高望远，自暮雨江天，望至雨歇天晴，长空澄碧，目力穷尽处，是关河、残照、天际。

再看他眼中之景：雨是“潇潇”地“洒”下，利落肃杀之气，是秋雨无疑。雨将江面与天空连成一片空蒙。这是第一重景象。雨歇天晴，云雾消散，雨水“洗”出天高地广的澄澈之秋，这又是一重景象。很快，秋气一变，凄寒遒劲的秋风，“渐”地袭来，令人遍体生寒，不堪禁受，眼中之景，也蒙上了一层昏晦，关山河阻，尽皆冷落——

夕阳失去了温度，却因雨后的空气折射格外鲜红，遥悬在枯淡的地平线上，绯艳的霞光，如彩笔随意涂抹天际。这夕阳残照，笼罩到了“我”所登的楼上，和“我”来了个面对面，刹那间，整个萧瑟又凄美的秋天，都向“我”这个感受主体迎了过来。

五个句子，景致一变再变，层层推进，愈进愈紧迫，得到“残照当楼”，却又是一荡，一收，重回到天宽地阔，大道无情。

苏东坡说：“世言柳耆卿曲俗，非也。如《八声甘州》云：‘霜风凄紧，关河冷落，残照当楼’。此语于诗句，不减唐人高处。”[9]

在宋代人看来，唐诗高妙雄阔的境界，是很难企及的。为什么呢？时代气质不同，宋人尚礼崇文，优雅内敛，不似唐人大开大阖、元气淋漓。柳三变一个不自检点的浪子，反倒偶尔能得些唐人真意。

“是处红衰翠减，苒苒物华休。唯有长江水，无语东流。”“苒苒”者，和前面的“渐”字一样，是揭示时序之移动，而长江水之无语东流，则指出人生短促，岁月无情，是类似“人生代代无穷已，江月年年只相似”的生命感悟。

王国维说：“一切景语皆情语。”[10]如果说，在此之前，词中的情与景，都带有一股郁勃难平之气，那么，到这几句，已自然地转为委婉屈咽之态。一切平静下来，平静中又饱含忧思。

词人的笔下，这一个秋天，是如此生动，瞬息万变，蕴藏着天地无情的意志。但我们也能看到，生而为人，置身其中，渺小，却并不卑微。因为，人有鲜明的自我，有强烈的情感。

正如法国哲学家帕斯卡尔的名言：“人只不过是一根苇草，是自然界最脆弱的东西；但他是一根能思想的苇草。用不着整个宇宙都拿起武器来才能毁灭；一口气、一滴水就足以制他于死命了。然而，纵使宇宙毁灭了他，人却仍然要比制他于死命的东西更高贵得多；因为他知道自己要死亡，以及宇宙对他所具有的优势，而宇宙对此却是一无所知。”

下阕转而抒怀，写自己所思为谁，所愁何来。原来也不过是思乡怀人，很传统的主题，但被他写得百转千回。比如上阕一个“对”字引领下文，极斩截。转到下阕，却是幽屈的一声“不忍”——知登高无益，反更添愁，偏还要勉力行之，这两个字中，便吐露出了多少内心纠结。

又明明是自己在此处登楼，却想着彼处的“佳人”，她梳洗罢，伫立楼上翘首凝望，认错江上的归舟，不知多少回了，这是镜像式的写法。正是照花前后镜，花面交相映，已极妍丽，孰料他又再加一层镜像，道：“不知彼处楼上思念着我的她，可知道此处楼上的我，也在思念着她？”

于是万象幻生，唯一缕相思，于天地间茫茫流转，不知其始末也。

宋制，选人改官，三任六考，通常要在基层待满九年，才有“改官”机会。当然也有例外，比如你科举成绩特别好，名列一甲，可直接进入“京官”序列；又或者你裙带关系过硬，两三年便有老丈人拉你上来；又或者，你“考绩特异”，能力耀眼到挡不住，得到破格提拔。

像柳三变这样的，起步晚，起步低，朝中无人，还能怎么样呢？

他这个人的运气，又向来不好。景祐元年（1034），柳三变来到睦州才一个月，知州吕蔚就主动向朝廷荐举他。吕蔚是真喜欢柳三变的才华，兴兴头头，一心要帮衬他一把。孰料，名单一报上去，吕蔚就被弹劾了，说是一地长官，居然为了私人交情，破坏国家选才大计。朝廷也为此特意下了文件：凡幕职州县官到第一任上，至少要先经过一考，才允许被荐举。

讲良心话，这个规定是很合理的。你一个职场生瓜蛋子，不在基层干满三年，谁敢重用你？只是可怜了柳三变，被拿来做了个制度改良的筏子。而且大名竟以这种方式，再一次进入高层视线，实在晦气。

一直到庆历二年（1042），九年期满，柳永考绩合格，资料上报中央，由天子临轩考校，亲自定夺。宋仁宗呢，是个仁厚爱才的皇帝，据说也很喜欢柳永的词作，按理说，这回是能过的。

却不知谁人，给他出了一个挺馊的主意，让他趁着天上"老人星"现，写首歌功颂德的词，进呈给皇上，岂非锦上添花？

"老人星"者，中国人所说的寿星也，是为"万寿之灵，三辰之英。其出也，表君之瑞；其大也，助月之明"。此星现世，乃祥瑞之兆。柳永就写了一阕《醉蓬莱》：

渐亭皋叶下，陇首云飞，素秋新霁。华阙中天，锁葱葱佳气。嫩菊黄深，拒霜红浅，近宝阶香砌。玉宇无尘，金茎有露，碧天如水。

正值升平，万几多暇，夜色澄鲜，漏声迢递。南极星中，有老人呈瑞。此际宸游，凤辇何处，度管弦清脆。太液波翻，披香帘卷，月明风细。

不料，宋仁宗展卷读到一个"渐"字，便心下不喜。原来"渐"者，"加剧"也，"大渐"者，便是病危之意。仁宗一直身体不好，后宫又总无皇子诞生。这个字，就有点刺目了。再读到"宸游，凤辇何处"，又居然和宋仁宗为父亲宋真宗写的挽词暗合。再读到“太液波翻”——“翻”者，倾覆也，皇帝大怒，掷卷于地。

这一下，别说谋个好差，连“转官”的机会都没了。

柳三变不甘心，闻得宰相晏殊礼贤下士，遂登门求见，想寻求他的帮助。晏殊不冷不热，道：“贤俊作曲子么？”

“三变曰：‘只如相公，亦作曲子。’公曰：‘殊虽作曲子，不曾道‘针线慵拈伴伊坐。’柳遂退。”[11]

柳三变之艳词流毒天下的事迹在前，晏殊这劈头一句，实际是讽刺。柳永听出味儿来，不服气，又不敢发作，便说：“跟相公您一样。”意思是：男欢女爱的词，您也写了不少，凭啥我就写不得?

晏殊不仅是名相，还是文坛领袖。故而柳三变有这一答，算是反将一军。然而晏殊一句话就给挡回去了：“是啊，但我没写过‘针线慵拈伴伊坐’那种（过分的）东西啊！”

晏殊引的这一句，出自柳永的一首《定风波》。

自春来、惨绿愁红，芳心是事可可。日上花梢，莺穿柳带，犹压香衾卧。暖酥消、腻云亸，终日厌厌倦梳裹。无那！恨薄情一去，音书无个。

早知恁么，悔当初、不把雕鞍锁。向鸡窗、只与蛮笺象管，拘束教吟课。镇相随，莫抛躲。针线慵拈伴伊坐。和我，免使年少，光阴虚过。

是以烟花女子的口吻写的。说是早知今日相思，只恨当初未将情郎留下，也好长相厮守。以今天读者的眼光来看，只见是一片天真火热的恋情，但在宋朝那种礼法社会，一个士大夫文人，写这种词，就非常不得体。

士大夫的天职是什么？齐家治国平天下。维护既有社会秩序，为至尊君权服务。天子重英豪，大家才都把书来读，好教天子有人才可用。逛青楼也可以，消遣而已，不是叫你去陪“小妖精”们过日子的！

烟花女缠住读书郎，“向鸡窗、只与蛮笺象管，拘束教吟课。镇相随，莫抛躲。针线慵拈伴伊坐。和我，免使年少，光阴虚过。”寒窗下，硬是将苦读变成打情骂俏，紧贴紧随，二人世界不叫一刻虚过，那还有什么时间干正事呢？这可不是温柔乡里，误人子弟么？读书人写这种东西，可不是甘居下流，诲淫诲盗么？

柳三变总是这样，描写庶民的赤裸爱欲，传播“堕落腐化”的人生观，跟庄严的官方话语唱个对台戏。他倒未必是故意的，脑子里缺根弦罢了。你看他写一首颂圣词，都能犯下“触讳”这种低级错误，平时大概连邸报都未曾留心看的。惹恼了皇帝，居然想到去找宰相申冤，还要顶撞宰相，这一波操作下来，官场智慧，约莫等于零。

站在大时代放声歌唱

柳永官职低微，未得进入正史。他的生平事迹，大都来源于野史笔记，细节难明，真伪难辨。

只能大致推测，他出生在宋太宗的时候。得中进士，则是在宋仁宗朝，本人四十至五十岁之间。然后当了很久的底层小官。暮年得以改官，改著作郎、太常博士、屯田员外郎。到宋仁宗皇祐五年（1053）去世的时候，大约是六十来岁。

“柳永”的名字，是他中年之后改的。至于原因，一说是因为生病，改名以祈福。另一说，是写颂圣词得罪了仁宗皇帝，遂改名以便下次蒙混过关。

他生活在一个政治还算清明的时代，他同时代的人，英才辈出。比如我们熟知的范仲淹、包拯，都是出身贫寒，凭着过人天资与刻苦自律，一步步踏上政治舞台，大放光彩。拒绝了他的晏殊，出身低级军官家庭，七岁能诗文，十四岁以“神童”之名，被特召参加殿试，赐同进士出身，授秘书省正字——留在皇帝的秘书班子里工作，少年荣宠，毫无骄色，仍然笃学不倦。

和他们相比，在从政方面，柳永确实有着个性上的明显“缺陷”。他轻狂、任性，恃才自傲，缺少自律性。而毕生流连青楼，于其家庭，也绝非好丈夫、好父亲。

“且去填词”——也许，老天给他的安排，就是一个词人，教他为这时代而来，为这时代而歌。

这是一个向贵族与庶民同时展开怀抱的时代。以帝京为中心，各大都市里的娱乐设施繁多。酒楼、菜馆、茶坊、歌馆、瓦子林立，士农工商、江湖艺人、城市游民，各色人等穿插交错，妓女靓妆劝酒，歌舞团和杂戏班子，在每个节日隆重出场，逗引得人们惊呼欢笑。和他们同等受欢迎的，是开店面摆小摊或提篮小卖的生意人，不分昼夜流水价地卖花卖酒水小吃……

一年四季，节日一个接一个，人们尽兴地去过。岁首为元旦，放鞭炮，换新衣拜年，赌博游艺的彩棚到处都是，名门淑女都出来游赏；元宵节灯会，彩灯从皇宫里结到城门外，全国的灯匠都来用奇技淫巧争高下；花朝节到了，举城出门看花；清明、寒食扫墓踏青，男女互递眼色；中秋焚香拜月，对着月亮许愿；重阳要头插菊花、胸佩茱萸地去爬山；冬至烧香，腊八拜佛……

大片的南方荒野被开发，形成一个个的鱼米之乡。蛮荒消失，沼泽莽林变良田。平整的官道上驿马飞奔，发达的水运带着人们名来利往。长久的和平，让水上陆上的旅人都能够从容地驻足欣赏旅途美景。

柳永把这一切都写入词章，交给心爱的女人，让她们在歌栏瓦肆、茶坊酒馆里，弹出来，唱出来，四海遂闻声相和。

他活着时，有井水处皆歌柳词。他死后，其名不朽。

传说，柳永病逝，无钱下葬，于是青楼女子们共同出资，为他殓葬。出殡之日，满城红粉皆缟素，恸哭于墓前。此后的每一年清明，姑娘们都仍来柳永坟前祭拜，渐成习俗，号为“吊柳会”。

这个传说，代表了民间对这位才子的同情，代表了逢场作戏的青楼人对这位浪子真实的怜爱。而人生的真相并不如人们期盼的那样浪漫：他，其实是客死于江苏镇江，由太守王安礼代为安葬的。

“永终屯田员外郎，死，旅殡润州僧寺，王和甫为守时，求其后不得，乃为出钱葬之。”[12]明代万历《镇江府志》也说，柳永的棺木当时暂停在庙中，一直没有家人认领，只得就地下葬。

柳永是有妻有子的，儿子柳涚后来还中了进士。在“孝道”为大的社会，总不至于让老父尸骨流落在外吧？这事情颇有些蹊跷，但逝者已矣，也无从知道内情了。

柳永的一生，从世俗意义上来说，是失败的。从文学角度看，他又是成功的，可称“功业卓著”。

他是词坛的革命者。词至柳永为一变，除了大幅度拓展了词体的表达容积之外，对词的艺术形式，他也有开创性的贡献。

他独创大量的长调慢词，擅长以前后呼应、层层推进的笔法，展现多层次的场景，完成情感的复杂转换。如果说，之前流行的短调小令，是刹那凝成永恒的摄影作品，柳氏的慢词，则已是剪辑完整的情景剧。

这些舒缓、复杂、多变的长调歌曲，很快举国风靡。在这个闲适而富足的时代，民众普遍有了余暇，去追求精神上的愉悦，所以柳永这样的职业词人才会出现，而他的艺术创新也才能得到推广。

李清照就很敏锐地看到了这一点，她说：“逮至本朝，礼乐文武大备。又涵养百余年，始有柳屯田永者，变旧声作新声。”[13]

所以柳永和他的词，是时代的必然产物。他的精神气质里，残留有五代文人的放诞不羁，更有宋代士大夫为时代所激发的自信，然后，又糅合了新兴城市文化的热情开放。

后人将皆擅长慢词的柳永与苏轼并列，称为“豪苏腻柳”——苏轼的豪放，为词体开拓一路昂扬向上的新境界；柳词的细腻，则使得词体更深广地渗透到生活中。

与苏词高雅的面貌不一样，柳永作词，用语往往浅显，情感直接明快，掺杂市井俚语，这些深受下里巴人热爱的特色，很不招文化精英们待见。南宋词学家王灼甚至声称：柳词卑俗，喜欢他的都是文盲。[14]

时代，不是只属于帝王将相、精英名流。雅与俗，并非划分文学作品高下的关键。文学作品穿越时空的魅力，来自真挚的情感，来自博大的心灵，来自人类对美好事物的向往。

蝶恋花

伫倚危楼风细细，望极春愁，黯黯生天际。草色烟光残照里，无言谁会凭阑意。

拟把疏狂图一醉，对酒当歌，强乐还无味。衣带渐宽终不悔，为伊消得人憔悴。

比如这首《蝶恋花》，它成为千古绝唱，打动世世代代的人，是因为它的文字，精准地穿透烦琐日常，抵达我们的内心深处，带给我们深沉的触动、震颤的共鸣。

通过这首词，我们看到的，不再是醉卧花丛的不羁才子，而是一个百折不回、无怨无悔的“追寻者”形象。

这个形象是孤独的，是孑立于危楼上的一个剪影，沉默而突兀地存在于天地间。背景，是萋萋芳草、漠漠春烟、天尽头的残阳。

这个剪影，是极目远眺的姿势。他已经凝望很久了，他心中的“春愁”，已经像“划尽还生”的春草一般铺遍天涯。

所愁为何？影子不言，谁人能知？

无人知，无人解，那怎么办呢？于是尝试了很多办法自我宽慰。比如，对酒当歌——我们知道，作者是个“疏狂”的人，向来狂放无所谓。然而，照例的狂歌痛饮，得来的却是：“无味”。

索然寡味，毫无用处。浩荡春愁欲消之，却不可消。几番矛盾、几番冲突之后，不能自欺的真实心意，才喷薄而出：“衣带渐宽终不悔，为伊消得人憔悴。”

我们把这一句，和晏殊的名作《浣溪沙》相比：

一向年光有限身，等闲离别易销魂。酒筵歌席莫辞频。

满目山河空念远，落花风雨更伤春。不如怜取眼前人。

同样是相思难耐，离恨难平，晏殊告诉我们的是懂得放弃，珍惜当下。而柳永斩钉截铁，说他绝不放弃，永不后悔。

晏殊的词中，有生活的智慧，有顺天应命、持盈守成的哲理。而柳永的这首词中，澎湃着的，是生命的热情，是决绝的信念，甚至于，突兀着一种不怕狼狈、不计后果的执迷不悟。

作为相思怀人之作，这阕词，早已超越了男女情爱，指向了我们生命中一切的寤寐思之。正因为此，王国维先生将全词的最后两句，称为“古今之成大事业、大学问者”所必经的第二重境界。[15]

长期浪迹底层，与庙堂上的衮衮诸公相比，柳永对底层民众的生活是更多了解与关怀的。他写过这样一首长诗：

煮海歌

煮海之民何所营，妇无蚕织夫无耕。衣食之源太寥落，牢盆煮就汝轮征。年年春夏潮盈浦，潮退刮泥成岛屿。风干日曝咸味加，始灌潮波塯成卤。

卤浓碱淡未得闲，采樵深入无穷山。豹踪虎迹不敢避，朝阳山去夕阳还。船载肩擎未遑歇，投入巨灶炎炎热。晨烧暮烁堆积高，才得波涛变成雪。

自从潴卤至飞霜，无非假贷充糇粮。秤入官中得微直，一缗往往十缗偿。周而复始无休息，官租未了私租逼。驱妻逐子课工程，虽作人形俱菜色。

鬻海之民何苦门，安得母富子不贫。本朝一物不失所，愿广皇仁到海滨。甲兵净洗征轮辍，君有余财罢盐铁。太平相业尔惟盐，化作夏商周时节。

钱锺书认为，这一首诗，“表示《乐章集》并不能概括柳永的全貌，也使我们对他的性格和对宋仁宗的太平盛世都另眼相看了”[16]。

这首诗，写于柳永在浙江舟山担任盐场监官的时候。描写的是宋代盐民的劳作与生活。

冬天忍受着海风粗粝、海水砭骨，灌海水，耙场泥；夏天不避虎狼，入深山砍柴火，顶着烈焰烘烤，从海水中煮出白雪一般的盐粒，为全国的人送去生命之咸，为国库换来源源的金钱。然而，盐民们又得到什么了呢？

未得盐时，靠借高利贷度日。盐卖入官中，换来的那点儿钱，还不够还债。官家的租税尚未交完，放高利贷的又上门催逼。妻儿齐上阵，火里水里地打滚，辛苦一年，全家只落得面带菜色，不成人形。

盐民的艰辛，让诗人疾呼起来，他说：“什么时候，才能够国家富裕，而民众也不贫穷呢？”所谓“母富子不贫”者，是以国家为母，而百姓为子民。那么做母亲的，自己不愁吃穿，却看着子女饥寒交迫，这可以吗？

他说："我希望，我们这个朝代，能够让天下人各得其所，安居乐业；我希望，君王的仁德，也能够泽被这大海边的盐民；我希望，普天下的百姓，都能够从繁重的兵役和徭役中解脱；我希望，国库充实，可以放松对盐与铁的垄断；我希望，宰相能够真的像调料中的盐梅一样，为治国发挥重要作用。"

说下时代背景：

盐与铁，从汉武帝时就已收归官营。国家把持，百姓交钱，是国家财政的重要支柱。北宋也不例外。为保证盐业收入，中央对地方官员下发了定额，以是否完成作为官员的考核标准。官员则花样百出，对盐民各种摊派、盘剥，比如额定的"盐课"之外，连官方运输存储食盐的费用，都以损耗为名转嫁到了盐民身上。

南宋，曾担任过盐官的学者黄震也说道："天下细民之苦，莫亭户（盐民又称为亭户、灶户）为剧……"[17] 他说盐民们寒暑错乱，夏天头顶烈日，身挨烈焰，冬天全身浸泡在冰冷的海水里。所居百里不产蔬菜，每天喝着咸涩的卤水，生而为人，却从未体会过做人的乐趣，家徒四壁，永远欠着官府的钱，三天两头受到官府的拷打，倾家荡产，死于非命者比比皆是。以至于每年都有大批盐民逃亡，宁可东躲西藏做黑户，也不肯回到家乡。

每一粒雪白的盐，都凝结着盐民的血泪。柳永作为盐场的主管官员，国家机器的代表，掌握着对盐民生杀予夺的大权，却能够如此深切地感受到盐民的痛苦，为他们疾呼，甚至喊出"罢盐铁之利"这种违反国策的口号——歌唱、赞美之外，也敢于刺耳地发出太平盛世里的不和谐之音。

因为是这样的柳永，所以他才称得上是真正的时代歌者，是属于庶民的"白衣卿相"。

注释：

[1]〔宋〕欧阳修著《文忠集·居士集》卷四十《有美堂记》，《四库全书》本。

[2]“汴中呼余杭百事繁庶，地上天宫。”〔宋〕袁褧、周煇《枫窗小牍　清波杂志》，上海古籍出版社 2012 年版，第 12 页。

[3]〔明〕黄仲昭编纂《八闽通志（下）》卷四十六《选举》，福建人民出版社 2006 年版，第 63 页。

[4]〔明〕黄仲昭编纂《八闽通志（下）》卷三《地理》，福建人民出版社 2006 年版，第 58 页。

[5]〔宋〕孟元老著《东京梦华录笺注·梦华录序》（伊永文笺注），中华书局 2006 年版。

[6]〔元〕脱脱等《宋史·本纪第七·真宗二》，中华书局 1977 年版，第 140 页。

[7]〔宋〕罗烨著《醉翁谈录·丙集》卷二，《续修四库全书》第 1266 册，上海古籍出版社 2002 年版，第 421 页。

[8]〔元〕脱脱等《宋史·志第四十六·河渠三》，中华书局 1977 年版，第 2321 页。

[9]〔宋〕赵令畤《侯鲭录》卷第七《侯鲭录　墨客挥犀　续墨客挥犀》，中华书局 2002 年版，第 183 页。

[10] 王国维《人间词话汇编、汇校、汇评》，上海三联书店 2020 年版，第 328 页。

[11] 丁传靖辑《宋人轶事汇编》卷十，中华书局 1981 年版，第 465 页。

[12]〔宋〕叶梦得《避暑录话》卷下，《全宋笔记》第二编第十册，大象出版社 2006 年版，第 286 页。

[13] 王仲闻《李清照集校注》卷三《词论》，人民文学出版社 2000 年版，第 194 页。

[14]〔宋〕王灼《碧鸡漫志》卷二：“柳耆卿《乐章集》……浅近卑俗，自成一体，不知书者尤好之。予尝以比都下富儿，虽脱村野，而声态可憎。”

[15] 王国维《人间词话汇编、汇校、汇评》，上海三联书店 2020 年版，第 127 页。

[16] 钱锺书《宋诗选注》，人民文学出版社 2002 年版，第 29 页。

[17]“天下细民之苦，莫亭户为剧，岂止冬不得避风尘，夏不得避暑热而已哉！夏日酷烈……一至深冬冱寒之际，必缺额也，推此以往良苦可知……”《钦定四库全书·子部·黄氏日钞》卷七十，台湾“商务印书馆”1987 年版。

花在老子头上笑

宋朝的小老头们，在簪花一事上，有绝不向年轻人认输的热情。

从拒绝簪花的司马光说起

宋仁宗宝元元年（1038），二十岁的司马光高中进士。

二十岁什么概念？在现代，还是个“妈宝”。在古代，也不过弱冠之年，成人礼毕，单薄的肩胛骨撑不起人生的重负。但司马光何许人也，他是神童啊，七岁就砸缸救小朋友，传奇天下流传，且已熟读“春秋左传”，人家小孩在玩泥巴、斗蟋蟀，只有他手不释卷，目不斜视，庄严地走过去。

如此年轻，便中了进士，还是一甲，优中之优，羡杀多少寒窗苦读人。正该春风得意，一日看尽长安花，骑马倚小桥，满楼红袖招，“好姐姐们，且待俺一家家逛来”。换了其他人，求之不得，他偏不，越发地端庄自守起来。

这一日，“闻喜宴”开——“闻喜宴”是为新科进士举办的贺宴，由皇帝亲自主持，天下英才尽入彀中，少不得喜盈盈，赐袍、鞋、笏、酒、诗，还要赐朵花儿戴。

宋朝惯例，凡国有大庆必有大宴，有大宴，必赐花于群臣。

赐下来的有鲜花，也有假花。假花用罗、纱、绢等织物或者通草制成，逼真精巧，弥补了鲜花易凋的缺点。

这花儿，断不能像刘姥姥那般胡乱插一头。宴至中途，鼓乐再鸣，内侍鱼贯而入，金盘捧出宫花艳，皇帝、亲王、重臣由内侍们服侍，其他人自己动手，各取一朵，簪戴在幞头或纱帽上，然后拜谢皇恩，坐回去继续吃饭。

这一整套是皇家恩荣，也是朝廷礼仪。对于臣子来说，是最值得回忆的平生盛事："宝津南殿，宴坐近天颜，金杯酒，君王劝。头上宫花颤。"[1]说不尽的风光，描不就的风流。

这一次，新科进士们各人都取花戴了。只恨没有镜子，能照上一照，没有手机，能自拍一张。司马光呢，"我自岿然不动"。

同年戳戳他道："高兴傻了？"

答道："呵呵，鄙人性不喜奢华。小时候，长辈给我打个金项圈，穿件绸缎衣服，我都要给脱掉的。何况这些花儿朵儿。"

旁边的人听见了，都倒抽一口凉气。有一位老成的，忙悄声劝道："君赐不可违。"

司马光这才勉强簪上了一枝。

后来成了国家重臣，日子过得是艰苦朴素，家无余财，不蓄奴仆。到三四十岁还没子女，仍然不肯纳妾。夫人先急了，亲自挑选了美女，装扮停当，半夜里送去书房。司马光埋头书堆，只当看不见。美女心道：对付书呆子难道要投其所好？便从书架上抽出一本书来搭讪："中丞，您瞧这是什么书？"司马中丞转身，拱手，肃立："《尚书》。"[2]

《尚书》乃帝王书，记录着士大夫的最高行为准则，对付异性之煞风景指数爆表。美女无话可答而退。

正月十五，东京城里灯市如昼，夫人闲得无聊，要求出门观灯。司马光说：“家里不是有灯吗？”答：“兼且看人。”于是生气了：“难道我是鬼啊？！”[3]

这般抬杠为哪般？无他，节俭的此人早就对上元之夜举国观灯的风气看不惯了，太浪费！

司马光是大宋朝行走的“道德良心”。上自天子、后妃，下至外戚、百官，一言一行，都在他的审察之下。管天管地，管皇帝放屁，管妇女穿衣。连公主离婚，他都要横插一杠子——

宋仁宗嫁心爱的女儿兖国公主于母族李氏之家。李家出身市井，驸马既丑且笨，公主受不了，要求离婚。司马光反对：“贵为帝女，应恪守妇道，为天下女子表率，哪有嫌弃夫君的道理？”公主气得要寻死，仁宗愁得双泪长流，没有办法，为的是宋朝以礼法治国，司马光句句都占着个“礼”字，难以驳他。

司马光一生专心经史，雅擅诗文，秉春秋大义，直道而行，对填词这种旁门左道的小事，压根儿不放在心上。平生所作词传世仅三首而已。其一为《西江月》：

宝髻松松挽就，铅华淡淡妆成。青烟翠雾罩轻盈，飞絮游丝无定。

相见争如不见，有情何似无情。笙歌散后酒初醒，深院月斜人静。

居然是一首完全违背“老古板、死道学”人设的“艳词”，据说是赴宴时即席的戏作，却写得情思缥缈，风致嫣然。

写的是筵席上的一个舞女。这是个淡淡妆、天然样的清新美人。纱罗的衣服青烟翠雾一般，笼罩着她轻盈的身躯，她舞动着，像风中的柳絮游丝，纤柔又飘忽不定，让人不知不觉用目光紧紧追随，只觉得春夜迷离，世界都变得恍惚了。

并没有描写具体的容貌体态，却让读者也感觉到了女子非凡的魅力。佳人如此，只能动心。动心之后又会怎样呢？对于绝大多数男人来说，答案是脱口而出的：追她。寤寐思之。河汉之广，渡之。有墙翻之，有恶犬斗之……

该作者给出的答案是另类的，他说：“相见争如不见，有情何似无情。”

相见已惹相思，这相思之苦，可真令人难熬啊！才见一面已是如此，来日情根深种可怎么办？倒不如从未见到她。多情自古多磨折，人啊，倒不如无情的好。

这不见、无情的主意一打定，显然是理智战胜了情感，可喜可贺，也算是“动心忍性，增益其所不能”了。

然而“恋爱”的事情，怎可能如此简单？“笙歌散后酒初醒，深院月斜人静。”笙歌散，酒微醒，独对满地清冷月光，想到她，心中涌起那团复杂的情绪：惆怅、寂寞、忧伤、甜蜜、渴慕、懊恼……无言语能形容，索性，就此打住不形容了。收梢收得戛然而止，绝口不再提“情”字，而情却天上地上，无处不在。

这首词，写出了人心里最微妙的波动，写出了情感中无从解释的纠葛。

是艳词，却写得高远、灵隽。都说宋词接五代“花间”余脉，这一首，从情感与格调上，却是让人感受到了“诗三百”的率真自然。上半阕，是《国风》中“蒹葭苍苍，白露为霜，所谓伊人，在水一方”的浩渺迷离；下半阕，又有《小雅》里“昔我往矣，杨柳依依”式的怨悱。

如果把这首词落在现实中看，这只是一个应酬场合，只是一位卑微的舞女，喜欢了，并不难得到她。进，不过房中多一个姬妾；退，不过浮生偷得半日闲的一次艳遇。

然而作者下笔，于她，有尊重，于自己，是慎重。狭路相逢的惊艳、动心，他坦承，然后，却是用理性来约束自己——

司马光一生，古板得无趣，保守得讨嫌，但任谁也不能否认，他是一个当世少有的真儒者、真君子。虽然我们并不能坐实这故事的发生，但对于作者本人，这样的选择，完全符合他的个性与三观。

世间岂有不好色者？然而君子好色，是“发之于情，止之以礼”。司马光此人内外无差别，对他人常责以道德，对自己，更是一贯的高标准严要求。但他这首词的真正好处在于，它并不是刻板的道德箴言，它是情感充沛而逻辑自洽的，它是由丰盛心灵和深厚学养孕育出的“情爱”哲思。

《红楼梦》中，警幻仙子说：“如世之好淫者，不过悦容貌，喜歌舞，调笑无厌，云雨无时，恨不能尽天下之美女供我片时之趣兴。此皆皮肤滥淫之蠢物耳。如尔则天分中生成一段痴情，吾辈推之为‘意淫’。‘意淫’二字，惟心领而不可口传，可神通而不可语达。”

法国哲学家乔治•巴塔耶的《色情史》中也说：“情感需要耗费大量的闲暇时间，而下流从根本上是节约、算计或禁忌的产物。”

对于人类来说，色欲是易满足、易厌倦的，根本无须为之纠结。唯有“情”字，最难勘破。情扰乱人，情消耗人，情是有序世间最大的混乱。有情皆苦。

“相见争如不见，有情何似无情。”是理语，是慧语，也是过来人语。

然而，能理解这十二个字的时候，一切其实已来不及了，“情”已经俘获了你。“笙歌散后酒初醒，深院月斜人静。”这酒醒时无限的惆怅，这月光下无尽的哀愁，不是“情”袭击过后的证据，还能是什么呢！

这首词，是一场爱的独角戏，一场轰轰烈烈的暗恋，让人想起一句电影台词：“爱是想触碰又收回手。”这首词，也是一个有心成圣成贤的人，在度过情劫之后所留下的呈堂证供，在回忆的月色里，字字温柔、闪亮，且惆怅。

很倔、太犟的黄庭坚

司马光后来过继了侄儿司马康为子，为了将俭朴节约的家风传下去，写了著名的《训俭示康》一文。文中道：“石崇以奢靡夸人，卒以此死东市。近世寇莱公豪侈冠一时，然以功业大，人莫之非，子孙习其家风，今多穷困。”

被拿出来作为反面例子的前辈名臣寇准，曾在辽国入侵之际力挽狂澜，订立“澶渊之盟”，奠定北宋百年太平。其人十九岁中进士，三十一岁当上枢密院副使（相当于现在的国防部副部长），三十三岁任参知政事（副宰相），四十三岁正式拜相，是宋代名臣中最“年少有为”的一位。宋太宗特别喜爱他，春日宫宴，将后花园新开的异种千瓣牡丹，亲手为寇卿戴上，道：“寇准年少，正该戴花吃酒！”

“戴花吃酒”，正是宋朝人特有的生活方式：

“岁正月梅已花，二月桃李杂花盛，三月牡丹开。于花盛处作园圃，四方伎艺举集，都人士女载酒争出，择园亭胜地，上下池台间引满歌呼，不复问其主人。抵暮游花市，以筠笼卖花，虽贫者亦戴花饮酒相乐。”[4]甚至被堂皇地列入了国家规章制度：

“中兴，郊祀、明堂礼毕回銮，臣僚及扈从并簪花，恭谢日亦如之。大罗花以红、黄、银红三色，栾枝以杂色罗，大绢花以红、银红二色。罗花以赐百官，栾枝，卿监以上有之；绢花以赐将校以下。太上两宫上寿毕，及圣节、及赐宴、及赐新进士闻喜宴，并如之。”[5]

凡国家所有喜庆场合，及皇上游幸，从君到臣，都按等级簪戴各色花朵。

杨万里有诗道：“春色何须羯鼓催，君主元日领春回。牡丹芍药蔷薇朵，都向千官帽上开。”（《德寿宫庆寿口号》）元旦之日，皇帝为两宫庆寿，礼罢归来，群臣跟随御驾之后，官帽上一律插着花朵，牡丹、芍药、蔷薇……正月百花未放，大抵是红、黄、银红的假花。穿着紫袍、朱袍、绿袍的官员们，幞头上花枝烂漫，列队而行，“不知后面花多少，但见红云冉冉来”[6]。

宋真宗朝，已有硬性规定，宴会所赐花朵，不仅必须簪戴，还要集体于殿中跪拜谢恩。[7]到了宋仁宗朝，赐的花，须得本人亲自簪戴，不能交给侍从，完事了也不能扔，必须一直戴回家，不然治你的罪。[8]

所以司马光当年国宴上拒不戴花的行径，其胆大妄为，实在值得正史给他记上一笔。

宋代人爱簪花，不分性别。

女性除了发髻上簪戴花朵外，还喜欢戴一种“花冠”。冠儿上满缀鲜花或以罗绢、珠宝制作的假花。有号为“一年景”的花冠，将桃花、杏花、荷花、菊花、梅花等四季花品，都制成假花装饰在冠儿上。

男性呢，比如《水浒传》中浪子燕青："腰间斜插名人扇，鬓边常簪四季花。"正是京城男青年最时尚的打扮。乡下渔民阮小五，"斜戴着一顶破头巾，鬓边插朵石榴花，披着一领旧布衫，露出胸前刺着的青郁郁一个豹子来"。小霸王周通下山去抢亲，手下的小喽啰们，头巾边也都乱插着野花，粗野中带那么一抹妩媚。

至于以风雅为要务的文人骚客们，这花就更不能少戴了。

苏轼就是个爱戴花的人，连多刺的月季花也不放过——《次韵子由月季花再生》诗云："谁言一萌动，已觉万木活。聊将玉蕊新，插向纶巾折。"

写这首诗时，他弟弟苏子由正巧过六十岁生日，他自己呢，更年长两岁，兄弟俩都是小老头了！

宋朝的小老头们，在簪花一事上，有绝不向年轻人认输的热情。苏轼有诗自夸："人老簪花不自羞，花应羞上老人头。醉归扶路人应笑，十里珠帘半上钩。"（《吉祥寺赏牡丹》）

行人见了都拍手大笑，闺阁中的女子们，纷纷卷起珠帘，争看这位"不自羞"的老人家。

苏轼的好朋友以及政坛死党黄庭坚，也有类似的作品：

鹧鸪天

黄菊枝头生晓寒，人生莫放酒杯干。风前横笛斜吹雨，醉里簪花倒著冠。

身健在，且加餐，舞裙歌板尽清欢。黄花白发相牵挽，付与时人冷眼看。

秋天，菊花开遍。灿黄的菊花，在枝头迎接着秋的萧瑟。“生晓寒”者，寒凉随季节自然发生，天地之气已变，凄风苦雨将至，不可阻挡。

怎么办呢？喝酒，“莫放酒杯干”，一杯一杯，自然就醉了。醉后的世界，狂乱又欢乐——有人在风中吹笛，笛声清越，划破雨线，“横笛斜吹雨”，一横一斜，极具活泼的动感，仿佛乐符与雨点共舞。而听着笛声的人呢，他倒戴着帽子，把菊花胡乱地往头上堆插，早已醉得晕陶陶了！

这也是黄庭坚人生里的秋天。

黄庭坚二十二岁中进士，也算少年得意，但仕途并不顺。早年因恃才放旷，流连青楼，饱受政敌攻讦。中年之后，又因参与“元祐党争”，遭到政治迫害。写这首词时，黄庭坚五十岁，正被贬官外放在蜀中黔州（今重庆彭水）。

古人寿命短，五十岁已妥妥自称一声“老夫”了。临老被贬，任谁也不高兴，那又能怎么办呢？

“身健在，且加餐”，好好活着，好好吃饭，还要好好地欣赏美人歌舞——黄庭坚年轻时倚红偎翠，写放荡靡软的艳词，然而在这临老入花丛之际，他的眼睛是清明没有色欲的：歌就是歌，舞就是舞，是纯粹的艺术审美愉悦。所以这里说是“清欢”。

最后，是作者本人簪花傲立的一个大定格：白发与黄花相映成趣，成一种老辣沧桑之气质美，至于“时人”——世俗之人怎么看，老夫才不在乎呢！

黄庭坚此人，性子既倔，爱憎又分明，倒合了他的表字“鲁直”：鲁勇且直率。他是旧党、反变法派。他与新党的赵挺之年轻时是同事，政见不同翻脸后，公私场合都对赵没有好脸色，不是嘲弄，就是痛骂。新党上台后，他当史官编写《神宗实录》（以宋神宗在位时间为单位的编年体史书）时，又坚决按自己了解的情况来写，对宋神宗主导的“变法”成效多有批评，于是，被治了一个“诬蔑不实”之罪。

在黔州，生活艰苦，他自己开荒种菜。两年后，又被赶到戎州（今四川宜宾）。到宋徽宗即位，旧党都陆续得到了赦免，黄庭坚也被起用为吏部员外郎，叫他回京，他居然拒绝了，说谢了，就让我在外面当个地方官吧。地方官只上任了九天，就被人诬告落职，正逢旧敌赵挺之当宰相，于是流放广西。后来，就病死在了那里，终年仅六十周岁。

生命的最后十年，全在颠沛流离中，一次一次，离家更远，离老更近，背负的罪名越来越重，热衷名利的人对他避之唯恐不及，而亲友的噩耗一个接一个传来：弟叔达死，友人秦观死、苏轼死、陈师道死……命运狞恶，在他晚年未曾降下一丝善意。而他自始至终怡然自若。

“阽余身而危死兮，览余初其犹未悔。”日子照样地过。开完荒，种完菜，又种花、种竹、种果树。写字、画画、作诗，给当地的年轻书生讲解文章。累了，焚个香，坐个禅，或出门转悠，听林子里百种千样的鸟儿叫声……当然，还有看本地的美人歌舞，喝酒，菊花插满头，风雨中大笑，拍手作歌。

很多人被贬谪后，是强颜欢笑，而黄庭坚，他的笑容，主要靠的是问心无愧，发自内心的一股子自信。

在贬谪期间，他还写过一首《水调歌头》：

瑶草一何碧，春入武陵溪。溪上桃花无数，枝上有黄鹂。我欲穿花寻路，直入白云深处，浩气展虹霓。只恐花深里，红露湿人衣。

坐玉石，倚玉枕，拂金徽。谪仙何处？无人伴我白螺杯。我为灵芝仙草，不为朱唇丹脸，长啸亦何为？醉舞下山去，明月逐人归。

听听，这是犯了错，有愧朝廷、有负皇恩的态度吗？这根本上是一首笑傲红尘的谪仙人之歌，幽洁而瑰丽，既有《离骚》式的志士情怀，又洋溢着李白式的天真豪迈。

“老冉冉其将至兮，恐修名之不立”。他正在成为他所追寻的。坐在武陵的桃花林里，他已经把自己坐成一株世外的灵芝仙草。词中所描绘的桃源境，与其说是实景，不如说是以实景为蓝本的理想精神世界。

再看这一首在戎州写下的词：

念奴娇

八月十七日，同诸生步自永安城楼，过张宽夫园待月。偶有名酒，因以金荷酌众客。客有孙彦立，善吹笛。援笔作乐府长短句，文不加点。

断虹霁雨，净秋空，山染修眉新绿。桂影扶疏，谁便道，今夕清辉不足？万里青天，姮娥何处，驾此一轮玉。寒光零乱，为谁偏照醽醁？

年少从我追游，晚凉幽径，绕张园森木。共倒金荷，家万里，难得尊前相属。老子平生，江南江北，最爱临风笛。孙郎微笑，坐来声喷霜竹。

永安，即今重庆奉节。三国时刘备猇亭战败后，驻军白帝城，建永安宫。

绍圣元年（1094）中秋节后二日，黄庭坚和当地的青年学子们游览白帝城后，在一位张姓人家的花园里赏月。主人以金荷叶杯盛名酒“醽醁”招待诸客，客人中有叫孙彦立的年轻人，吹笛为大家助酒兴——黄庭坚当年在京城，往来皆当世鸿儒、文豪、画圣，侍酒者皆名花国色，什么样的享受没经过，什么样的场面没见过？偏偏，这偏僻山城的一场小宴，却催他逸兴遄飞，写出了人生中最激昂的词篇。

上阕写秋景，雨过彩虹收，天地间清气充盈，山色妩媚如美人新修的眉峰。谁言秋气萧瑟？作者上来就定了基调：这个秋天，不寂寥，很美妙！

时间嘛，是八月十七。“十五的月亮十六圆”，到了十七号，是要亏损点儿了。但作者偏说，我看月亮还是一样的皎洁：“谁便道，今夕清辉不足？”这是心态战胜了环境的乐观主义精神。

就像一上来，他说“净秋空”，雨水似知人意，主动清洗出一个朗朗晴空。嫦娥也不再是“碧海青天夜夜心”的寂寞少妇，而变身旅游达人、“逛吃”少女，驾着她的私家车，在青天上到处转悠。随手撒一缕光下来，热心地为下界凡人照亮那杯中酒色。

下阕写人。老去的文豪，带着年轻的学子们游园，彼此间亦师亦友，隐隐有“我道不孤”之欣慰。年轻人有赤诚心，小地方有厚人情，天上有明月，樽中有美酒，“共倒金荷，家万里，难得尊前相属”——豪迈中有沧桑，沧桑中又有旷达，“难得”二字，更是过来人语。

“老子平生，江南江北，最爱临风笛。”老子，是“老夫”的意思。此处典出《世说新语》：庾亮至武昌，秋夜登楼游赏，见气佳景清，道：“老子于此处，兴复不浅。”

“江南江北”者，不是泛称，而是有行遍坎坷、风波历尽的意思，正呼应前面“家万里”三字。“过来人”最要紧的并不是阅历，而是见惯炎凉后，仍心境澄明，仍有理想，爱生活。否则，徒以“吃过的盐多”骄人而已。

这一切作者未曾明言的，寄托在笛声里。

宋玉《笛赋》中，说笛声“激叫入青云，慷慨切穷士”，是志士穷途的激昂心声。

《世说新语》中还有一个故事：王子猷于江船中，偶遇桓子野从岸上经过，二人并不相识，王子猷却派人致意说：“闻君善吹笛，试为我一奏。”桓子野果然持笛而奏，奏完便去，宾主不交一言。

这个故事，从来被认为是魏晋名士风度的典范。

于林下水岸的开阔之地，临风听笛声，清越之外，更添缥缈，最是动人心魄。黄庭坚爱笛乐，更爱笛声承载的志士情怀与名士风流。

情景交融，步步铺垫，然后是近乎口语的三句话：“老子平生，江南江北，最爱临风笛。”轻松而出，却是全词的高潮所在，尽现作者面对人生磨难的旷达心胸与傲岸品格。

“孙郎微笑，坐来声喷霜竹。”“孙郎”，显其年少；“微笑”，显其从容；“坐来”，是立刻的意思，闻人雅意，而立刻致以弦音。“霜竹”是笛子的雅称，“声喷”二字，显技术之高超，可以想象那笛声裂云的艺术感染力。

全词虽然是“老子”自道，却以年少孙郎吹笛的朝气蓬勃形象来结尾，这是作者的高迈之处——对包括“人”在内的美好事物，至老都保有真诚的欣赏与热爱，才堪称是风流一“老子”，而非自以为是的“老朽”。

全词雄浑潇洒，豪迈风流，诵之有金石之声。宋人胡仔《苕溪渔隐丛话》中赞美此篇道：“或以为可继东坡赤壁之歌。”苏东坡因“乌台诗案”

贬谪黄州后，写过前后《赤壁赋》。不论从文学价值，还是从精神内蕴，黄庭坚的这首《念奴娇》，确实与其好友的《赤壁赋》是堪为双璧的。

苏轼与黄庭坚定交时，曾这样赞美对方："此人如精金美玉……观其文以求其为人，必轻外物而自重者……超逸绝尘，独立万物之表，驭气骑风，以与造物者游"。[9]

与苏轼相比较，黄庭坚在个性上更强烈、更有棱角，一生不知何物为"和光同尘"。一腔倔强之气，故有出云之姿。

他的倔与犟，不仅表现在政治上。他也是文坛早早出道的天才，可是不够，这时代天才并不稀缺，他立定心思，要成为那个最独特的自己，决不倚人门户。于是，诗、文、词、书法，都自成一家。开江西诗派一脉，以诗与苏东坡并称"苏黄"。书法也瘦劲雄健，是"宋四大家"之一。

他的字，转折勾画中有奇崛之气，苏轼曾戏嘲道："字虽清劲，而笔势有时太瘦，几如树梢挂蛇。"黄庭坚岂有嘴软的时候，便也将苏字比为"石压蛤蟆"，笑其肥而扁。

早年黄庭坚的草书深受群众喜爱，求字者充塞于门。他也很是自得。唯独老友钱穆父直言不讳："你的字，毛病在于俗气。"黄庭坚很不服气。直到看了唐代大家怀素的作品，大惭，遂闭门习字，废寝忘食，终得顿悟。晚年草书趋于神妙。

无论处世、交友，还是艺术追求，黄庭坚一生讲究"不与俗物为伍"。填词，他当然也要另寻条路出来。好友晁补之曾评价黄庭坚的词："不是当行家语，乃著腔子唱好诗。"说他不是在填词，而是把好诗谱了词曲在唱。

黄庭坚与苏轼等人对词体的创作进行了更激进率性的改革，他们以诗入词，以赋入词，以散文入词，虽然也曾被批评为"句读不葺之诗尔。又往往不协音律”[10]，但确实是全方位扩展了词的题材、内容、手法、风格。

词，不再限于遣情寄兴，词，也可以言志、载道。

南乡子

诸将说封侯，短笛长歌独倚楼。万事尽随风雨去，休休，戏马台南金络头。

催酒莫迟留，酒味今秋似去秋。花向老人头上笑，羞羞，白发簪花不解愁。

这首词，创作于宋徽宗崇宁三年（1104）的重阳节，广西宜州。次年五月，黄庭坚即去世。

这首词中，有孤独，有超然，有颓唐，有从容，亦有“举世皆浊我独清，众人皆醉我独醒”[11]的傲兀。

“诸将”——黄庭坚此次“除名羁管宜州”，就是送到军队里软禁起来。日常为伍的，自然是些武官、军将。重阳佳节，照例登楼宴集，军人嘛，谈的自然是功名马上取，封侯拜将。热闹是他们的，作者在干吗呢?

听短笛，诵长歌。这里作者化用了唐代诗人赵嘏《长安秋望》中“残星几点雁横塞，长笛一声人倚楼”的诗意，塑造出一种寂寥辽阔的意境。古人说，远望以当归，长歌以当哭。老人独自倚楼远眺，和着悠悠笛声，唱着自己的歌，虽有思绪万千，不足与外人道。

戏马台，一名掠马台，项羽所筑，在今江苏徐州市南。晋安帝义熙十二年（416），刘裕大军北征，九月九日，召集僚属宴于台上，赋诗为乐。

金络头，鲍照《代结客少年场行》诗云：“骢马金络头，锦带佩吴钩。”

讲游侠儿的豪勇气概。

这两个典，是非常应景切题的。这两个典的含义，都是昂扬而积极的，但作者直接给它们来了个“休休”——万事到头都是空，任你王图霸业、是非成败、荣辱得失，都要被雨打风吹去！

这首词的上阕，主题词是“虚无”。黄庭坚一生，受佛家与道教思想影响很深，值此人生暮年，命途多舛，产生这种“一切如梦幻泡影”的想法，是很自然的。

但再虚无，人也得活下去呀。活着，就要认真、坦荡地活。君子固穷，居陋巷而不改其乐；君子自守，纵使不被世人理解，也不会像小人那样“戚戚”。

于是，就举杯劝起酒来：“催酒莫迟留，酒味今秋似去秋。”开怀痛饮吧，这美酒的滋味，可是和去年秋天一模一样的啊！

好秋光与杯中酒，任何时候，都是不应该辜负的。黄花灿烂，映照出眼底的一片清明，那些苦难，些须颓唐，随杯中酒一饮而尽，胸中畅快无比。

然后呢，没说的，“老子”要簪花！

“花向老人头上笑，羞羞，白发簪花不解愁。”这三句脱胎于苏轼得诗句：“人老簪花不自羞，花应羞上老人头。”意思差不多。但黄庭坚笔下的这朵花，更生动而拟人化——它在老人头上调皮地笑着，简直要像小孩子一样以手指刮脸，说：“老头子，不害臊！”

老头子呵呵大笑，一点儿也不在乎。老头子簪花好看吗？好看的。这白发与鲜花的相得益彰，超越了世俗之眼，绽放出生命的至美。

一树梅花是宋魂

时间到了南宋，国势日颓，人物凋零。有卓尔不群者，是辛弃疾。

辛弃疾曾有词句回忆少年时代：“少日春怀似酒浓，插花走马醉千钟。”（《定风波·暮春漫兴》）头上插着花，喝醉了酒，骑马狂奔。放在现代，这就是醉驾。亏得古时候田野广阔，任他快活。

那么，老了以后呢？

临江仙·簪花屡堕戏作

鼓子花开春烂漫，荒园无限思量。今朝拄杖过西乡。急呼桃叶渡，为看牡丹忙。

不管昨宵风雨横，依然红紫成行。白头陪奉少年场。一枝簪不住，推道帽檐长。

鼓子花，就是旋花，俗名“打碗花”，暮春时开放，花形似牵牛花，但较牵牛花小而朴素，是一种最普通的田间野花。鼓子花一开，春天就到了盛极而衰的关口了，所以看到荒园中的鼓子花都开了，作者坐不住了，拄着拐杖，也要出门、渡河，看牡丹去也！

由平凡的鼓子花，而引出牡丹，说明平日里，作者就对物候十分关注，春天进行到哪部分了，他都知道，亦可知其珍惜春光之情切。

牡丹花也没有辜负他。虽然经历了一夜风狂雨骤，花儿仍精神抖擞，“红紫成行”，尽情盛大。

赏牡丹，岂可不饮酒？饮酒岂可无狐朋狗友？虽然已被无情流年，用手中拐杖偷换了胯下烈马，这欢乐之情，还是跟年少时一样的。酒友，也依旧是少年人——能和年轻人玩到一处的老人，是有趣的，对生活仍有好奇心与热情的。

饮酒，当然就要戴花。自古花儿爱少年，少年人面色白嫩而头发黑，发量多，中老年人士呢，面色黑黄而头发白，发量稀疏甚至见秃……这花就有点儿簪不住了，总往下滑溜。

老人一笑：“推道帽檐长。”是帽子的问题啊！然后全词就结束了，不思量，无感慨，像对生活中赏心乐事的一次随手记录，而在读者心中，已跃然而出了一位可爱的老头儿形象。

晚年的辛弃疾，空有文韬武略，一腔壮志，受朝廷猜忌，免了官，叫他待在家里发霉。自古仁人志士，往往如此下场。愤怒吗？憋屈吗？说没有，是假的。但在这样的困厄不平中，一个人如何自处，如何安身立命，才最显其人格质地。

这首词，不能仅当作一幅“田园行乐图”来看，它不经意中，为人们展现出了作者坚金美玉般的人格魅力——

那个人，少年转战三千里，壮岁旌旗拥万夫。老了，老了，无论昨宵风狂雨骤，不管年老发稀，仍要将春色簪上发间，醉笑一场。这首词，正是烈士暮年不屈意志的写真。

辛弃疾领兵如虎，文才如龙，是时代里试手补天裂的勇者，牡丹这种具有盛大气象的花朵，很适合他。而才人黄庭坚的倔强与傲骨，也非常匹配“枝头抱香死”的菊花。

不过，最能代表宋朝的，是梅花。

梅，分为果梅和观赏梅。先秦时代，果梅作为调味品已经广泛种植。观赏梅的出现，则要迟到汉代。《西京杂记》载：“汉初修上林苑，远方各献名果异树，有朱梅，胭脂梅。”艳丽的观赏梅花，被珍藏在皇家园林里。到了南北朝，随着花卉培育技术的发展，种梅、赏梅、咏梅的风气，才渐渐流行起来。

《金陵志》载：宋武帝之女寿阳公主，白日睡在含章殿檐下，梅花落于额上，“拂之不去，号梅花妆，宫人皆效之”。梅花不仅深受上流社会的喜爱，像何逊、鲍照等非世家出身的寒族文人，也热情地为梅花创作了大量的诗赋。他们爱梅花，爱的是其风骨，爱其“霜中能作花，露中能作实”（鲍照《梅花落》诗）：冒寒怒放的梅花，可不正像他们冲破门阀政治，凭一己才华崛起于寒微么？

梅花这种植物，虽说傲冰斗雪，很好养活，很有股劳动人民的生命力与泼辣劲儿，但实际上，对于逐日为衣食奔波的普罗大众，冬天到了，只愁没柴烧灶，没炭取暖，孩儿们身上无衣，害一脸的冻疮，哪有多少闲情立在雪里，看什么梅花！所以赏梅，长期以来，都是有闲阶级的情调。

到了宋代，随着观赏梅花在全国的普遍栽培，文人士大夫们，将梅花放到了百花之首的位置。他们爱梅花的艳质芳姿、冰肌玉骨，美得高级，美得脱俗；爱她顶风冒雪的顽强；爱她暗香浮动；爱她独领春风第一枝；爱她独立在红尘边上的骄傲……而最爱梅花，视之为知音、引之为同调的，是士大夫中的独特群体——隐士。

“众芳摇落独暄妍，占尽风情向小园。疏影横斜水清浅，暗香浮动月黄昏。霜禽欲下先偷眼，粉蝶如知合断魂。幸有微吟可相狎，不须檀板共金樽。”

隐者林和靖的这首诗一出，成了千古咏梅的压卷之作。文人骚客尽折腰。欧阳修说：“前世咏梅者多矣，未有此句也。”辛弃疾说：“未须草草赋梅花，多少骚人词客。总被西湖林处士，不肯分留风月。”（《念奴娇》）

林逋跑到繁华的杭州城外，在孤山上住着。一住二十余年，在湖光山色里驾个小船来去。他奉行不婚不育主义，只在住所旁边种了很多梅花，还养了鹤，朝夕相伴，自称“梅妻鹤子”。家里来了客人，看门的童子就把鹤放飞，他看见了就从湖上回来。

当地的太守和朝中的宰相，都来求见他。皇帝特别下旨，拨款给他盖房子。他这隐士，做得真是安逸。宋朝的隐士，大抵做得安逸，并不要像古人那样躲进深山，吃糠咽菜——如果说隐士是闲云野鹤，宋朝的隐士，就是把窝做在红尘边上的鹤。出世与入世，只在扇一扇翅膀之间。

五代时，孔稚珪写了篇《北山移文》，骂那些跑出山的隐士：“使芳杜厚颜，薜荔无耻。碧岭再辱，丹崖重滓”，你们把山水都给污染啦！宋代，就有人写了篇《西山移文》，反过来嘲笑那些不肯出山的，说你们不过是“形隐”而已，真正的隐士，是“天隐”，隐，不是为了个人名誉，而是为了领悟“道”，然后把“道”贯彻天下，境界那可是高多啦！

其实孔夫子早就说过：“邦有道，则仕；邦无道，则可卷而怀之。”仕与隐，是时代面前的机变。政治大环境好了，就出仕。环境变坏了，就回家藏起来。

五代十国时，政局动荡，朝代更迭如走马灯，皇帝都往往不得好死，这就让“食君之禄，忠君之事”的臣子们很为难，尽朝廷之忠吧，很容易死，死得也没啥意义；不尽忠吧，要被世人唾骂，还不如“隐”起来。

五代后期，有一位隐士陈抟，据说能未卜先知，预知天命，和吕洞宾还是酒友。皇帝们都挖空心思，用金钱、高官、美女讨好他，想让他帮自己看看天命如何，这抢来的皇位稳妥不？他都一一婉拒了，逼急了就关门睡觉，一睡好几年，人称“睡仙”。直到宋太祖赵匡胤“黄桥兵变”位登大宝，他才哈哈大笑，笑得一跟头从驴子上栽下来：“这回天下定矣！”

陈抟的眼光很准，宋朝的建立，带来了长久的和平稳定，政治环境对读书人尤其有利。科举制度得到很大完善，开辟了前所未有的阶层上升通道，大家都在为“朝为田舍郎，暮登天子堂”的理想奋斗，谁还走那“以隐入仕”的弯路呢？就算要“隐”，又何必隐得山高水远呢？就好比那梅花，她也未曾避世而开，世人不还是都仰慕她的风姿？

陈抟、林逋之后，又有隐士邵雍。这一位，就是个“天隐”。程颢曾推崇其学术思想：“内圣外王之学也！”[12]说他是真正能安邦治国的儒门圣人。他还精通术数命理，是后世算命先生供奉的祖师。虽一生不曾当官，去世后，朝廷仍赠谥号曰“康节”，后世遂称“康节先生”。

邵雍中年后住在洛阳，砍柴种地，住茅草屋，恬然自乐。但他的崇拜者们看不下去，便由隐退在洛阳的前宰相富弼、司马光、吕公著等名流集资，帮他买了住宅与花园，起名为“安乐窝”。邵雍自号为“安乐先生”，日常教书、著作、喝酒、吟诗。闲时出游，坐一小车，由一仆牵拉，走到哪算哪。满城的士大夫之家，听到他的车轮声，都争相出迎，说：“我家先生到了！”以能留他住宿为荣。甚至有人按“安乐窝”的样式又造了别苑，取名“行窝”，专候先生光临。

以个人魅力征服了大宋朝野的邵先生，平生最爱的花，也是梅花。

同诸友城南张园赏梅十首（选三首）

东风一夜折梅枝，舞蝶游蜂都不知。插了满头仍渍酒，任他人道拙于时。

红日坠时情更切，玉山颓处兴还深。攀条时拣繁枝折，不插满头辜此心。

梅台赏罢意何如，归插梅花登小车。陌上行人应见笑，风情不薄是尧夫。

诗写得朴率自然，还透着快活的酒气。“尧夫”是邵雍的字，“风情”，这里是知情识趣、有格调、会享受生活的意思。洛阳人是连拉板车的都会赏花饮酒，论起“风情”，在大宋能排第一的，邵雍如何就敢在这里自吹自擂呢？

因为“反差萌”——一个老学究，一个道学家，一个隐士，一个命理大师，人人景仰，现在呢，醉醺醺，笑眯眯，满头插着红梅、白梅，被一个小车子拉着，在城里走来走去……一点儿偶像包袱都没有，不仅大家看着亲切，连自己都忍不住喜欢自己了呢！

关于热爱戴花吃酒的事，邵先生还特地写了一首诗解释。

插花吟

头上花枝照酒卮，酒卮中有好花枝。身经两世太平日，眼见四朝全盛时。

况复筋骸粗康健，那堪时节正芳菲。酒涵花影红光溜，争忍花前不醉归。

这就对了，生逢太平盛世啊！邵先生通古晓今，能掐会算，知道中国人能挨上一点太平日子有多难！投胎是技术活，就算投到富贵人家，时代不好也叫你分分钟人不如狗。宁为太平犬，莫做乱世人，如今居然经两世太平，四朝盛世——

“三十”年为一世，两世是六十年。“四朝”，指宋真宗、宋仁宗、宋英宗、宋神宗四朝皇帝。邵雍生命中这六十年，正是北宋政治清明、经济持续发展的时光，自己身体又硬朗，不趁着好春光喝酒，还待怎的？

“头上花枝照酒卮，酒卮中有好花枝。”这是酒涵花影，花、影于玉液琼浆中相映照，幻美明艳，花与酒中间，是老人沉醉的笑脸，是一整个清平时代。

最后的隐士

再后来，又两世六十年，出了著名隐者朱敦儒。

朱敦儒亦长年住在洛阳。“西京”（北宋除了正式的京城“东京”汴梁，又有“西京”洛阳、“南京”应天府、“北京”大名府作为陪都）洛阳，是北宋的花都。这是个空气中充满花香、酒气的城市，城中多牡丹，多园林，多名士，多才子佳人，多下野的高官与退隐的江湖大佬。来自海上的象牙、珊瑚、没药、安息香以及胡椒……从泉州上岸，还没送达皇宫，就已经出现于洛阳的豪华夜宴上。这是大宋最文采风流又韬光养晦的城市，连汴京也无法相比。

隐士们喜欢住在洛阳，不是没有原因的。

关于自家的隐士生涯，朱敦儒有一首家喻户晓的名作：

鹧鸪天·西都作

我是清都山水郎，天教分付与疏狂。曾批给雨支风券，累上留云借月章。

诗万首，酒千觞。几曾着眼看侯王？玉楼金阙慵归去，且插梅花醉洛阳。

这首词，堪称发出了古往今来隐士之歌的最强音：

看他一上来，就以“清都山水郎”自居——和一般隐士自称“山人”的老气横秋相比，这自称里，就额外多出了一股豪气、狂气、意气。仙界给封的管人间山水的郎官，老天赐予的疏狂性子，岂能受人间礼法的约束？

给雨支风，留云借月。呼风唤雨，留住人间美景良辰，才是我的职责。浪漫的想象，表达了对自然的热爱和对世俗的鄙夷。

当然，如果读者冷静下来，也会发现，本质上，这是诗人的花样吹牛皮——自古诗人爱吹牛，也擅长吹牛，但群众喜欢听，因为有超越疲惫现实的美感和激情。

“诗万首，酒千觞。几曾着眼看侯王？”——从天上又蹦到地下，诗万首，是才华大，酒千觞，是酒量大。我有诗有酒，什么王侯将相，不带正眼看的！

在这里，是有一个事件背景的：朱敦儒，史载其“志行高洁，虽为布衣，而有朝野之望”。大家都觉得他有佐理天下的本事。靖康年间，宋钦宗召他到京都，想让他做“学官”，搞教育，他谢绝了，说：“麋鹿之性，自乐闲旷，爵禄非所愿也。”[13]

然后就回到洛阳，这就是“玉楼金阙慵归去”，从君王的宝殿里跑开去，懒洋洋地，又回到了他的洛阳。

“且插梅花醉洛阳”，这里就只能插梅花，别的花都不合适。牡丹、芍药有富贵气，菊花太家常，桃花有点俗，茉莉、栀子是女人家戴的，石榴、木槿太朴实，荷花倒是出淤泥而不染，但没见过人头顶一朵荷花的……只有梅花，才能显其清高脱俗的神仙标格。

多年后，朱敦儒回忆在洛阳的生活：

“当年五陵下，结客占春游。红缨翠带，谈笑跋马水西头。落日经过桃叶，不管插花归去，小袖挽人留。换酒春壶碧，脱帽醉青楼。”（《水调歌头·淮阴作》）

鲜衣怒马，结客少年游，醉卧青楼……这招摇过市的“隐”法，跟“梅妻鹤子”的林和靖，跟最奢侈也不过是被人用小车拉着兜风的邵雍，差距太大了啊！

然而，这正契合了时代风潮。这是北宋的末世。盛世多危言，末世多鼓吹。好比全民看多，卖房炒股，便往往是股市崩盘的前兆，末世之来临，也从来伴随着歌舞升平。

北宋末代皇帝宋徽宗，其治国方略，号为“丰亨豫大”。这四个字，出自“周易”。啥意思呢？词典解释，是形容富足兴盛的太平景象。宋徽宗为此是怎么做的呢？

增设名目向各行业征税要钱，征“花石纲”，大兴土木，扩建皇城，兴建宫观（宋徽宗信道教，宣称自己是天上玉清帝君下凡），凡祭祀庆典，都往最阔气里面办。打造各式“祥瑞”，比如不是说上古大禹造九鼎，鼎现，则圣主出世吗？禹鼎是找不到了，自己现铸九只。又建有广袤十里的假山“艮岳”，山上驯养了无数鸟雀，等皇帝一来，就驱使百鸟乱飞，号为“珍禽迎驾”。收集水蒸气，从山洞里往外喷，号为“贡云献福”，等等。

一切都为了证明：当下，毫无疑问，是由圣明君王统治的空前盛世。

宋徽宗自己，书画双绝，工诗词，擅音律，又精通斗茶、合香、插花、蹋毬……一切风雅勾当。每每出游，皆“御裹小帽，簪花，乘马”[14]，潇洒出尘，望之如神仙中人。后宫佳丽无数，还要私会名妓李师师，很有与民同乐的意思。

按宋徽宗的逻辑自洽，这都是“盛世之圣主”应该有的范儿。

上行下效，整个社会，尤其中上阶层以奢靡无度为理所当然。那么，朱敦儒大隐于洛阳的“青楼”，也正是一名“盛世隐者”应有的风格。

不巧的是，朱敦儒被朝廷召见的这个时间点，正是“靖康之变”的前夜。

宣和末年，宋徽宗“联金灭辽”失败，反被金军大举入侵，兵临汴京城下，宋徽宗慌了神，禅位于儿子宋钦宗，自己先逃为敬。宋钦宗上台主要忙这几件事：一、跟太上皇斗法，防止他闹复辟；二、打压前线武将，怕他们拥兵自重；三、讨好金人，割地赔钱求和；四、等金人退兵，随时准备撕毁和约——反正“蛮夷”不算人，不用和他们讲信用。但金国人不仅是“人”，而且是聪明人，看着炎夏将至，不利攻伐，便收钱退兵，只等秋天草长马肥再回来。

外敌退走，内斗继续。当时，民间流传有“九不管”的讽语：

“不管太原，却管太学；不管防秋，却管春秋；不管炮石，却管安石；不管肃王，却管舒王；不管燕山，却管聂山；不管东京，却管蔡京；不管河北地界，却管举人免解；不管河东，却管陈东；不管二太子，却管立太子。”[15]说的就是宋钦宗大搞思想上反攻倒算，揪出已故变法领袖王安石来批斗，实质上是针对支持过“新法”的宋徽宗，要清理太上皇的党羽。不做防御上的军事准备，却忙着罢免主战派大臣与将领，捉拿“太学生领袖”陈东……种种昏聩之事。

这种情况下，召一著名隐士出山，不过是病急乱投医，拿他当个祥瑞而已。能臣名将，且被排挤着呢，他能做得了什么？

朱敦儒也不肯配合，跑回洛阳去了，还写了这一首《鹧鸪天》。这首对朝廷颇有些不恭不敬的词作，瞬间传唱汴、洛，也是民心所向，大宋的民众，对那玉楼金阙上的赵家天子，已经是失望得很了。

只是，“且插梅花醉洛阳”，也“醉”不上几日了。

靖康元年（1126）八月，金军再至，分两路攻宋；闰十一月，金两路军会师攻克汴京。宋钦宗亲至金人军营议和，遭扣押。靖康二年四月，徽、钦二帝，连同皇族、后宫与朝臣共三千余人被俘虏，押送金国。东京城被烧掠一空，军民死者无数。

北宋灭亡。随着南逃的人潮，朱敦儒携家带口，一路狂奔，行至金陵，眼见长江滚滚，古迹悠悠，不禁涕下，遂有词作《水龙吟》：

放船千里凌波去。略为吴山留顾。云屯水府，涛随神女，九江东注。北客翩然，壮心偏感，年华将暮。念伊嵩旧隐，巢由故友，南柯梦、遽如许。

回首妖氛未扫，问人间、英雄何处。奇谋报国，可怜无用，尘昏白羽。铁锁横江，锦帆冲浪，孙郎良苦。但愁敲桂棹，悲吟梁父，泪流如雨。

想当年，东吴建都金陵，晋军来攻，吴主孙皓弄了几条大铁索拦在长江上，以为天险牢固，没几天就被打得落花流水，一片降幡出石头，自己也当了俘虏。好端端一个繁华极盛的大宋，也被逼到了险恶地步，要重蹈覆辙了。

这时节，谁还有心情做什么隐士！只怕岁月不我待，只盼着有英雄奋起，力挽狂澜，重整河山，把入侵者扫出国土。然而，英雄何在呢？

赤壁一战，蜀吴联合破曹，羽扇纶巾，谈笑间樯橹灰飞烟灭，何等雄才大略！结果也不过是给昏庸的后主们败了家。这跟现在的情况多么相似。

奇谋无用！报国无门！这阕词写得极其沉痛，在国破家亡面前，朱敦儒回归了他士大夫的忧世本色。“且插梅花醉洛阳”，醉梦醒来，繁华成空，他并不能真如神仙超脱。他爱洛阳，爱姑娘与酒，爱山水，爱红尘万丈里的欢乐，当然，也爱曾经稳稳安置着这一切的这个朝代、这个国家，所以，他想要做点什么。“当年五陵下，结客占春游”的豪侠少年，人到中年，血气还是有的。

此时，南宋政权建立，急需人才，人们都道，此乃大宋中兴之时。朝廷更是几番征召，朱敦儒遂由隐入仕。觐见宋高宗后，赐进士出身，授秘书省正字，很快兼任兵部郎官，又迁两浙东路提点刑狱。

为官十四年。到六十八岁时，宋高宗重用秦桧，大力推行“主和”路线，支持主战派的朱敦儒，便被罢免，跑到浙江嘉兴再次隐居了。

红尘中，官场上，打了无数个滚回来，仍然是做他的隐者，但这一回，心境与从前是完全不一样了。

水调歌头

中秋一轮月，只和旧青冥。都缘人意，须道今夕别般明。是处登临开宴，争看吴歌楚舞，沈醉倒金樽。各自心中事，悲乐几般情。

烛摧花，鹤警露，忽三更。舞茵未卷，玉绳低转便西倾。认取眼前流景，试看月归何处，因甚有亏盈。我自阖门睡，高枕笑浮生。

这首词看起来是豪迈的，是旷达的，然而当你沉心读进去，会感受到深深的悲凉。他说，中秋的月亮，和平时的月亮只是一个，只不过是因为人们的意愿，才将它说成特别明亮罢了。人们沉醉在中秋的夜晚，应着这节日之景，各自听歌看舞，各自怀着心事，这正是“月儿弯弯照九州，几家欢乐几家愁”。人类的悲欢并不能相通。

下阕呢，却是在说：人类的悲欢，与我又有何干？这不是冷漠，而是失望。

“烛摧花，鹤警露，忽三更”，这三句连贯而来，声声急切：蜡烛的芯子将要烧尽，结出了烛花，发出轻微爆裂的声音。野鹤夜宿，因白露从草头坠落，遂惊起而鸣，盘旋欲高飞——野鹤除了是隐士的象征，它也是最警醒的一种鸟儿呢。“忽三更”，“忽”字凸显人的焦迫之心。

三更天，是半夜十一点到凌晨一点，这是夜最深沉的时候，也是人们应该安眠的时候。然而今夜无人入睡，词作者不睡。他不睡是因为有心事，所以才能注意到黑夜里这些骚动不安的细节。其他人也不睡，不睡是因为一晌贪欢，不知今夕何夕——

“舞茵”者，为舞女表演而铺设的地毯。“玉绳”者，星名，在玉衡之北，常代指天际群星。室内，歌舞不休，室外，夜空转动，群星西沉，这是场景之内与外、动与静，人之醉与醒、热闹与寂寞的对比。独自走到屋外，仰首凝望夜空的人，是老去的朱敦儒。

叹宇宙之无垠，哀浮生之短促，人在星空下，往往会产生对人类命运的沉思。但对于老去的朱敦儒，他已司空见惯，已不惊不喜近似于麻木：

就这么看着吧，看时间是如何地流逝，看月亮归向何处，又是如何地圆缺亏盈……

且随他们去罢！我关上门去睡。“高枕笑浮生”——这嘴角噙着嘲弄笑意的入睡，算不得什么愉悦深沉的优质睡眠，不过是眼不见心为净罢了。

当屋子里的其他人都在迷醉中，那唯一清醒的人是痛苦的。年轻人还会因之呐喊，年老的人却知呐喊无用。不仅无用，自己也时日无多了。于是：“老来唯嗜睡，万事不关心。”

时间，改变了一切。国事，何至于此？我的一生，如何就走到今日！对于朱敦儒这些经历了两宋剧变的南迁之客，内心深处，是有着巨大的被时代割裂的伤口的。西湖歌舞几时休？只把杭州作汴州。回不去的故乡，回不去的往昔。收复中原的梦想正在一天天破灭，面对现实，接受苟且，这是个软刀子杀心灵的过程。

做隐士的人，精神上总是与红尘浊世保持着清醒的距离。而越清醒的人，越容易在现实面前感到痛苦，因痛苦，更深地遁向隐逸。这正是：“白发渔樵江渚上，惯看秋月春风。一壶浊酒喜相逢。古今多少事，都付笑谈中。”

说什么不负风月，全都因兴亡无奈。这天地间，总能放得下老渔翁的一根钓竿吧？

好事近

摇首出红尘，醒醉更无时节。活计绿蓑青笠，惯披霜冲雪。

晚来风定钓丝闲，上下是新月。千里水天一色，看孤鸿明灭。

晚年的朱敦儒，把自己弄成个老渔翁的形象，每日里，在烟波中来来去去。望之仍旧如神仙。年轻的陆游，慕名带朋友来寻访。一群人来到湖边，便听有笛声从烟波间起，一会儿，老头儿划着只小船出现了，接上大家，到了名为“放鹤洲”的住处。只见四面翠色迎人，山花含笑，壁上挂着琴、筑、阮咸各种乐器，檐间有五彩鸟儿上下飞翔，篮中有各色水果与干脯，老头儿亲手取来奉客，滋味清美。大家恍若到了神仙洞府。

临别时，老头儿飘然一叶，向湖山深处行去，要特别有心的人才能注意到，那舟影里的点点落寞。这时候，他妻子早已去世。那辛苦一生的女人，年轻时夜夜等荡子归家，中年扶老携幼随丈夫逃难，如今走了，倒是被丈夫殷切地念起好来，每每佳节良辰，人后想起，才知老妻是个宝，多少难与人言的话，都可以和她说一说。

老妻死后，朱敦儒在嘉兴傍着儿子过活。不料这一年，丞相秦桧想找个好老师教自家儿子作诗。找来找去，觉得朱敦儒最佳，又怕他不肯，就先把朱家儿子拉出山来，派了个小官，捏在手里。于是朱敦儒竟在七十五岁高龄，又跑到临安，官任鸿胪寺少卿。这个职位，南宋本来没有，是秦桧专为朱敦儒设置的，名义上算朝廷官员，主职就是当家教。

朱敦儒家教只当了一个月，秦桧病死了，第二天他便被罢免，如蒙大赦地跑回家去。然而，“晚节不保，趋炎附势”的污名已经洗不清了。秦桧死了，再谨小慎微的人，如今也敢指着这老头儿的脊梁骨痛骂了。年轻时轰动京洛的词作，也成了话柄，有人写诗嘲曰：“少室山人久挂冠，不知何事到长安，如何纵插梅花醉，未必王侯着眼看。”

他无话可说，也找不到人说。时间慢条斯理又急如惊风地过去，他渐渐和乡野间的普通老者一样了，拄杖出来散步，拎一壶村酒，弄点儿小菜，坐在豆棚瓜架下讲古聊天，看儿孙们在不远处嬉闹，嘴角绽出笑意来。不管怎么说，平平安安活到七十多岁，堪称高寿，可喜可贺。偶尔，有故人来访，带着附近青楼里的姑娘，他像老祖父似的坐着，听女孩们诉说心事，慈祥地点头。老去的朱敦儒，有一双温和体谅的眼睛，与人为善，无可无不可。

念奴娇

老来可喜，是历遍人间，谙知物外。看透虚空，将恨海愁山，一时挼碎。免被花迷，不为酒困，到处惺惺地。饱来觅睡，睡起逢场作戏。

休说古往今来，乃翁心里，没许多般事。也不蕲仙不佞佛，不学栖栖孔子。懒共贤争，从教他笑，如此只如此。杂剧打了，戏衫脱与呆底。

说什么老神仙，原来是个老滑头。他还以这滑头为荣，好像要迫不及待否定前半生：洛阳的高傲，临安的热血。回想前尘，他是不是也会失笑呢？出世入世，都有个“兼济天下”的志向在打底，当真在红尘里滚一回，才发现，终是徒劳。什么也不能做，做不得。索性逢场作戏，游戏人生，随他们去罢！

他说：“且落魄、装个老人星，共野叟行歌，太平时世。”

他说：“世事短如春梦，人情薄似秋云。不须计较苦劳心，万事原来有命。”

如此世故，如此消沉，正如孔圣人所痛恨之“乡愿”。少年狂荡，中年壮志，哪里还能找到一点儿影迹？后世读词的人，有羡他旷达的，也有嫌他俗气的，而羡与嫌，于这位老人的内心，怕早已是不在乎了。岳飞送风波亭了，李光发配海南岛了，连秦桧也死了，金人的铁蹄不来，蒙古人还是要来……

历史的大浪滔天，又沉寂为江川无言。朱敦儒就是朱敦儒，一个隐者，一个词人，既不能为英雄九死不悔，也不能真如神仙忘情。人生的暮年，他又写了一首《鹧鸪天》，与当年在洛阳的那一首遥相呼应，向昨日告别，为一生画下了句点：

曾为梅花醉不归。佳人挽袖乞新词。轻红遍写鸳鸯带，浓碧争斟翡翠卮。

人已老，事皆非。花前不饮泪沾衣。如今但欲关门睡，一任梅花作雪飞。

人到老来唯嗜睡，不仅是精力不济了，也是对这人事皆非的世界失望了。诗、酒、女人，都没意义了。睡乡之外，世间之路皆不堪行，就连梅花，他生命中挚爱的情人，那清狂又妩媚的一生之爱，他也轻轻地关在门外了。

注释：

[1]〔宋〕陈济翁《蓦山溪》，《全宋词（简体增订本）》第一册，中华书局 2005 年版，第 356 页。

[2]〔宋〕周煇《清波别志》卷下“司马温公答刘蒙书”条，《全宋笔记》第五编第九册，大象出版社 2006 年版，第 186 页。

[3] 丁传靖辑《宋人轶事汇编》卷十一，中华书局 1981 年版，第 560 页。

[4]〔宋〕邵伯温《邵氏闻见录》卷十七，中华书局 1983 年版，第 186 页。

[5]〔元〕脱脱等《宋史・志第一百六・舆服五》，中华书局 1977 年版，第 3569 页。

[6]〔宋〕姜夔《郊礼后景灵宫薛谢纪事》。

[7]“天禧四年，直集贤院祖士衡言：‘大宴将更衣，群臣下殿，然后更衣，更衣后再坐，则群臣班于殿庭，候上升坐，起居谢赐花，再拜升殿。’”〔元〕脱脱等《宋史・志第六十六・礼十六》，中华书局 1977 年版，第 2688 页。

[8]“凡预大宴并御筵，其所赐花，并须戴归私第，不得更令仆从持戴，违者纠举。”〔元〕脱脱等《宋史・志第六十六・礼十六》，中华书局 1977 年版，第 2686 页。

[9]〔宋〕苏轼《答黄鲁直书》，《东坡全集》卷七十三，“四库全书”本。

[10] 王仲闻《李清照集校注》卷三，《词论》，人民文学出版社 2000 年版，第 195 页。

[11]〔先秦〕屈原《楚辞・渔父》。

[12]〔元〕脱脱等《宋史・列传第一百八十六・道学一》，中华书局 1977 年版，第 12728 页。

[13]〔元〕脱脱等《宋史・列传第二百四・文苑七》，中华书局 1977 年版，第 13141 页。

[14]〔宋〕孟元老《东京梦华录笺注・梦华录序》（伊永文笺注），中华书局 2006 年版，第 736 页。

[15]〔宋〕徐梦莘《三朝北盟会编》卷五十一，上海古籍出版社 1987 年版，第 385 页。

情圣的黄昏

这是情圣张先，作为一世间平凡男子的『十分钟年华老去』，是时间，在这个不应当午睡的下午，无差别地袭击了他。

斜阳可劝否？且说宋人的生命观

宋仁宗天圣二年（1024）的黄金榜，龙头之争在宋庠、宋祁兄弟间展开。本来点了状元是宋祁，他哥宋庠为探花。然而执政的刘太后一看，说，自古长幼有序，哪有弟弟跑到哥哥前头的！改取宋庠为状元。

宋庠和宋祁兄弟，世称“大小宋”。大宋官至宰相，小宋只做到工部尚书。后来皇帝要提小宋做三司使，三司使在中央总管财政，称“计相”，地位比副宰相也只差一点儿。结果，被包拯跳出来制止了，说：他哥哥都是宰相了，他怎么还能当三司使呢！

朝廷重要职务，落到一家子兄弟手里，这不合适，得避嫌。小宋就这样，仕途上又“谦让”了他哥一回。

二宋没中进士之前，家境贫困，等到官做大了，大宋还保持着俭朴习惯，小宋却是花天酒地，夜夜笙歌，光小妾都娶了十几房。大宋看不下去，问小宋：“兄弟，还记得我俩一起吃咸菜就干饭苦读书的那些日子吗？”小宋回复道：“哥哥，你说我们那些年吃咸菜就干饭苦读书，又是为了啥呀？”

对啊，为了啥呢？

三天两头，小宋开豪门夜宴。客厅用厚重的帘幕围上，散发龙涎香气的巨烛高烧，歌舞不休。宾客醒了醉，醉了醒，偶尔撞开帘子，才发现天光明亮，已不知几日过去了。故小宋的府邸，被时人称为“不晓天”。

小宋晚年，皇帝命他去修《新唐书》。小宋是怎么做的呢？先尽情地吃喝玩乐，到了深夜，忽然宣布要工作了，遂振衣而起，沐浴，漱口，“开寝门，垂帘，燃二椽烛，媵婢夹侍，和墨伸纸，远近皆知为尚书修唐书，望之如神仙焉”[1]。

卧室门大开，影影绰绰的珠帘后头，美人环侍，磨墨的磨墨，牵纸的牵纸，一个老头在中间奋笔疾书，哪里是干活，简直是作秀！没错，小宋就是一个作秀的行家、自恋的魁首。

那一年下大雪，便借着雪势，唤诸姬妾，都来看本尚书写字。几行墨宝下来，自忖这字好还是其次，只这宋郎俊赏，真是天下无双。遂怡然问左右道：“你等在别人家中，可见过主人我这样的风雅？”

原来，宋代的姬妾侍婢与歌儿舞女之辈，便同商品一样，被主家买来送去，乃是常事。故而今天在东家，明天在西家，周旋豪门，倒也是见多识广。

曾在驸马家公干的一歌伎，情商不高，便掩嘴笑道：“我原先的主人嘛，就是抱着小火炉，看看歌舞杂耍，喝多了睡觉而已。”小宋听了嘴角一抽，心中一堵，叹气道：“他倒也不俗！”遂掷笔，与众美大醉而罢。

宋祁一生，风流自喜，好美色，好游宴，又写得一手好辞章。其名作为《玉楼春》：

东城渐觉风光好，縠皱波纹迎客棹。绿杨烟外晓寒轻，红杏枝头春意闹。

浮生长恨欢娱少，肯爱千金轻一笑？为君持酒劝斜阳，且向花间留晚照。

“东城渐觉风光好”，为甚是东城？春从东边来啊！春一步一步走过来，故而是“渐觉”，也说明了人是一直在等着春来，盼望着盼望着，嗖的一下子，这人便迎春而去，奔进那溶溶春水里，荡漾起小舟来了。春江水暖鸭先知，在小宋这里，人感知春天的能力，可也不比那黄毛鸭儿逊色。

堤岸上，柳烟之绿意渐浓，而清晨的寒意渐轻，仿佛是绿意将寒意一点点推开、一分分消融。

人人都知道，此一阕《玉楼春》，最警妙处，就在“红杏枝头春意闹”，一个“闹”字，是全词的画龙点睛之笔，一字而境界全出，红杏灼灼，闹动了一整个烂漫的春天，春，锣鼓喧天地来了。对于在等待着春天的人，这一枝红杏，便是一记清亮的滑弦，是节日里第一朵绽放的烟火。所以写红杏之“闹”，其实写的是人心里的闹动。

不过呢，如果没有绿杨轻烟的沉静底色，没有轻浅的晓寒作为衬托，这一枝杏花，也不会如此灼然。如果没有一湖波光，没有波光里荡舟的人儿，这春色，也不会如此生动。绝妙的警句，和作品从来都是整体。就好比你画龙点睛，龙破壁而飞，是因为在点睛之前，它本来就是一条画得很棒的龙啊！

这是一整天的游乐，从轻寒恻恻的早晨开始，一直到日薄西山的黄昏。小宋不想回家。

没有人想回家。在宋代，在帝京，人们的春游活动，是狂欢节式的，集踏青、饮宴、歌舞、交际、文体游戏为一体：

“大抵都城左近，皆是园圃。百里之内，并无闲地。次第春容满野，暖律暄晴，万花争出。粉墙细柳，斜笼绮陌，香轮暖辗，芳草如茵，骏骑骄嘶，杏花如绣。莺啼芳树，燕舞晴空。红妆按乐于宝榭层楼，白面行歌近画桥流水。举目则秋千巧笑，触处则蹴鞠疏狂。寻芳选胜，花絮时坠。金樽折翠簪红，蜂蝶暗随归骑。”[2]

正是：穷富贫贱皆有所乐，只盼长乐未央。但，太阳会落山的呀！

太阳要落山，气温要下降，料峭春风吹酒醒，乌鸦在树梢喑哑地叫，地上落红狼藉……神经再迟钝的人，此刻也难免感到凄凉。夕阳像悬在天际的一只红色巨眼，在提醒人们：浮生长恨欢娱少。

会享乐的小宋，以花天酒地为己任的小宋，居然也会嫌“欢娱少”？

这个问题，早在大唐的时候，诗仙李白就解答过了：

“夫天地者，万物之逆旅也；光阴者，百代之过客也。而浮生若梦，为欢几何？古人秉烛夜游，良有以也。况阳春召我以烟景，大块假我以文章。”[3]

李白的诗，可以作为小宋此词的总纲。而南宋宗室赵希鹄的一段话，则可作为小宋此词的尾注：“人生一世间，如白驹过隙，而风雨忧愁辄居三分之二，其间得闲者才一分耳！况知之而能享用者又百之一二。”[4]

人生不如意事十之八九，忧愁多而欢娱少，是恒久的、普世的规律，风流富贵如小宋者，也逃不了。如此，他才要奋力抓住欢乐这滑不溜丢的尾巴梢儿。

“浮生长恨欢娱少，肯爱千金轻一笑”——这两句，世故，沧桑，通透，还透着点儿俏皮，总体来说也还寻常，出奇的是紧跟其后的这一句：“为君持酒劝斜阳，且向花间留晚照。”

太阳也是你能劝的吗？我们且听听先辈们是怎么说的。

李商隐说：“从来系日乏长绳，水去云回恨不胜。欲就麻姑买沧海，一杯春露冷如冰。”这是晚唐人的意见。时间是线性消逝的，永不回头。系日无绳，沧海枯涸，唯有春露如冰。颓唐中，带点哀艳。

李白说：“谢邀，关于这个问题，不才写过一首诗，给大家参考——‘鲁阳何德，驻景挥戈。逆道违天，矫诬实多。吾将囊括大块，浩然与溟涬同科。’”

鲁阳公沙场挥戈，落日为之后撤，传说你们都听过吧，不要信，这是违反自然的！你们看，那草不谢荣于春风，木不怨落于秋天。万物兴歇皆自然啊！太阳西沉那是天道，不要怕，看我天人合一……

大唐盛世，人皆豪迈自信。李白是盛世结出的果子，他揣一颗灼热的入世心，要建功立业，又爱寻仙问道，故人生追求，常在“我志在删述，垂辉映千春”与“仙人抚我顶，结发受长生”之间纠结不定。当然这二者都不可能，但他自个儿很当真，形之于诗，则是一派烂漫天真，洒脱到脱线，豪放到洒狗血。

再往前，到魏晋，却见荒原之上，有一个叫阮籍的人，驱车迎着落日狂奔，口中唱歌道：“悬车在西南，羲和将欲倾。流光耀四海，忽忽至夕冥。”“灼灼西隤日，余光照我衣。回风吹四壁，寒鸟相因依。”

大河横亘，牛车无路可往前，牛儿垂头啃草，那人跌坐地上，掩面恸哭。哭得残阳似血，寒鸦四起。魏晋是不平静之世，战乱频繁，政局混乱。人们在酒宴中高唱挽歌，服药喝酒，谈空说有，放诞风流的背面是悲凉。勘不破，理还乱，落日，于魏晋的人，是劫数，是启示录。

大家都觉得，斜阳不可劝，对它敬之、畏之、恨之。然而，宋祁却说：

“斜阳兄，且饮一杯酒，晚点儿再走。”

因为这是在宋朝，是北宋。生活安定，物资丰富，整个社会的心态趋于平和，华夏文明步入成熟。这是为现世哲学统治的时代，不再有天问，人不再与天争。人们关心且热爱着现世生活。

世界变得更规范了。学者们试图将一切归拢在“天理”与“性命”的范畴内，从新儒家“我注六经”的奋起，到理学的大成，都致力于以儒家道统为核心，确立人在现世中的位置，重塑人与天、人与自然的关系。

宋祁面向落日的这酹酒一劝，有几分尊敬，有几分亲近，更有几分自信。象征着天道无情的太阳，像一位被挽留着的客人，坐下来，再陪饮一回，叙叨一回。

这里的人与天、外物与自我，是各自独立，又相知相契、握手言和的。

宋儒把注意力放到了客观世界。程颐说：“万物静观皆自得”，观的是什么？观万物生机——万物生生不已，君子以仁心观之容之，故我能与万物共融共振，最终达到“我”对万物的如臂使指。

人借助自然，来理解自我的生命意义与价值，最终让自我的存在合乎天理、天道。这个天理、天道，并非科学意义上的自然规律，亦非神秘的造物主，或某尊具体神祇，它实质上，是儒家道统的“大道”。

宋儒一步步将儒家圣贤之道，演变成天地间至高且唯一的规则，以为人心若顺应于此，便能造就人世间的完美秩序——历史证明了这条路也走不通。但是在宋朝，在当时，人在万物面前这种蓬勃的主体性，确实为传统士大夫的世界注入了新的活力，为他们带来了空前的自信与社会责任感。

这正是宋祁“为君持酒劝斜阳”这温情一劝中的时代底气。

红杏尚书的处世之道

小宋是个矛盾的人。

他多情。在外头做客喝酒，起风了，叫家里送件衣服来。十几房夫人一起送来，十多件啊，穿任何一件，其余诸位都要恼了。只好一件都不穿，冻得清涕长流。

他又无情。宰相晏殊最赏识他的才情，连家都搬来隔壁，好与他朝夕相处。后来晏殊得罪罢相，皇帝召小宋入宫拟写诏书。小宋遂大展文采，运笔如刀，痛斥晏殊之罪状。旁听者惊出一身冷汗，偷眼看小宋，其人面色酡红，犹带昨夜在晏府痛饮的宿醉。

公事在身，君命在上，不徇私情是正理儿。但按宋制，拟诏的学士，也有权拒绝撰写自己认为不妥的诏书，所以小宋这回的表现，挺让人心寒。

不过，坊间也流传另一种说法。说这回晏殊得罪，是宋仁宗听信谗言，为生母李宸妃当年的遭遇记恨晏殊，想要狠狠地办他。是小宋见机得快，拿了些无足轻重的罪名，故意添油加醋地痛骂晏殊，让皇帝解了气，蒙混过去，晏殊才得以免受重罚。

张贵妃深得宋仁宗宠爱，气焰嚣张，连宰相都攀附于她。按惯例，宋代凡妃子受册封，都会自请免去“册礼”，以示贤德。张氏晋位贵妃时，她就不理这一套，想要风光地为自己办一个册礼，给天下人瞧瞧。正好是小宋经手此事，他居然直接就把册礼给免了。

张贵妃气得跳脚，皇帝也不高兴，小宋就被贬了官。人们说，这正是小宋的刚直不阿之处。但同时也有另一种说法，说是小宋刚上任，不了解情况，才无意中得罪了贵妃……谁知道呢？小宋在官场上的作为，总是这般虚虚实实，叫人看他不透。

小宋勤奋。修《唐书》十余年，平时出入，稿纸总是带在身边。每有所思，赶紧记下来。原来，所谓“夜宴著书”，只是一次灵感大爆发。

小宋能干。在成都做官，平反冤案，惩治贪污，保护农商，法令严明而不扰民。史称“治事明峻”。于国事，每每上书议论，都能切中时弊。对西夏作战时，作“三冗三费”之论，谏言朝廷精兵简政。又曾作《御戎论》七篇，陈述巩固边防的策略。

他为十四个儿子都妥善地安排了前程。临终前，留下遗书，道：“我这个人，学不及名家，文章仅及中人，不足以传世。做官呢，也只堪一郡之主罢了。”嘱咐儿孙，不要向朝廷讨“谥号”，不要俗礼，薄葬即可，棺材用杂木，不用金银陪葬，坟修三尺，坟前种五棵柏树——足矣。

活得讲究，死得朴素。于生死上，小宋是明白人。他遗嘱中的这些话，也并不是自谦，或临终作秀。他是很有自知之明的。

小宋文才虽佳，在文曲星排队出世的北宋，却也算不得拔尖儿的。他修《唐书》，在史学上亦曾遭人诟病。清代大学者顾炎武就说过，宋祁修史，择取史料不当，缺少见识。文字又太过简洁，喜用生词僻句，而常致意义不明。[5]

与寇准、范仲淹、欧阳修、韩琦、富弼、司马光、王安石等名臣相比，他的才能、德行、政绩都不出众。但如果为有宋一代的文官政治找一个代表性人物，他很合适。

不激进，不保守，没有敢为天下先的无畏，却也没有得过且过的暮气。为官，为文，都在能力范围内努力过了。

无小节，而知大义。不大公无私，也不因私害国。风流、多情、多才的外表下，藏着官僚的冷酷。世故的笑容下，也还保有士大夫的原则。

与大宋相比，他私德不修。若观平生政绩，小宋却比大宋更有建树。

大宋是科举“连中三元”的传奇，顺风顺水做到宰相。私德无可挑剔，艰苦朴素，廉洁奉公，忠厚诚恳，但他这官做得……一言难尽。

举例一，在河南当府尹时，大宋见农民播种小麦很劳苦，便想了一主意，叫人拿铁锥在地上刺小洞，再把种子扔进去，以为可以省力。结果一亩地从早到晚都没种完，试验宣告失败。

举例二，河南经常闹蝗灾，他便叫百姓每户都养一只鸡，说鸡可以吃蝗虫。让百姓齐至衙门口来验鸡，群鸡相见，鼓翅而前，厮咬起来。一时间，鸡粪遍地，鸡毛漫天，百姓们拍手大笑，围观了一场“鸡暴动”[6]。

道理好像都挺有道理，用到实际中，又总是那么不对路子，可以说是个“书呆子”的典型了。御史包拯曾参他一本，说他：当宰相期间，——既无功绩又昏聩。鉴于做御史的向来捕风捉影，夸大其词，这个批评，我们且打个对半折扣吧！

小宋更能干，小宋文才更佳，那为什么人们总是说小宋不如大宋呢？

原来，小宋和苏轼的画风有些相似，都是才子型人格。清代学者王夫之曾评价苏轼：论才干与抱负，足以“持国是，规君过，述民情，达时变”[7]，但说到登阁拜相，执掌权柄，绝对不行！为什么呢？业余爱好太多，贪图物质与精神的享受，“酒肉以溺其志，嬉游以荡其情，服饰玩好书画以丧其守”[8]。一旦大权在握，必会因为意志力的匮乏，欲望与情感的失控，而做出危害国家的事情——

这说法对不对，姑且不论，我们只说小宋。他才华虽不及苏轼，官运却比苏轼好太多啦，此人在处世上的圆融，是东坡那种“憨人”不能比的。

某一年，京畿农业大丰收。小宋出来微服私访，和田间的老农搭讪，上前说道：“老人家，今年收成这么好，您说说看，这是该感谢老天保佑，还是要托圣上的洪福啊？”老人家白眼道：“瞧你这么大个人了，说的啥子蠢话！”

老农道：“我的收成，是我辛勤劳作的应得，关上天什么事！我耕作、收获，获得报酬，官府不能占用我的时间，也不能强征我的余利。我现在的快乐，是我应该享受的，又关皇帝什么事！我活了这么久，世事见得多了，还没见过不劳动就想要老天保佑，不努力就盼望着皇恩的人。”

小宋无言而退。回到家，便把老农的话记录下来，写成了一篇文章，就叫《录田父语》。

文章的最后，小宋说：“见识短浅者，往往自信又固执。这人世间，多的是不知谦逊，将上天给予的好运气当成自己功绩的人。我记下这些话，不是想责怪老农，而是作为对自己的警示。”

鸡汤文章经常会告诉我们：努力必有回报。当代中产，略有小成，也不乏沾沾自喜者：“我奋斗，我成功。”

但事实上，时代环境、家庭出身、教育背景，乃至健康、智商、容貌、个性的先天差别，永远在约束着个体的人。即使在高福利高保障的现代文明社会，也依然存在各种透明天花板，阶层差异不能消灭。更不用说等级森严的古代社会了，多少俊杰生不逢时，奋斗一生，潦倒一生；升斗小民，命如草芥，“破家的县令，灭门的府尹”，甚或为奴为婢，哪有什么命运自主的可能？

老农的话，放在当时小环境里没有错。但把它放到历史长河中，放到充斥着灾荒、战乱、瘟疫、暴政……的人类社会进程中，自然界的风调雨顺既不易得，社会的和平安宁更加珍稀。“宁为太平犬，莫为乱世人”，若不幸生逢乱世，“白骨露于野，千里无鸡鸣”——这位老人家，请问何处还能容得下你的一张耕犁呢？

庶民的欢乐，很脆弱，那么，清高的读书人呢？颐指气使的官人们呢？秦皇暴政，焚书坑儒；汉末大乱，洛阳焚毁，百官陪着汉献帝在宫殿的废墟上挖野菜吃。唐之盛世光芒万丈，读书人却并不与有荣焉，人皆道：宁为百夫长，不为一书生。政坛上更有藩镇、外戚、宦官轮番控盘，“安史之乱”“甘露之变”，宰杀百官如鸡，驱使群臣如狗。

宋往前是贵族政治，是门阀世家的天下。上品无寒门，下品无势族。任你才高八斗，出身寒门，就得沉沦下僚。隋唐开了科举，然而限制重重。讲究的是考生的门第、誉望，和得力的推荐人，一般寒门学子，既无门第倚仗，又无权贵荐引，侥幸中了举，没钱、没人脉、没门路，哪个会给你官做？

往后，元朝废科举几十年，读书人全无用武之地。明、清皇权高度集中，做官虽好，风险亦大，一步不慎，要被扒裤子打屁股，下狱、杀头、灭族也是常事。

所以读书人在宋代，才算赶上了好时光。宋太祖留下遗训：“不得杀士大夫及上书言事人。”又制定国策，要与士大夫共治天下。科举制度也厉行改革，向最广大的社会阶层开放，士农工商，考上了就真给你官做。于是才有了“万般皆下品，唯有读书高”，全社会都热爱起文化教育来。

小宋一生，主要在宋仁宗的治下做官。仁宗皇帝，如其谥号“仁”所示，是个宽仁的君主。他仁爱子民，不敢滥取天下以自奉。夜里饿了，想吃一盘烧羊肉都忍住不说，只因深知做皇帝的但凡有一喜好，多添一索取，底下人便百般应承，此后宫中难免夜夜宰羊以备，既增耗费，又添了杀生的罪过。

他对士大夫极是优容，长于纳谏，朝堂上于是生机盎然——两位相爷吵成了乌眼鸡啦，台谏官集体上演辞职啦，那包拯又把唾沫星子喷上龙颜了啦……气得皇帝回到后宫对着众爱妃诉苦。诉苦未毕，奏请他远离女色的折子又追进来了，只得把昨儿才抬进宫的美人又给送回去。

民间的士子写了疑似反诗，他说不过是个老秀才想出风头，博人注目，给他个无关紧要的小官做做，自然就好了。

他在位期间，士大夫皆思想活跃，敢说敢为，经济、军事、政治、文化等各个领域，人才如井喷。

《宋史》对仁宗皇帝的评价是：“吏治若媮惰，而任事蔑残刻之人；刑法似纵驰，而决狱多平允之士；国未尝无弊倖，而不足以累治世之体；朝未尝无小人，而不足以胜善类之气；君臣上下恻怛之心，忠厚之政，有以培壅宋三百年之基。”[9]

然则一片和风细雨之下，亦有春寒料峭。

论才智与胆略，宋仁宗并不是一个奋发有为的英主。他耳朵根子软，沉湎女色，优柔寡断，擅“兼听”却不擅“明辨”，也算不得真正的明君。

仁宗一朝，外对西夏用兵失利，耗资巨大，军民死伤惨重；内则冗官、冗兵、土地兼并皆日益严重，民变、兵乱频繁，又亲手掐灭“庆历新政”的改革。到了仁宗去世，英宗继位时，国家财政也宣告危急：“百年之积，惟存空簿。”[10]

君主专制之下，皇帝一人之身系天下治乱存亡，一人之念定万民生死祸福，皇帝本人的才能与个性，直接关联着国运。宋仁宗对西夏轻率应战，一败再败，死难将士的亲人号哭遍野。宋徽宗好园林艺术，无数老百姓便因“花石纲”而倾家荡产。

老农眼界短浅，只看见自家一亩三分地。小宋却是站高望远、博古通今的，所以他在天命与帝力面前，警惕性特别的强。

再说仁宗这一朝，名臣辈出，全是人尖儿，朝堂上的斗争也就特别激烈，学者石介被控诈死通敌，名将狄青兔死狗烹，才人苏舜卿含愤而亡……这些事件之所以发生，有些是因为仁宗本人的失察，更多的，是源自他的帝王心术。为了赵家王朝的绝对统治地位，即使是宽厚的仁宗皇帝，也有他的绝对冷酷。

大宋与小宋兄弟两个，贫寒起家，青云直上，得高官厚禄，于莫测的政治风波里，却能一苇以渡，未曾受过重大的打击。大宋，大概是因其守中执正，以及忠厚的个性。小宋呢，则是靠他的机变，和这一份自惕之心。

浪淘沙近

少年不管。流光如箭。因循不觉韶光换。至如今，始惜月满、花满、酒满。

扁舟欲解垂杨岸。尚同欢宴。日斜歌阕将分散。倚兰桡，望水远、天远、人远。

这里写的，是又一次春天的盛宴，又一番日暮不散的流连，舟人已解开系在柳树上的缆绳，频频催促，岸上惜别的歌还在唱着，酒，还在殷勤地劝着……

终于，总算是上船走了，双方犹依依相望，然而一棹风急，离人远去，水云依稀，暮色吞噬了天地，模糊了那伫立不甘的小小人影。

旖旎如此，这首词写的，却只是发生在两个老男人之间的一次平常应酬。

这一年，小宋去寿春，经维扬遇见太守刘原父，京中旧识，相逢欢喜。刘原父设宴为小宋送行，席中赋词一阕，叫歌伎唱来助兴。小宋便亦作词酬答。

宋代官员，若外放了地方官，必是要回避原籍，到人生地不熟的外地去，又频频调任，飘荡得辛苦，是为“宦游人”也。但是做官嘛，辛苦也值得。刘原父的词，写得比较平淡，比较套路，词中有云：“利名不肯放人闲，忙中偷取功夫醉。”就是宦游不易，忙里偷闲的意思。小宋回复得却很认真。

且看上阕的关键词，是“因循”与“圆满”。

因循者，一日复一日地过，不思索，无远见，没方向，不知进取，不知戒惕。少年人往往犯此错误，老大悔之晚矣。“圆满”者，事物达到最完美的状态。圆满很好，但转瞬即逝。月盈则亏，杯满则溢，花红易衰，千里搭凉棚，天下没有不散的筵席。

怎么办呢？如富贵公子贾宝玉者，便喜聚不喜散，散了便苦闷，恨不得出家当和尚去。如忧郁少女林黛玉者，喜散不喜聚，她的道理是总归要散的，倒不如一开始就不聚。

成年人小宋给的答案是：持盈守虚，珍惜当下。

人不可以糊涂因循，不可以碌碌无为，人更要懂得盈缺之理，认真地对待每分每秒，去浸淫，去体悟，让每一滴生命的美酒都沁人心脾。这是与友人的互勉。

下阕的关键词，是“远”。“望水远、天远、人远”，三远并出，展现空间上的遥远，又暗示情意之绵延。不仅如此，更推呈出了人生一种“悠远”的境界：

欢聚过，珍惜过，告别过，然后在视线中任这一切远去。这深而长的目光里，有不舍，更多的是释然。生命是一条河，一切流经我们的，又都将离我们远去。我们坦然接受这月缺、花谢、杯空，就如我们曾热烈地迎接月圆、花开、酒满。由此，生命中那些必将到来的离别与丧失，那些遗憾与苦痛，也获得了静美的升华。

张先的大宋丽人图

说宋祁，就不能不说张先。两人的关系很好。第一次会面，是这样的：宋祁跑到张先的家里，让门人通报道：“尚书欲见‘云破月来花弄影’郎中！”张先就从屏风后高兴地跳出来：“莫非是‘红杏枝头春意闹’尚书？”相视大笑。

张先的外号比宋祁还多。

有“张三影”，源自他三首脍炙人口的词作中的名句：“帘压卷花影”“云破月来花弄影”“堕飞絮无影”。

有“张三中”，源自其词作《行香子》：“心中事、眼中景、意中人。”

又有“嫁东风郎中”——“沉恨细思，不如桃杏，犹解嫁东风”。出自《一丛花》。欧阳修尤爱此首，只恨未识其人。张先来京城，上门谒见，欧阳修倒屣迎之，欢喜道：“此乃‘桃杏嫁东风’郎中也！”

如此等等。

张先一辈子，风流韵事也多。年轻时，传说他爬尼姑庵的墙，要拐小尼姑私奔。到了八十岁时，娶了十八岁的小妾，摆酒庆贺，自赋诗云：“我年八十卿十八，卿是红颜我白发。”苏轼在旁边一口接上：“鸳鸯被里成双夜，一树梨花压海棠！”一老一少，笑得猥琐。

到了八十五，又娶一小妾，是年，东坡先生已满四十岁。四十岁的东坡，再毒舌，此刻也不禁真诚礼赞曰：“锦里先生自笑狂，莫欺九尺鬓眉苍。诗人老去莺莺在，公子归来燕燕忙。”

直到年高八十九，活到世所罕见的高寿，张先才在一屋子莺莺燕燕的围绕中去世。

此老一生，官做得不大，但平顺。退休后回到江南，日常就是带着美人在湖光山色中游荡，钓钓鱼，喝喝酒，写写诗，填填词，填好了，便叫美人们即刻歌舞起来。人生至此，夫复何求。

在北宋词坛，张先不是最有名的，却是不可或缺的独一家。

清末词学家陈廷焯说他：“才不大而情有余，别于秦、柳、晏、欧诸家，独开妙境，词坛中不可无此一家。”[11]

“张子野词，古今一大转移也。前此则为晏、欧，为温、韦，体段虽具，声色未开。后此则为秦、柳，为苏、辛，为美成、白石，发扬蹈厉，气局一新，而古意渐失。子野适得其中，有含蓄处，亦有发越处。但含蓄不似温、韦，发越亦不似豪苏腻柳。规模虽隘，气格却近古。自子野后一千年来，温、韦之风不作矣。益令我思子野不置。”[12]

原来宋词有一个“变旧声，作新声”[13]的发展过程。北宋之初，词体上承（隋）唐、五代乐府，接“花间”文人词余脉，尊崇的是以晚唐温庭筠、韦庄为代表的柔婉风格。代表人物是晏殊、欧阳修等，词风皆富丽深闳，娴雅中寄幽思，表达的是普泛化的人类情感、生命感悟——像小宋也是能放到这一拨儿的。

柳永是宋词发展的革命性人物。他打通了文人趣味与市民审美之间的桥梁，用词体来描摹个人境遇，反映时代面貌，为词体注入了新的情感特质和审美内涵。自他开始，宋词从题材、体制、气象、格局、技巧各方面，都面目一新。

柳永比张先走得更快、更远。张先的创新，则主要在于词境的扩展，与晏、欧等人相比，他的词作题材更广泛，内容更有纪实性，抒发的情感更多样化、更私人化。

词体最初是聚宴时的助兴之物，或在风月场合写来赠予歌伎演唱，故而题材单一，主题泛泛。而张先呢，是他最先大量地将词作用于士大夫之间的酬唱，这就把词变成了大伙儿思想交流的工具了。

文人士大夫心思重、事儿多，这么一来，词体承载的东西也多了、重了，表现力外延就更广了。词体，也渐渐就从宫廷文学、伶工之词，转变成为文人之词了。

但张先词最独一家的好处，不在于广阔的表现力或高爽的气象，也不在于普世性的生命感悟发人共鸣，而是他擅长精准又完美地“造境”——

天生的锦心绣口，层出不穷令人拍案叫绝的好才思，无论何时不失高雅的好情趣，然后用最精妙的构思、最生动玲珑的句子，塑造出各种审美的秘境。

比如那首欧阳修激赏的《一丛花》：

伤高怀远几时穷？无物似情浓。离愁正引千丝乱，更东陌、飞絮蒙蒙。嘶骑渐遥，征尘不断，何处认郎踪？

双鸳池沼水溶溶，南北小桡通。梯横画阁黄昏后，又还是、斜月帘栊。沉恨细思，不如桃杏，犹解嫁东风。

这是有零有整的一个言情故事。词中女主角形象鲜明，是个思春的女儿家。她与情郎热恋中不幸分离，独上高楼，只见陌上草长，飞絮茫茫，无数路人骑马过去，只是不见情郎身影。

郎虽不在，情事之遗迹却在：举目而望，成对的小鸳鸯仍在那溶溶泄泄的一池春水中嬉戏，一只只小船儿摇橹来往，坐在船上的人却非你我了。于是客观世界的明媚春日，变成了主观情绪中的暗淡沉郁。

日影移动，她还站在这里。日落日升，她在帘栊后一动不动，被思念与忧愁牢牢掌控。外界景物的不停转换，对照出她不知移挪的痴心。

这里有一个意味深长的细节——“梯横画阁黄昏后”。古时楼房多备有活动的木梯，方便上下、取物。入夜时为了安全，便要将梯子放倒收起。梯已横放，则女主角居住的小楼便成了与外界隔绝的锁闭空间——

前面写了有小船在水路上南北穿行，但乘船的人已不在，这是“似通而不通”。而夜晚的小楼抽去了梯子，则是彻底的阻塞断绝。

这便是用无生命的道具暗示出来的“期盼落空”的递进过程，物虽无情，放进作者精心营造的情境里，便有了莫大的情绪感染力。

白日的悠悠远望和绵绵相思，终结于夜晚的绝望。于是总结陈词道：“沉恨细思，不如桃杏，犹解嫁东风。”

唐代李贺《南园》诗云：“可怜日暮嫣香落，嫁与东风不用媒。”世间女子出嫁，要父母之命、媒妁之言。无媒无聘，便是世人不容的私奔了。桃杏之花，零落于东风，连个媒人都没有，已是极可怜，如今想来——“我竟连这桃杏都不如，桃杏还有个春风可嫁！”

要比惨，我更惨。这两句，便如“玉颜不及寒鸦色，犹带昭阳日影来”，都是极沉痛中发出的极无理话语，天真可笑，然而哀感顽艳，正在此中。

世之好文章，当“凤头豹尾”——这阕词就是典型。起手“伤高怀远”者，清新，“无物似情浓”，又极缠绵，全然风格混搭的两句，定下全词的基调：艳而不俗。

尾句之“犹解嫁东风”，反之又反，奇中出正，意思虽柔婉，笔势上却是强横的。中间情与景交错，环环相扣，写得风雨不透，一句顶着一句，一句拗着一句来，都不离女主角的眼中景、心中事、意中人，于是读者也身临其境，黯然销魂了。

据说，此词便是为那思凡的小尼姑所写。细察女主角的生活环境，并不像是出家人的样子。只是词中写情人之间的千阻万隔，似有难言之隐，对于读者来说，就存在了很多的想象空间罢了。

张先爱美人，也被美人爱。时人道：“张子野善戏谑，谈吐有风味。”风趣会说话的男人，兼有才华助攻，对于妇人女子，是颇有吸引力的。

有一回，他去京郊的玉仙观，途中遇到京城名姝谢媚卿。一个乘香车，一个跨宝马，一个惊才，一个绝艳，两下里都是久已闻名了。如今得遇，一个挑帘含笑，一个驻马踟蹰，四目相对，心下都暗道“原来如此”。

谢池春慢·玉仙观道中逢谢媚卿

缭墙重院，时闻有、啼莺到。绣被掩余寒，画幕明新晓。朱槛连空阔，飞絮无多少。径莎平，池水渺。日长风静，花影闲相照。

尘香拂马，逢谢女、城南道。秀艳过施粉，多媚生轻笑。斗色鲜衣薄，碾玉双蝉小。欢难偶，春过了。琵琶流怨，都入相思调。

回去后，张先就为她写了一首词，为她独创了一个词调——调名出自谢灵运名句“池塘生春草，园柳变鸣禽”，以谢家风流，为一谢姓歌女做标榜，这份礼物，送得清新脱俗，从此，她的名字便进入词史，百代千年了。

这首词，妙在虽是调情，却写得舒缓不躁。上阕简直全是闲笔，有一搭没一搭的，处处空镜头：

清晨明媚的光线里，一重重空阔的庭院；床上没有抚平的被子；微微晃动的文绣帘幕；朱红栏杆向远处延伸；天空中一点点的飞絮，小径上整齐的青草；池水无波，水边一树花斜，花影倒映在水中……

读者知道有人在，但不知道这人是谁。读者只觉得，这人大概是有些寂寞，有些无聊，而那水边的一树花，把身影映在水波里，光影潋滟，又莫名地让人心里乱乱的。

画外音是黄莺儿的啼鸣，宛转的一声两声，递进来，更显得静。春天安静地来，静里孕育着无穷的动。然后下阕就动了，一个女人闯入画面，她行进在车马喧嚣的城南道上，作者的笔围着她，紧锣密鼓地写：“秀艳过施粉，多媚生轻笑”，言其天然生成的好容色，不经意流露的好风情。“斗色鲜衣薄，碾玉双蝉小”——写其衣饰，暮春时节，轻薄鲜亮的衣裙，显身材之曼妙；发髻上佩戴双玉蝉，玉蝉之莹润玲珑，反衬乌发如云。

不怪作者把她观察得如此细致，实在是这女子的形象太出众。这是独具宋代特色的一幅《丽人行》。此丽人不再是《诗经》中庄严的邦之贵媛，委委佗佗，如山如河。也不是大唐的贵妇，丰艳风流，发丝都飘扬着权贵气焰。宋代的丽人，活色生香，多情又可亲，不介意叫男人幻想与她演场恋爱戏。

“欢难偶，春过了”——这后面全是男女调情，说“难”，是为了知难而上，说“春过了”，是为了要去寻春。这是郎有情妾有意，才能说得如此笃定，知道对方不会恼怒。琵琶怨语，是为此情做表白，念念不忘，必有回响，给对方留了个扣儿在这里，她若有心，自会闻弦歌而知雅意。

这一段情，调得斯文、高雅、精致，是典型的上流社会调调，故而“正人君子”辈也能激赏。

张先一生好与美人勾搭，谈情说爱是老手，他的情，用得有几分真心呢？

不知道，不必计较。也许，只是这一份天赐予的好才思，总得在人间有个挥发处，对着美人挥发，也算是得其所哉了吧。

他笔下的美人，都美出了神韵。

醉垂鞭

双蝶绣罗裙，东池宴，初相见。朱粉不深匀，闲花淡淡春。

细看诸处好，人人道，柳腰身。昨日乱山昏，来时衣上云。

写一位侑酒的女伎。写她天然容色淡淡妆，似一朵普通的“闲花”，然则一朵“闲花”，带来一个清新淡雅的春天。好比宋代文人画，三两竿风竹，撑起一天霜雪。这是以少见多、以浅淡见盛大的手法。

“细看诸处好，人人道，柳腰身。”这里是倒装的修辞手法，如《愚公移山》中的“甚矣，汝之不惠！”表现出来的是先声夺人的强调语气。而且一头是承接上面：春天能有一处不好吗？另一头启动下面：柳腰款动，她走过来……

这里有用宋玉《高唐赋》的典：“妾在巫山之阳，高丘之阻，旦为朝云，暮为行雨。朝朝暮暮，阳台之下。”夸她是巫山神女。“衣上云”，是衣裙上绘绣有云彩的图案，这是实景，但被作者写得虚实莫测——你看随着她轻盈的步伐，絮絮白云，从昏暗的乱山中徐徐而出，渐次弥漫整个空间。她的呼吸间有云雨，她行走之时，如见山川形胜。写美人而已，居然写出如此壮丽气象，佩服！

十分钟年华老去

天仙子

时为嘉禾小倅，以病眠，不赴府会。

水调数声持酒听。午醉醒来愁未醒。送春春去几时回？临晚镜。伤流景。往事后期空记省。

沙上并禽池上暝。云破月来花弄影。重重帘幕密遮灯，风不定。人初静。明日落红应满径。

在词体创作中使用题序，然后缘题赋词的风气，也是由张先引领起来的。

有了“题序”，词作的主题变得更有针对性，更生活化和多样化了。

按《天仙子》的小序，这是张先在嘉禾（今浙江嘉兴）做判官时的作品。某日因生病，谢绝了一次公家宴会。是小病，还能喝点酒。持着酒杯，听着自那热闹处飘来的歌声。“水调”者，曲名也，相传为隋炀帝首创。然后就不知不觉地醉了，睡了。

我们都有这样的体验，漫长的午睡后醒来，心情莫名沮丧。这其实是因为人体生物钟被打乱，造成大脑神经内分泌失调，使人产生类似抑郁症的负面心理感受。

张先这连病，带醉，带睡，待到醒来，果不其然的，就颓了，迷茫了，失落了——这一系列负面情感，古人统称为“愁”。午睡醒了，而“愁”未醒，也说明睡前就已含愁了，是欲消愁而没想到愁更愁。

他这一重是春愁，一重是情愁。伤春是最古老的一种文艺病，春天的来与去，让人联想起生命的荣与衰。人年岁越长，对于春天的感受就越复杂。张先这时候五十出头，已经不年轻了。他曾在一首《少年游》中写道：“探花人向花前老，花上旧时春。行歌声外，靓妆丛里，须贵少年身。”美人爱少年，少年与春天相得益彰，而老人，就只是个寂寞的老人。

“临晚镜，伤流景”，是天色之“晚”，也是人生之“晚”。屋外正在暗下去的天空，席地而来渐浓的暮色，都让这不再年轻的人心中伤感。

他想起了一些往事。也许是一些生命里的遗憾，也许，跟某段恋情有关。张先情事多，非要具体到哪段情，哪一个人，这没法说，也不重要。重要的是，我们生活的是个“有情人间”。而作为人，有情皆苦。

生老病死，诸相无常。万事转头空。就算你醇酒妇人，三万场笙歌消磨，又如何？只要一场小病，沉默下来的一个黄昏，你就不得不面对内心的一个“空”。

这是情圣张先，作为一世间平凡男子的“十分钟年华老去”，是时间，在这个不应当午睡的下午，无差别地袭击了他。那一段记忆中的情憾，只是个引子。

上阕，写黄昏的愁绪。下阕，写夜晚的孤独。他想到外面的园子里逛逛，排遣心绪。不料外面的风景也不能让人满意：没有月亮，天上乌沉沉的都是云。

“沙上并禽池上暝”。这句有双重意思。其一，水鸟双宿，更显出自己索居独处。其二，鸟都已睡了，可见今夜月昏云晦，没啥盼头了。但就在这时，景物发生了奇妙的变化。

起风了。风在天地间涌动，吹开了厚厚的云彩，明月破云而出，将它的清晖洒向大地。地上的花草，都从黑暗中显现鲜丽的容姿，趁着月光婆娑弄影。

“云破月来花弄影”——王国维《人间词话》中说：“‘云破月来花弄影’着一‘弄’字而境界全出矣。”

沈际飞《草堂诗余正集》：“‘云破月来’句，心与景会，落笔即是，着意即非，故当脍炙。”

杨慎《词品》：“‘云破月来花弄影’，景物如画，画亦不能至此，绝倒绝倒！”

人人都道这一句太佳妙！它用最精炼的字句，写出了自然界瞬息万变的动态之美，而这美景又呼应着人的心灵。愁苦了一天的人，在最想不到的时刻，目睹了春夜的美好，孤独和忧苦得以纾解。那抚触着花枝的莹洁月光，也照亮了人的心灵。

风越来越大了。得到了片刻的抚慰之后，人终于还是又回到了屋子里。帘幕重重，是为了挡外面的风，让烛光不被吹灭。但烛影跳动，仍在彰显着风的余威。作者侧耳倾听，外面的各种人声，都渐渐安静下来。“风不定。人初静”，又一重动与静的对比和互相转换，传递出夜晚孤独不安的气氛。

“明日落红应满径”。这是一个肯定的陈述句，不带强烈情绪，只有一种平静的哀婉。人在终于接受不可避免的悲剧时，脸上往往就会出现这种平静。

这阕《天仙子》，极短篇幅里有极丰富的内涵。它包含了伤春、嗟老、怀人的多重主题；它写出了一个人一天里的复杂情绪转换；它用日常生活中的一个片段，揭示了人在“时间”里的困境。

它写的，其实也有些像我们人到中年的心境：岁月晚，负累重，哀乐不由已。被生活驱赶着走，颓唐、焦虑、仓皇、茫然……翻遍通讯录，却拨不出一个电话。理想已成空，爱情已成鸡毛蒜皮。强颜欢笑，借“小病”给自己一点独处的时间。生活中没什么开心的事，即使有，也只是偶然的“云破月来”，转身又是夜晚的失眠和焦虑。

注释：

[1] 丁传靖辑《宋人轶事汇编》卷十，中华书局 1981 年版，第 311 页。

[2]〔宋〕孟元老《东京梦华录笺注·梦华录序》（伊永文笺注），中华书局 2006 年版，第 612 页。

[3]〔唐〕李白《春夜宴桃李园序》。

[4]〔宋〕赵希鹄《洞天清录集·序》清嘉庆四年刻本影印《读书斋丛书》。

[5]“《新唐书》志，欧阳永叔所作，颇有裁断，文亦明达。而列传出宋子京之手，则简而不明。二手高下，迥为不侔矣。”“昔人谓宋子京不喜对偶之文，其作史，有唐一代遂无一篇诏令。如德宗兴元之诏，不录于书。徐贤妃《谏大宗疏》，狄仁杰《谏武后营大像疏》，仅寥寥数言。而韩愈《平淮西碑》则全载之。夫史以记事，诏疏俱国事之大，反不如碑颂乎？柳宗元《贞符》，乃希恩饰罪之文，与相如之《封禅颂》异矣，载之尤为无识。”〔清〕顾炎武著、黄汝成集释《日知录集释全校本》（下）卷二十六，上海古籍出版社 2006 年版，

第 1462 页、第 1467 页。

[6]“元宪宋公留守西都，同年为河南令，好述利便，以农家艺麦费耕耨，改用长锥刺地下种。以一亩试之，自旦至暮，不能遍。又值蝗灾，科民畜一鸡，云：不惟去蝗之害，亦可字养。令民悉呈所畜，鸡既集，纷然而斗，莫能闲止。邑前百姓喧阗塞路，共观斗鸡而罢。” 〔宋〕王得臣《麈史》卷下，上海古籍出版社 1986 年版，第 92 页。

[7]〔清〕王夫之《读通鉴论》卷二十五，中华书局 1975 年版，第 878 页。

[8]〔清〕王夫之《读通鉴论》卷二十五，中华书局 1975 年版，第 879 页。

[9]〔元〕脱脱等 《宋史・本纪第十二・仁宗四》，中华书局 1977 年版，第 251 页。

[10]〔宋〕李焘《续资治通鉴长编》卷二百九：“三司使韩绛、翰林学士承旨张方平奏疏曰：‘……祖宗平天下，收敛其金帛，纳之内帑诸库，其所以遗后世之业厚矣。自康定、庆历以来，发诸宿藏以助兴发，百年之积，惟存空簿。’” 中华书局 1995 年版，第 5074 页。

[11]〔清〕陈廷焯《词坛丛话》，唐圭璋编《词话丛编》，中华书局 2012 年版，第 3722 页。

[12]〔清〕陈廷焯《词坛丛话》，唐圭璋编《词话丛编》，中华书局 2012 年版，第 3782 页。

[13] 王仲闻《李清照集校注》卷三，《词论》，人民文学出版社 2000 年版，第 194 页。

少年情事老来悲

小人物的自持，就是他们面对这庞大世界最得体的见客衣裳。

旧时月色照我，小人物的自持

宋光宗绍熙二年（1191）冬，苏州，雪慢慢地下着，湖山慢慢地白着。姜夔正在范成大的石湖别墅做客。美女环侍、暖香扑鼻的筵席上，他拿出了自己最新度曲创作的两首咏梅词作：《暗香》《疏影》。

家伎们轻敲檀板，慢启朱唇，排演起来。曲终余音绕梁，举座陶醉，人人都道：此曲只应天上有，先生作此，真谪仙人也。范成大亦喜不自禁，便将唱曲的妙龄歌伎小红赠予了姜夔。

就有了后来那首著名的诗："自作新词韵最娇，小红低唱我吹箫；曲终过尽松凌路，回首烟波十四桥。"

坐着小船，载着用才华换回来的女孩，在箫声与歌声里回家去，回首烟波浩渺，一篙风急。在姜夔的人生里，这大概是他少有的快意时刻了。姜夔，字尧章，号白石道人，属"江湖派"词人，这一派的人毕生没个正经功名，就靠着才华，在江湖上漂泊，以布衣干谒公卿，当幕僚或门客而谋生。

范成大，字至能，晚号石湖居士。南宋著名诗人。官做得大，最高做到副宰相。他是姜夔的好朋友，也是他的恩主。

从前，色艺俱佳的美人是一种高雅礼品，和名贵品种的马一起被送来送去。到民国郁达夫还在说："曾因酒醉鞭名马，只恐情多累美人。"当然，没人送郁达夫美人，也没人送他名马，他这么写，象征意义居多，算是传统文人的风流自赏。

姜夔虽得了美人，可他家贫，居无定所，吃了上顿没下顿。这一回，也真像是乡下汉得了一匹汗血宝马，养也养不好，拉车又糟蹋了。不知道后来是怎么处理的。歌伎小红在他的人生里，似乎只占了这片刻记忆，直到贫病交加死在异乡，他都再未提起过她。

只有后代读者，一篇读罢，还在艳羡那青春红颜做伴，并不曾想到：但凡人生里所谓种种得意时光，大抵如此，调初起，已觉陈。娇美的刺绣，铺陈在生活那粗麻布的底子上，能经得起几回揉搓？

姜夔的这两首咏梅之词，词牌名取自林逋的诗《山园小梅》：疏影横斜水清浅，暗香浮动月黄昏。

暗香

旧时月色，算几番照我，梅边吹笛？唤起玉人，不管清寒与攀摘。何逊而今渐老，都忘却、春风词笔。但怪得竹外疏花，香冷入瑶席。

江国，正寂寂，叹寄与路遥，夜雪初积。翠尊易泣，红萼无言耿相忆。长记曾携手处，千树压、西湖寒碧。又片片、吹尽也，几时见得？

姜夔应了他的名字，是位天生命定的音乐家。他是词人中极精通音律的一个。他作词，不屑于墨守成规，总要于现成词牌之外，自出心裁再创作些曲子来，必要使音节谐婉，曲尽其妙。（谢谢他的这一番强迫症，宋词的唱法早已失传，唯有在姜夔的《白石道人歌曲》里，还有用旁注工尺谱留存的一点余音，可供今天的研究者摸索。）

《暗香》这一阕，写得雅绝、清绝。起句劈头直下，旧时月色，一片冷冷月光，划破时空而来，人就被回忆死死抓住了。唐圭璋先生说其“峭警无匹”[1]，确实，这是天外飞仙一样的句子，曼妙，而又奇诡。

他说：从前的月亮……

“从前的月亮，照着我，几回在梅花边吹笛？”这个三十多岁男人的脸上露出温柔的笑容，“那些夜晚……是冬天了，白雪铺满了庭院，天地间都很冷，只有屋子里是暖和的。她就香甜地睡在我们的小屋里……”

是啊，因为屋里有个她，所以屋外的冷，都冷得清雅，冷得可喜。恋爱的人就是这样，傻子似的不知炎凉寒暑。

两个人在一起的时光，满满都是闲暇，日子像金线串起的一串珍珠，晶莹的，在指掌间晃悠着。只把此时当寻常。缠绵过后，一个人睡了，一个人还不困，踱到屋外，吹吹笛子，散散步，发发呆，看看梅花——发现今晚的梅花真好看，跑回去把她摇醒，来嘛，出来一起看，折几枝插在瓶里好不好？

她抱怨地嘟嘴，最终是带点宠溺地笑着，披上厚衣服，被他拽着手走出来……他 × 的，年轻真好，恋爱真好。你嫉妒地想着，耳边却又送来他的哀叹：“都过去啦！如今，我就像老去的何逊……”

何逊是谁？何逊是南朝梁的诗人，八岁能诗，弱冠举为秀才，年少才高，只恨出身寒门，久久沉沦下僚，不能得志。姜夔用他来自比，是因为两人命运的相似——“少小知名翰墨场，十年心事只凄凉。旧时曾作梅花赋，研墨于今亦自香。”[2]白石也是年纪轻轻就成了名，科举却屡试不第。后来父亲过世，家境中落，为了养家，只得布衣漂泊江湖，各种寄人篱下，这心中的苦楚，也不用说了。

何逊的诗，被后人评为“清巧”，但又诟之以太苦辛、多贫寒气。这是不公平的，时运不济颠沛流离的人，你倒叫他在哪里讨点富贵气来？

何逊曾在扬州做个小官，官舍后有一树梅花，他常吟咏其下。后来离开了。一年冬天，他突然想念这棵梅花，就特地跑回来看。梅花还在，刚刚绽苞，他在树下彷徨终日，竟然不能再写出一首诗来。

为什么呢？心态不一样了。这访旧的冲动，失语中的心绪，未曾经历过的人，是很难体会的。

姜夔明白，也不多说，只轻轻地带过：“我老了，忘记该怎么写了。”王国维向来嫌弃白石之词其病在“隔”，缺少浑然的意境。其实，这未必是白石的问题。也可能是王先生直率激烈的心性，对姜夔清淡隐忍的写法不够耐心。

姜夔的词，需要体贴着读，就像去体贴一个和自己个性完全不同的人。慢慢地就开始懂得他了，忽然有一天发现，对方那永远得体洁净的衣服下面，有软刀子正在一寸寸磨割肌肤，而他面上，竟然还是自持自重的一派淡定。

一个小人物，不自持，能怎么办？哭号有用吗？愤怒有用吗？白白落个笑柄。小人物的自持，就是他们面对这庞大世界最得体的见客衣裳。

这个极自持的人，坐在酒席上，闻着从门外从竹林边飘来的梅花清香，平静地说，我心里，倒是有点奇怪呢！奇怪什么？是草木无知，物是人非了，梅花却还照旧地开着，将冷馥的香气送到人的身边来。

下阕也还是现实与回忆的交织。

夜雪初积，江国寂寂，想要折一枝梅花寄给远方的那人，是不能够了。手捧着翠玉的酒杯，落下泪来。对着红梅无言地思念——翠尊红萼，一红一绿的搭配，竟如此清艳。

他说："想念我们携手游玩的光景，在西湖之上，有千树梅花，压住一湖寒碧。今天，那些花朵，很快就要被风一片片吹落了吧……"

"什么时候还能再见到那样的场景呢？"

读词的人在心里默默回答：永远不可能了，你自己也晓得的吧！

这一阕《暗香》，写得剔透清莹，是白石道人亲手塑造的一个冰雪琉璃世界，里面有永恒的梅花，有永远的她。还有一个回不去的他。他在记忆里辗转，努力想要回到那棵梅树下，回到她的身旁，可是，不可能了。

他像一个不能被活人感知到的幽魂，无数次伸出手去，无数次失望，过去的岁月，岁月里的人，总是似近还远，即之又离……

这也是白石词的特色，他的词境，永远有种疏离感。企盼，却无从靠近。数峰清苦，商略黄昏雨，风景把人衬托得更孤独。

挽留岁月挽留你，他将往事填词

再看另一首，《疏影》：

苔枝缀玉，有翠禽小小，枝上同宿。客里相逢，篱角黄昏，无言自倚修竹。昭君不惯胡沙远，但暗忆、江南江北。想环佩、月夜归来，化作此花幽独。

犹记深宫旧事，那人正睡里，飞近蛾绿。莫似春风，不管盈盈，早与安排金屋。还教一片随波去，又却怨、玉龙哀曲。等恁时、重觅幽香，已入小窗横幅。

关于这一阕词，读者的意见分歧很大。一派人认为是作者在追怀靖康之耻，二帝被囚，是为感时伤世，寄怀幽远矣。另一派说，别提那么高的觉悟了，人家就是炫个技、咏个物、言个情。

不管怎样，作为咏梅之作，这一首真是技艺超群，写得精艳绝伦。你看他，从头到尾都在自然地化用典故：

筵席的主人范成大曾著有《梅谱》，说绍兴、吴兴一带的古梅："苔须垂于枝间，或长数寸，风至，绿丝飘飘可玩。"

隋代时有人游罗浮山，梦中与一素衣女子相会，女子浑身芳香袭人。又有一绿衣童子，欢笑歌舞。梦醒之后，此人发现，自己躺在一株大梅树下，树上有翠鸟欢鸣。举首四顾，长夜已尽，东方既白，不禁怅然。

故这首词的开头，其实便是从惘然一梦中醒来，是焉非焉，交织着梦的余欢与醒的失望。梦中，有白衣的梅花仙子——她像谁呢？像天寒日暮倚修竹的幽谷佳人，像月下魂魄独归的王昭君。

两个女性的形象，都出自杜甫的诗句：

其一为《佳人》：

绝代有佳人，幽居在空谷。自云良家女，零落依草木。关中昔丧乱，兄弟遭杀戮。官高何足论，不得收骨肉。世情恶衰歇，万事随转烛。夫婿轻薄儿，新人美如玉。合昏尚知时，鸳鸯不独宿。但见新人笑，那闻旧人哭。在山泉水清，出山泉水浊。侍婢卖珠回，牵萝补茅屋。摘花不插发，采柏动盈掬。天寒翠袖薄，日暮倚修竹。

其二为《咏怀古迹五首之三》：

群山万壑赴荆门，生长明妃尚有村。一去紫台连朔漠，独留青冢向黄昏。画图省识春风面，环佩空归夜月魂。千载琵琶作胡语，分明怨恨曲中论。

她们的共同特点，是美好，是孤独，是被背叛与抛弃。这些背叛与抛弃，伤害了她们，却不能损毁她们的美好。美没有萎靡，而是以一种更加高洁而幽寂的姿态展现出来，抗衡这个浊世——“化作此花幽独”。

南朝寿阳公主，昼寐于梅树之下，花瓣飘落在额头，于双眉之间，留下鲜明的印痕，拂之不能去，深宫中遂流行起“梅花妆”。

汉武帝刘彻，幼时爱慕姑表姐陈阿娇，曾对姑母说：“若得阿娇作妇，当作金屋贮之。”阿娇后果成为皇后，却终于失宠被废黜，退居长门宫。

这两个典故，是为了说明梅花的美好，梅花的娇贵，本应该被好好地对待、庄重地珍惜。然而，人们并没有……

汉代马融《长笛赋》云：“龙鸣水中不见已，截竹吹之声相似。”玉龙，即指玉笛。李白《与史郎中钦听黄鹤楼上吹笛》诗云：“黄鹤楼中吹玉笛，江城五月落梅花。”五月落什么梅花？这梅花，不是彼梅花，指的是著名的笛曲《梅花落》，其声哀婉，多写离情愁怨。传为晋桓伊所作，一曲三奏（弄），即主旋律重复三次，而“三奏未终头已白”（唐·皮日休《夜会问答》），这就是词中所谓“玉龙哀曲”。

“隆冬十二月，寒风西北吹。独有梅花落，飘荡不依枝。”（南朝梁·吴钧《梅花落》）凛冬已至，梅花片片随风去。只留下一支哀怨的曲子，在呜咽地吹；只留下纸上的水墨剪影，寂寞横斜。

陈与义《和张现臣水墨梅五绝》诗云：“晴窗画出横斜枝，绝胜前村夜雪时。”姜夔在这里，反用其意，说梅花已入丹青，有情物变成了无生命的画幅。

故，此词上半阕写梅花，实写佳人，写她不幸的命运，被迫遗世而独立。下半阕，则隐隐出现了那背叛伤害她的一方，那曾经热爱，却不能珍惜不能保护她，任她随寒风消逝的人。

《疏影》，写关于失去的悔恨。《暗香》，写对于往事的追怀。两首词，名义上写梅，字面上写梅，而意绝不在梅，他写的，全然是自己的故事，自己的心境。

他追怀着什么？又在悔恨着什么？我们可以来看看，这一年，姜夔经历了些什么。

就是在来吴兴之前，姜夔去了趟合肥，探望住在那里的旧情人，却扑了个空，情人不见了。具体怎么不见了，不知道。但可以想象，可以理解。要么，是跟着别的客人从良，走往他乡了；要么，还在合肥，但是被新的恩主包了，不想见、不能见他了。

这位情人，是一个擅长弹琵琶的歌女。这桩情事，是姜夔一生中唯一的恋爱。在他留下的八十余首词里，有四分之一是为她写的。他一生没有为别的女子写过一个相思字。够深情了吧？还是落得如此下场。怪不得范成大要送他小红，大概也是出于男人之间的同情——女人嘛，不值得如此伤心，你喜欢文艺型的姑娘？我这也有啊！

但是小红能代替得了她吗？不能啊！

那时候，合肥是个很小的城。城中多植柳树，依依可爱，柳荫深处，有一个小小的宅子，她就在那里，从少女时光开始，遇到他，便一直在等着他，等了十几年。人生有几个十几年？她从少女变徐娘，他从翩翩少年到落魄中年。他又中途娶了妻生了女，妻子是诗坛名宿萧德藻的侄女，因爱才以及萧与姜父的同年之谊而许配于他。

她的身份，注定了只能做小妾——在那时候人的眼里，这并不是问题。他是名士才子，往来权贵之门，妻家又有提携知遇之恩。她能做妾不错了。一生一世一双人？穿越女才有这梦想。

连妾的身份，他都最终没能给她。为什么？很简单，穷啊。没有功名，行踪不定，连自己都照顾得马马虎虎，怎么替她赎身？赎了身，带回家又怎么养活？做外室吧，更养不起。

他们是有过好时光的。山盟海誓，对未来曾有许多展望……渐渐的，展望变画饼，诺言变成了心头的暗刺。芳华迟暮，终身无凭，她的焦虑、怨怼，他的无言以对，于是纠结，争吵，又哭泣，和解。

他肯定是挽留过的。但是，当你开始摆出“挽留”这个姿势的时候，这些人与事，注定是留不住了。

挽留岁月，挽留你。怎么可能呢？挽留就是一个宿命的、悲伤的姿势。

就在前不久，他还曾托人去给情人递信，说尽快去看她。还特意写了一首小词，回忆上一回分手时的情景，记得她说，你一路上要多珍重……

怎么会想到那一面就是永别。

不，大概还是有些预感的。就在这一年中，他匆匆忙忙，马不停蹄，足足跑了合肥三趟。直到秋天这一趟的扑空。

这一年以后，他的足迹，就再未踏入合肥一步了。

从前，他每次去见情人，都是在杨柳垂青的春天，而离开，总在江梅盛开之冬。他的词集中，凡涉及梅与柳，便有一个她，遥远地，近切地，站在那里。

江梅引

人间离别易多时。见梅枝，忽相思。几度小窗，幽梦手同携。今夜梦中无觅处，漫徘徊。寒侵被、尚未知。

湿红恨墨浅封题。宝筝空，无雁飞。俊游巷陌，算空有、古木斜晖。旧约扁舟，心事已成非。歌罢淮南春草赋，又萋萋。飘零客、泪满衣。

距石湖之游，过去五年了。宋宁宗庆元二年(1196)冬天，他从无锡经过，途中想再绕去合肥那边看看，终因生计所迫而不能够。旅途中辗转难眠，作小词以记之。

已经这么久了，见到梅花在枝上绽放，我仍然会想起你。如今想要再见到你，除非是在梦里。可是今夜你没来入梦。想写信寄给你，无处可寄。想去旧游之地看看，又物是人非。

“淮南春草赋”，是什么呢？是写于西汉的一首赋，赋的内容是“招山中隐士”，但写得极其奇诡、凄厉，比如这样的句子：“王孙游兮不归，春草生兮萋萋。岁暮兮不自聊，蟪蛄鸣兮啾啾。”还有这样的：“虎豹斗兮熊罴咆，禽兽骇兮亡其曹。王孙兮归来，山中兮不可以久留。”姜夔吟诵这个赋干什么呢？因为契合他的处境，暗吻他的心境——

他就是那一位芳草萋萋连天，犹困于山中猛兽蛇虫不得归的人。

这首词，像是呼应着前面那首《暗香》写出来的。把五年前没有明白说出来的话，全说了。五年前，丧失的痛楚刚刚降临，人被打蒙了，大概是出于大脑的自我保护机制，整个人反而处于一种似信未信似真似幻的半麻木状态，甚至，还乐观地想着，这事情，没什么，我迟早能熬得过去……

于是他将往事填词，“自作新词韵最娇”，博得满堂宾客喝彩。他另寻新欢，“小红低唱我吹箫”，携新得的佳人快乐地游湖……有用吗？呵呵。有经验的人都知道，难熬的日子在后面呢。

五年过去了。时间并没有冲淡一切，反而让他更沉湎于往事了。沉湎着，追忆着，悔恨着——幸亏有诗歌。诗歌是一条隐秘而绚丽的纽带，将现在依旧飘零江湖的他，与留在梅花小院旧时光里的她，联系在一起。闲来的日子，他便将绵绵的思念与痛苦，用文字细细打磨，打磨成一粒粒的晶莹剔透如东海的鲛人之珠。

我怀疑，他很可能是享受这个过程、这种痛感的。是这些思念、痛楚，是这些诗歌，在这个人如不系之舟的漂泊岁月里，在怀才不遇年深日久的郁结里，让他的心灵依旧敏感着、鲜活着，保留了生命的重量与质感。

还是庆元二年。姜夔有一个朋友，是合肥人，叫范仲讷，要回老家去。他特意送了几首诗给朋友，诗中写道：“我家曾住赤阑桥，邻里相过不寂寥。君若到时秋已半，西风门巷柳萧萧。”又道：“小帘灯火屡题诗，回首青山失后期。未老刘郎定重到，烦君说与故人知。”

吐露出两个信息：其一，他是真的把合肥赤阑桥下的小宅子当成自己另一个家了。不，很可能在他心中是唯一的家。他这桩情事，不知道他的妻子可知道？如果是知道的，这样的诗，于她可真是残忍。

其二，那位旧情人，看来还在合肥。他还想着托人给她带信呢！还在许着自己也未必相信的诺言。不知道是傻，是天真，还是自欺欺人，又或者，其实也知道没什么可能性了，只是见到了她的同乡，打内心里觉着亲切，觉得和她之间，又能光明正大地搭上了线。

猛虎是现实，蔷薇是她

说起姜夔这个人，出身是不错的，官宦人家，可惜家道中落。形象也是出众的，人称其“体貌清莹，望之如神仙中人。”[3] 性格也好，每回得了钱，还能拿出来周济更穷的朋友。志气也是高的，有朋友想出钱帮他买个官来做，他拒绝了。才华当然更是横溢的，唯有一点，运气不好。四次科举落第，后来又以音律之能参加朝廷特试，还是失败。只好奔走于江湖之上，在权贵门下讨生活。

他平日里最喜欢的事，是一个人到山里去走，寒冬腊月的，仅着布衫，却浑然不知冷，长啸歌吟，纵情深入，有樵夫遇之者，竟不知是妖怪？神仙？

姜夔这个人，一生未建功业，词论家却拿他与辛弃疾相比，说都是极“情热于中”的人。区别在于，辛弃疾是个狂人，而他是个狷者。狂者进取，辛弃疾在政治舞台上大放光芒。而姜夔不过是一介布衣文人，能有所不为，守住自己的本心，不堕文人恶业，这便是“狷”了。做一个“狷者”，不去阿世媚俗，同流合污，这是绝大部分人做不到的。所以也是很了不起的。

姜夔的词清空骚雅，有着非同寻常的高冷范儿，但他的内心“热”。郁气常闷结于心中，好比服了五石散一般，五内躁热，所以才会不畏风寒在乱山深处跑，是要以外界的严寒来冷却内心吧。

眼看着，又是一年过去了。又是冬天，庆元三年（1197）的正月十一日，临安城中，正是人们倾巢出动，观看花灯的时节。

鹧鸪天·正月十一日观灯

巷陌风光纵赏时，笼纱未出马先嘶。白头居士无呵殿，只有乘肩小女随。

花满市，月侵衣，少年情事老来悲。沙河塘上春寒浅，看了游人缓缓归。

姜夔这一年四十三岁，已经自称白头居士了。

这一年，他真真切切意识到，自己老了。这一年，他真真切切意识到，爱情已经成为往事。旧时的月色，再也照不回现实。这两个认知，几乎是同时发生的。

当一个男人明白了，爱情这东西，从此以后，不管是付出，还是得到，都再也不可能降临自己身上。从这一刻，他就服老了。当一个男人服老以后，他就完全不一样了。比如，他变得神态慈祥了。

——去年还在分明地说“未老刘郎定重到”，这些日子里，难道又发生了什么事？不知道。不过，我们知道，一个人并不是慢慢老去的。一个人的衰老，往往是在一夜之间突然降临的。那可能只是很寻常的一天，那一天，隐藏在未来的日子里，在窥视着我们，等待着我们。

总之，正月十一这一天，彩灯，骏马，鲜花，明月，春草初织，春衣初服，巷陌纵横，欢乐的游街人群，公子王孙，妖娥姣女，市井繁华，又添了许多矜贵富丽。与之形成鲜明对比的，是这个男人的寂寞：半生落魄，头发已白，随人群缓缓地走着，唯有小女儿在肩头相随为伴，女儿的娇小稚拙，更显出老爸爸的枯朽。

幸亏生的是女儿，若换了儿子，这首词就不成立了。想想一个虎头虎脑的皮小子，架在脖子上，什么样的感伤，都被冲淡了呀。唯有女儿，才能显现出温柔、怜惜、依恋等生命中极纤柔的牵绊。中国的读书人，总在追求着那些家国的宏大，然后被宏大戏弄，落得一个尴尬。这次第，偏有一个粉团团的小女儿，坐在肩上，天真无邪地嬉笑，这场景，简直是猛虎轻嗅蔷薇——猛虎是现实，蔷薇是她。

这一首词，写得很平淡，是一个总结性的平淡。她的影像已经淡去了，那件事那个人他都不提了。那么，也就不存在什么感物伤情了。眼前的街市热闹，季节之美，所有的景物，也都无所谓看不看了。

鲜花无辜地过眼，月光湿透了衣服，冷暖都一样。这一天，他是个最平常的老爸，一边应答着小女儿的稚语，一边走过河堤，看过他人的热闹，再缓缓地归去。

少年情事老来悲，他现在不咏梅，不咏柳，不托物寄情，不借酒遣悲怀，在他衰老的骨头里，悲伤日日自行生长出来。

注释：

[1] 唐圭璋《唐宋词简释》，上海古籍出版社 1981 年版，第 135 页。

[2]〔宋〕姜夔《白石道人诗集》《除夜自石湖归苕溪》之九，“四京全书”本。

[3] 夏承焘《姜白石词编年笺校》，附录一，〔明〕张羽《白石道人传》，上海古籍出版社 1981 年版，第 321 页。

我病君来高歌饮

他把最热烈的相思给了谁呢？脾气古怪的臭男人陈亮。

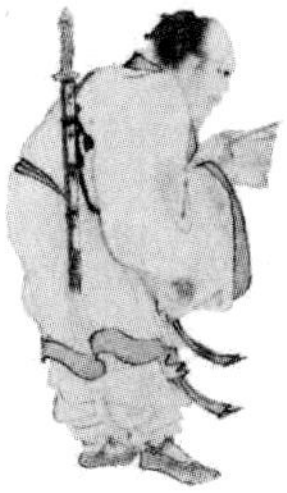

暴力狂人与冷血军阀

关于这两个男人之间，一直有着狗血的传说：

淳熙十五年（1188）冬，江西上饶，雪下得好似漫天扯的鹅毛一般。雪中一人策马飞奔，正是民间意见领袖陈亮，日夜兼程八百里，来访国朝早退老干部辛弃疾。

辛弃疾不在家，在他新建的瓢泉小别墅里赏雪。眼看着天色将暮，前面山庄隐隐可见，陈亮心中欣喜，越发催马扬鞭。不料雪深路滑，到得一座石桥边，马只在原地踏步，鼻孔里喷出一道道白气，表示实在“行不得也哥哥”。

陈亮大怒，抽刀斩下马头，步行前进。辛弃疾正在楼上看风景，远远地望见，大吃一惊，道：“你等速去接他一接，看看是何人这等狂躁，切莫要冲撞了。”

陈亮与辛弃疾自此一会，遂成至交。

辛弃疾后来东山再起，到淮上带兵。陈亮还是一介白身，度日艰难，便上门拜访。是夜二人狂歌痛饮，硬语盘空，畅谈天下大势。辛弃疾喝得高了，开始放大话，讲我若入了中枢，当如何如何，又道先皇定都钱塘，真是不思量，若我是金人，便把牛头山一断，天下援兵难至，再把西湖决堤，满城军民俱成鱼鳖……

“吾兄大才，吾兄高见！”陈亮听得心潮澎湃，为之浮一大白，又浮一大白。终于无话可说，两人同床睡了。睡到半夜，陈亮先自酒醒，突然想起，辛弃疾此人向来深沉少言，今儿个话如此多，又处处触犯朝廷忌讳，全落在了我的耳中，待他明日酒醒，说不得，要杀我灭口。

陈亮遂蹑手蹑脚，溜出门外，将辛弃疾的一匹好马解了缰绳，骑上狂奔而走，一直跑回老家去了。过了个把月，他写信给辛弃疾，并不他言，只道：“手头最近极紧，特向我兄借十万缗钱。”辛弃疾晓得意思，便把封口费打了过去。从此陈亮在家起屋屯田，过起了小康生活，不提。

这桩事情，见诸赵溍的笔记《养疴漫笔》，广为世人传扬。不过，近现代学者力辩其谬：首先，辛弃疾根本没到淮上带过兵，其次，声称钱塘不足以定都的，并非辛弃疾，而正是陈亮本人，并曾上书朝廷，不存在任何忌讳。

既然如此，狗血的八卦为啥四处传播呢？

无他，二位乃是当世大名人，又都是张扬的个性。一个被世人目为狂人疯子，一个被政敌指为奸雄——

陈亮疯到什么地步呢？他跟几个村中醉鬼搞君臣上朝的角色扮演，一个醉鬼自称皇帝，他便自称丞相，又派陪酒的妓女当妃子，其乐何如，结果被人告发“谋逆”。

狂到什么地步呢？“六达帝廷，上恢复中原之策，两讥宰相，无辅佐上圣之能。”[1] 以布衣之身，向朝廷献策，纵谈皇图霸业，说若是依他的办法，天下可定，恢复中原可待！又说满朝官儿，宰相为首，尽是贻误国事的无能之辈。

辛弃疾怎么个“奸”法？组建飞虎军，欺上瞒下，连皇帝都忽悠；走私吃大户，啥挣钱勾当都干，钱除了养兵，还给自己盖别墅、养歌伎。

怎么个“雄”呢？他年少时，率五十余骑，长途奔袭，直入敌军大营，生擒叛徒。“马作的卢飞快，弓如霹雳弦惊”，真刀真枪，血泊里杀将出来。一身武人的狠辣，壮岁为封疆大吏，诱杀“茶商军”，缉捕群盗，杀人如麻。用严刑重法，其治下，闲汉偷只耕牛被抓到，都要扔去沉江。

在偏安的南宋，在中庸的时代，这样的两个人，搭配到一块儿，传出什么骇人听闻的谣言，都是可能的。

朱熹说：你们聊，我在家种菜

淳熙十五年（1188）冬，陈亮四十六岁，来见四十九岁的辛弃疾。这其实是他们的第二次相会，离他们在临安的初识，已经整十年了。

十年前——淳熙五年（1178）的正月，陈亮再次布衣赴京，上书宋孝宗，连上三篇，言尽国家财赋军政大事，其中有云：撕毁和约，向金开战，秣马厉兵，整肃内政，废除科举制度百年，叫文人们修习武事……

坦白说，陈亮是奇才、大才，甚至可说是天才。在士大夫皆坐谈道德文章的南宋，他一心要医国救世，要兴真正的经世致用之学，用他自己的话形容："推倒一世之智勇，开拓万古之心胸。"[2] 他是超时代的异数，落在时代的眼里，便是一身的癫狂。

陈亮这次上书又泥牛入海，但是，他见到了仰慕已久的辛弃疾。春三月，辛弃疾被召为大理少卿，也到了京城。辛弃疾在金国长大，深知其国情军情，又有丰富的实战经验，曾热情写下《御戎十论》《九议》，就对金战事向朝廷进言献策，皆不被理会——在报国无门这一点上，正和陈亮凑了个难兄难弟。

淳熙十年（1183），正在湖南甩膀子苦干的辛弃疾，被言官罗列满纸罪名弹劾，朝廷不由分说，将他的官职一褫到底，叫他回家"休闲"去了。

陈亮急忙写信来劝慰，约定秋后要来探望。不料很快，陈亮就飞来横祸，被人构陷入狱。罪名是"投毒杀人""索贿受贿"，还有"谋逆"。

陈亮在他家乡永康，人缘很不好。他贫穷时，人也不过是耻笑他。他有名气了，有钱了，人又皆嫉恨他。

同乡好友曾奉劝道：所谓豪杰者，格调越高，离世人越远，能理解他的人就越稀少，而他成为众矢之的的危险也就越大。你千万谨慎，言行不要高调，与世多些圆融，免得被小人记恨。

陈亮不听。一个闯过京城龙潭虎穴的人，就在家乡小地方翻了船。

好不容易脱身出来，他去临安参加科举，又没考上。返家途中得了重病，自己是抢救回来了，却把弟弟给传染上，一病死了。

七灾八难的，耗了几年，带着一身霉运光环的陈亮，终于来到了辛弃疾门前。辛弃疾大喜，不顾身染风寒，便要与他携手同游雪中鹅湖。

鹅湖位于瓢泉不远处，其地有山，山顶有湖，湖中有荷，荷间有鹅，故名“鹅湖”。山下有庙，便叫鹅湖寺。朱熹和陆九渊，“理学”与“心学”的掌门人，曾借寺中场地，展开辩论会，是为中国文化史上著名的“鹅湖之会”。

辛弃疾与陈亮的“鹅湖之会”，本来还计划有个主角，就是朱熹。但朱熹没来。

朱熹与陈亮、辛弃疾私交都很好。但陈亮的学术思想，是注重事功，讲王霸之学，跟朱熹那一套道德文章格格不入，两人结交多少年，吵了多少年。吵狠了，陈亮便说朱熹是个腐儒，朱熹反唇相讥，说你不自检点，连个“穷而独善其身”都做不好，被人逮将官里去，还想个甚的“兼济天下”？

辛弃疾呢，才如江海，一人撑起南宋词坛半壁江山。但他本质上还是一个武人。他做事讲实效，擅权变，又奢侈好享受，跟朱熹那古板禁欲的作风，也不大投合。朱熹是逮着机会就要劝谏辛弃疾，说阁下本事是大极了，就是不守礼法，实为美中不足，可快些改了吧！

很明显陈亮和辛弃疾更投契些。这俩凑一起，什么混账话说不出口？讲又讲他们不过，打吧更吃亏，快六十岁的人了，不生这闲气！朱熹就陈亮的邀请回信道：“近方措置，种得几畦杞菊，若一脚出门，便不能得此物吃，不是小事。奉告老兄，且莫相撺掇，留闲汉在山里咬菜根，与人无相干涉……”[3]

说为了吃自家种的野菜，舍不得出门——这算啥子理由？其实就是摆明了我有正经事，不跟你们瞎掺和的意思。淳熙十五年，对于朱熹也是极重要的一年。这一年，他应诏入京奏对。十一月，一封万言建议书递呈御览，对宋孝宗和国势都给出了严厉的负面评价，是为著名的《戊申封事》……

朱老忙着呢！

于是，只剩下辛老，与陈老，来赴此约。

一对钢铁直男的相思错

彤云密布，风如剔骨尖刀，辛弃疾喷嚏连连，却拉住陈亮不放，二人把臂同游，过河入林，踏雪寻梅又寻诗。夜则痛饮酒、狂作歌，大笑大讲，累了便各自倒头睡去。如此，足足欢聚了十天，陈亮才告辞而去。

陈亮走了。辛弃疾独自个儿坐在屋里，炉火熊熊，婢女们如往常一样，手脚轻快地添香、熏烤衣被、整理书案、往花瓶里插着梅花……奔得急了，便隐约有环佩叮咚之声，衬得屋子里越发安静。

他踱到窗前，挑起了帘子，未见窗外之景，风便尖啸一声，卷着一团团的雪絮扑进来，雪落在厚重的红毡毯上，迅速化为微渺的水渍，又迅速地干了。

辛弃疾决定，他要去追陈亮回来。

雪又开始下了。今年的雪真奇怪，怎么也下不完。辛弃疾沿着官道追了半日，视野里白茫茫，分不清天与地。道路越发险滑，眼看是追不上了，只好找了个乡野小酒店，埋头喝了一通闷酒，心中懊恼。

这日夜里，辛弃疾借宿于当地吴氏楼上，忽听得邻家传来笛声，裂云破空，其声悲凉，加上酒意初醒，弄得人更睡不着了，遂起身赋词一首：

贺新郎

陈同父自东阳来过余，留十日。与之同游鹅湖，且会朱晦庵于紫溪，不至，飘然东归。既别之明日，余意中殊恋恋，复欲追路。至鹭鸶林，则雪深泥滑，不得前矣。独饮方村，怅然久之，颇恨挽留之不遂也。夜半投宿吴氏泉湖四望楼，闻邻笛悲甚，为赋《乳燕飞》[4]以见意。又五日，同父书来索词，心所同然者如此，可发千里一笑。

把酒长亭说。看渊明、风流酷似，卧龙诸葛。何处飞来林间鹊？蹙踏松梢微雪。要破帽、多添华发。剩水残山无态度，被疏梅、料理成风月。两三雁，也萧瑟。

佳人重约还轻别。怅清江、天寒不渡，水深冰合。路断车轮生四角，此地行人销骨。问谁使、君来愁绝？铸就而今相思错，料当初、费尽人间铁。长夜笛，莫吹裂。

请注意，辛弃疾此人，按当代标准，是毫无疑问的“直男癌”。他家有钱，养了不少歌女舞姬、妖妾美婢，对她们，他总是兴致来了，宠爱一番，完了该送人就送人，该转手就转手，并不留恋。

他一生，有过太多的女人，环肥燕瘦，甚至与别人送的姐妹花同帐共眠：“并蒂芳莲，双头红药，不意俱攀折。今宵鸳帐，有同对影明月。”[5]然而，除了相伴一生的老妻，没有任何女人，曾获得过他真切的关爱。

世间美人于他，不过是仆佣，是玩偶，所能派上的最大用场，也不过是：“可惜流年，忧愁风雨，树犹如此！倩何人唤取，红巾翠袖，揾英雄泪！”[6]

在男人们为家国天下流涕时，温柔地走上来，递帕子，擦眼泪。

这个男人，以气节自负，以功业自许，在他波澜壮阔的一生里，若非他认可的英雄，不是他惺惺相惜的知己，断不能得到他的青眼——然后，他把最热烈的相思给了谁呢？脾气古怪的臭男人陈亮。

看这首词里，他对老友陈亮的评价多高，说他好比陶渊明再世，又如诸葛重生——

陶令与诸葛丞相，是辛弃疾最爱重的两位先贤。陶渊明不为五斗米折腰，安贫乐道，诗文灿耀古今；诸葛亮政治才能卓越，出山之前，躬耕农亩，而心怀天下，出山之后，为兴复汉室，死而后已。

这两位，都是皇皇史书上的风流人物。而辛弃疾认为：陈亮兼二人之美，才华横溢、安贫乐道如陶渊明；抱负远大和安邦治国之能，又像诸葛。

他回忆送别那日的情景：不知何处有野鹊飞来，一脚踏在松树梢头，簌簌细雪，落到我头顶的破帽子上，好像又为我添了星星白发。眼前这被雪掩盖了的江山，如太过空旷的纸上留白，只枯笔涩墨，涂抹出一点儿剩水残山，真是没啥看头。却不料，被那寥寥数点寒梅，迎寒吐艳，装点出少许的风光。

“两三雁，也萧瑟。”大雁都是结队成群的，两三只雁，就显得萧瑟了。但是，换个角度看，花开鸟飞，生机灵动，衬着冰雪琉璃世界，可不正是良辰美景？每年下雪的时候，你看朋友圈里，人人欢腾，九宫格“秀”雪景，为何在辛弃疾笔下，这雪景就如此惨淡？

境由心生，辛弃疾这一番追人不上，雪深泥滑，少不得还要马失前蹄地跌几个跟头，心中是又急切，又懊躁，又无奈，自然对这场误事的雪大为反感，只恨不得立刻太阳出来，雪化冰消才好。

另一方面，在他心里头，惦记着倒霉的南宋王朝，偏安一隅，前景十分的不妙，所以，在他眼里，看什么都是剩的、残的、破的、寂寥的。几点梅花倒有骨气，可也只是点缀。两三只雁，寒天上叫几声，声单势薄——这梅花，便暗指陈亮这样的爱国志士；这大雁，也似乎在隐喻稀少的“同道之人”。

“佳人重约还轻别”。这佳人呢，非红粉，非朱颜，指的是世间杰出可喜之人，也就是陈亮。古诗云，佳人难再得，况这位“佳人”千金一诺来赴旧盟，于我情深义重，如今轻易别去，岂不令人思之断肠？

清江是附近一条江，天寒水冷，水深难渡，于是老辛望而兴叹——其实辛弃疾是走陆路追的，并不需要渡清江。他这是将景色半虚半实地写，江之遥，是烘托思忆之深。

正是：美人如花隔云端，上有青冥之长天，下有渌水之波澜，天长路远魂飞苦， 梦魂不到关山难！

到了后面，实转为虚，词句开始往想象中去，往内心里走。辛弃疾也开始了他最擅长的“掉书袋”：密集轰炸型用典。

唐代陆龟蒙《古意》诗云：“愿得双车轮，一夜生四角。”车轮变成四方形还走个啥？辛弃疾借这奇幻的意象，表示行路险难。

唐诗人孟郊说：“富别愁在颜，贫别愁销骨。”富人告别时，发愁在脸上。穷人告别时，愁苦到骨头里。为啥？穷人钱少、事多，不像富人，可以来场说走就走的旅行，古时交通不便，这一别只怕便是永别。

辛弃疾经济上不穷，但他和陈亮两个，此时都在人生的困境穷途里，精神苦闷，且世情险恶，此一别后，二人各自去到风波里，焉知未来如何？故而亦不得不愁到销骨。

再说“相思错”——

唐代，魏州节度使罗绍威与敌作战，人手不够，便向朱全忠借兵，又大铸钱币，供应朱军的耗费。结果被搜刮得精穷，几代积蓄一扫而空，万分痛悔道：“合六州四十三县铁，不能为此错也。”——“错”字语意双关，既指“错刀”，一种钱币，也指错误。

辛弃疾用这个典，意思是：我轻易放你离开，招惹得如今相思刻骨，好比费尽人间之铁，铸成一把金错刀。

再说“长夜笛，莫吹裂”——

这是两个典。一个典，是呼应词前小序，“闻邻笛悲甚”，晋时向秀经过已故好友嵇康、吕安的旧居，闻“邻人有吹笛者，发音寥亮。追思曩昔游宴之好，感音而叹”，于是写下一篇极短且哀的赋文，即为《思旧赋》。

另一个典，讲唐代笛师李謩，在宴会上遇见善吹笛的独孤生，就拿自己的笛出来请他吹奏。独孤生说：此笛吹至乐曲“入破”处，必裂。一试果然。

唐宋乐曲，奏至“入破”，通常也是全曲的高潮阶段，笛曲入破，其音高亢悲怨，笛子不堪承受而破裂。辛弃疾用这两个关于笛乐的典故，抒发自己追陈亮而不得的哀愁。

那个人的样子，可真孤单

辛弃疾怏怏而归。后来，陈亮得到他寄去的这首《贺新郎》，立刻唱和：

贺新郎·寄辛幼安和见怀韵

老去凭谁说。看几番、神奇臭腐，夏裘冬葛。父老长安今余几，后死无仇可雪。犹未燥、当时生发。二十五弦多少恨，算世间、那有平分月。胡妇弄，汉宫瑟。

树犹如此堪重别。只使君、从来与我，话头多合。行矣置之无足问，谁换妍皮痴骨。但莫使、伯牙弦绝。九转丹砂牢拾取，管精金，只是寻常铁。龙共虎，应声裂。

陈亮擅长滔滔策论，写词也有文论气，纵横捭阖，挥斥方遒。他这一首词，写得正是词如其人，又直接，又急切，仿佛在和好友对面痛诉心声。

“老去凭谁说！”还未满五十岁，也不算很老，但对于忧时伤国、壮志难酬的人，每一天都是催促，都是煎熬，都是“岁月忽已晚”的怆然。

然后他词锋直指现实：

这错乱世间，恶被指为美，臭腐变神奇，季节颠倒，中原遗民们死得不剩几个了，那沦陷国土上的新生代，自胎发未干婴儿时，便已习惯了南北政权分立的现状，还能指望他们记得国仇吗？恢复中原之事，再不抓紧，就要错过最后的时机了！

陈亮在给宋孝宗的上书中说过，中原之汉文明自古为王道正统，这是天地间铁一样的法则，就好比天上只有一轮月亮，世间又岂有南北政权分立的道理？

“二十五弦多少恨”，说的是乐器“瑟”。传说瑟在初创时为五十弦，伏羲氏命素女鼓瑟，音极悲凉，伏羲心中不忍，便将五十弦减为二十五弦。

自先秦时，瑟便常被用于各种祭礼。到了汉代，瑟又成为宫廷礼乐中的重要角色。

如今，“胡人的妇女，把我汉室的锦瑟拨弄”，陈亮暗指的是，北宋灭亡后，皇宫中收藏的图书文献及礼乐之器，中原文化之精髓，都被金人掠夺一空。正是华夏之耻，社稷之羞。

下阕诉与辛弃疾的知音之情，同道之志。

《世说新语》：“桓公北征，经金城，见前为琅玡时种柳，皆已十围。慨然曰：‘木犹如此，人何以堪！’攀枝执条，泫然流泪。”树都已经长这么大了，人怎么能不老呢？用这个典故，是对上阕第一句的复调呼应，更显二人此一别后，离情之深，又见风雨流年，时不我待之忧急。

南宋偏安，与东晋情势相类，大将军桓温挥师北伐之旧事，也和辛、陈二人想要收复中原的心事投合。然而举目朝堂，衮衮诸公，又有几人能具有危机感与忧患意识呢？

“我这样想念你，是因为从来只有你，能和我说到一块儿去。”陈亮表示，然后话头一转，鼓励、安慰起老友来：

想南北朝时，慕容超姿容英秀，青少年时流落长安。长安是后秦姚兴的地盘。为了自保，慕容超各种装痴卖傻，姚兴信以为真，鄙夷地说道：这孩子，真是“妍皮裹痴骨”，徒有其表的笨蛋啊！慕容超后来脱身远去，登基成了南燕皇帝。我俩在世人眼里，正是这样的笨蛋，但管他呢，我们乐意。

原来，淳熙十五年（1188），陈亮来见辛弃疾，不仅为叙旧、探望，更有他的政治目的。

淳熙十四年（1187）秋，太上皇赵构崩，宋孝宗赵昚终于能独立主政。赵昚继位后，曾顶着太上皇与主和派的压力，进行北伐，不幸失败，被迫与金人订下“隆兴和议”。但他不失为一个有雄心的君王，转而大力发展国内经济，颇获成就，史称“乾淳之治”。所以，在陈亮等主战派人士看来，现在，正是推动抗金事业的大好时机。

刚刚摆脱牢狱之灾，身负丧亲之痛的陈亮，四处奔走：上前线勘察地形，去京城再次向宋孝宗上书献策，还要联络同志——辛弃疾与朱熹，就是他最看重最想要争取的人物。

朱熹没来。辛弃疾就成了陈亮唯一的高山流水。老辛对老陈是越看越爱，老陈对老辛也是珍惜，虔诚地祝愿道：“我俩都要保重啊，少了一个，另一个，只能学伯牙摔琴，孤独终身了。”

道士们炼丹，要耐心地等着炉火九转，方得丹成，服之可成仙，可点铁成金。陈亮用术士炼丹来比喻二人信念坚定：我们要抓住一切时机，不屈不挠，国势必可强，中原必可复。那时节，就像龙虎丹成，裂鼎而出一样，胜利不可阻挡。

辛弃疾接到这充满乐观主义精神的一阕词后，又再和一首：

贺新郎

老大那堪说？似而今、元龙臭味，孟公瓜葛。我病君来高歌饮，惊散楼头飞雪。笑富贵、千钧如发。硬语盘空谁来听？记当时，只有西窗月。重进酒，换鸣瑟。

事无两样人心别。问渠侬：神州毕竟，几番离合？汗血盐车无人顾，千里空收骏骨。正目断、关河路绝。我最怜君中宵舞，道男儿到死心如铁。看试手，补天裂。

两人都叹惋年华老去。但辛弃疾的一句“老大那堪说”，比及陈亮的“老去凭谁说”，细品之下，又更多几分沉痛无奈。少年纵横沙场，壮岁缠斗官场，辛弃疾之对于未来，和一介布衣的陈亮相比，是没那么乐观的。他的这首词，于豪气干云中，更夹杂星点隐忧，更多一种“知其不可为而为之”的烈士情怀。

三国的名士陈元龙忧国伤时，非天下英雄志士不结交。汉代游侠陈孟公，为了留客痛饮酒，卸下客人的车辖投入井中。这两位陈姓英杰，都被辛弃疾拿来比拟陈亮，同时也标榜自己——“臭味”者，气味相投，“瓜葛”者，关系相连，这都是在讲两人之惺惺相惜，同气连枝。

“我病君来高歌饮，惊散楼头飞雪”——当日相聚种种，他只择一次“夜谈”来写，写得意境奇崛。对着病人不嘘寒问暖，倒是唱起来，喝起来，正是豪杰心胸，男儿意气！而与志士的慷慨悲歌相呼应的，是窗外之皎皎明月、楼头之皑皑积雪。雪月交辉，将二人的心志与胸襟，照得一片澄澈。

两个老大不小的男人，世人崇拜的富贵都看淡，只说着些铁骨铮铮的话儿，这些话儿盘旋在半空，有谁听呢？唯有西窗外，一轮月……正如当年诗仙李白之“举杯邀明月，对影成三人”，连月亮都被他算成个人了，这境地，隐隐又有英雄失路之感，真是悲壮。

国事依旧不堪，人心各藏私欲。辛弃疾乃聪明深沉之人，早已看透这一切。神州大地，已经几番离合？有志向有能力的人，就像被赶去拉盐车的汗血宝马一样，白白地累死苦死。然而辛弃疾此人，倒霉就在于：他看透了，偏偏放不下。他放不下，他忘不掉，放不下收拾旧山河的梦，忘不掉故土上父老流泪的眼……

他知道陈亮也是。所以，他才叹息：“我最怜君中宵舞，道男儿到死心如铁。”

要知道，世间的爱情，最陷人之处，不是崇拜，不是迷恋，而是有一天，你发现自己开始“怜惜”对方，他犯蠢也好，任性也好，都会接受，对他所有的情绪，都予以感同身受。辛、陈之间不是爱情，却殊途同归，一个“怜”字用将出来，从此命运交织，灵魂共舞。

“看试手，补天裂”，是他们共同的梦想，共同的自我期许。这句话，由他俩说来，是有十足底气的：《美芹十论》《九议》《中兴论》《上孝宗皇帝书》……一篇篇呕心沥血的策论里，是超越这平庸时代的真知灼见，以及九死不悔的决心。然而，都落空了，和他们寒夜里、明月下的盘空硬语一起。

陈亮与辛弃疾，就是这样，暗夜荒原，一个独行者，遇到另一个独行者，懂得彼此的言语，铁的心起了共鸣，焉能不惊喜，不相思？

“长夜笛，莫吹裂”，一吹裂，便是寒烟破，鱼龙愁。淳熙十五年的那一个雪夜，如辛弃疾隐隐预感中一样，那悲凄的笛声中，藏着不吉的征兆——

他们这一别，便是永诀。两年后，宋光宗绍熙元年（1190），陈亮再次被诬陷，入狱一年有余。绍熙五年（1194），总算中了状元的陈亮，于一个冬夜，发急病去世。终年五十三岁。

而辛弃疾呢，于绍熙三年（1192），获得短暂的两年起复，然后又被弹劾落职，这一次，让他在家又闲居了八年，和前头那次加起来，正是十八年荒废的时光。人生能有几个十八年？

屡败屡战的陈亮死了，永不言败的辛弃疾也老矣。

老去的辛弃疾，当真过上了退休老干部的生活。他遣散了一屋子娇娃美妾，只专心地在家里陪着老妻，带儿孙读书，日常养养鱼，种种菜，看看《牛经》，在妩媚的山水间散步。反复地戒酒、醉酒，并且，开始信奉起“读书无用论”来。

西江月·遣兴

醉里且贪欢笑，要愁那得工夫。近来始觉古人书，信著全无是处。

昨夜松边醉倒，问松“我醉何如？”只疑松动要来扶，以手推松曰：“去！”

喝着酒，故作开心地欢乐着，把许多的事情都抛在脑后。觉得古人书里的话，那些齐家治国的句子，那些冠冕堂皇的大道理，真相信起来，一点用处都没有啊！唉，这话说得，就好比热烈爱过的人，发誓说再不相信爱情一样，骨子里还是信的，才会否定得如此激烈吧？

醉后一个人歪歪倒倒地走着，走在夜间的山道上，对着松树问道：“喂，你看我喝多了不？”松影不语，但在夜风中摇晃。便以为松树是要来多事地搀扶他了，遂将手一甩，一推，呵斥道：“去！不要你扶！”

酩酊大醉中，还有这样的倔强，真叫人好笑，可又觉得，这曾经的钢铁男儿，这蹒跚的白发老者，他——可真孤单啊！

注释：

[1]〔宋〕陈亮《陈亮集（增订本）》卷二十六，中华书局 1987 年版，第 289 页。
[2]〔宋〕陈亮《陈亮集（增订本）》卷二十八，中华书局 1987 年版，第 339 页。

[3]〔宋〕朱熹《朱子全书》第二十一册卷二十八，上海古籍出版社/安徽教育出版社2002年版，第1221页。

[4]《乳燕飞》，为词牌《贺新郎》别名。

[5]〔宋〕辛弃疾《念奴娇·谢王广文双姬词》。

[6]〔宋〕辛弃疾《水龙吟·登建康赏心亭》。

女人独步登上高楼时

这一刻，她摆脱了身份与地位的限制……变成了一个纯粹的诗人。

在魏夫人的红楼那边

朱熹说："本朝妇人能文，只有李易安与魏夫人。"[1]

魏夫人本名魏玩，字玉汝，是文学家魏泰的姐姐，宰相曾布的妻子，诰封鲁国夫人。

她老公曾布，和"古文唐宋八大家"之一的曾巩是亲兄弟，但其志不在文学，却成了"熙宁变法"的一员干将。

她老弟魏泰，小时候是不良少年，横行乡里。长大后，因殴打考官，被科举永久除名。一生的爱好是打架、雄辩、毒舌，活成了文坛一"公害"。

一般品行不端的文人，抄别人的文章，署自己的名字。魏泰呢，他写自己的文章，署别人的名字。因文笔生动优美，又写了许多名人八卦，广受群众欢迎。只苦了那被署名的人，平白背了好大一口"黑锅"。

魏泰是亲"变法派"的，王安石、章惇都曾想要起用他，被他拒绝了。当官哪有坐在家中自由自在、使酒骂座的快活？

两位亲人，都不是省油的灯。魏夫人自己呢，也不是普通的后宅妇人。时代对于她的评价，一是文才卓异；二是“擅人伦鉴”[2]，即擅长鉴识人物。能精准地识人、鉴人，是古人最看重的政治素养之一。

宋神宗元丰初年，曾布被外放到陕西、甘肃一带做知州。朝廷准备起用他，要召他回京，然而高层斗争复杂，诏令朝至而夕改，曾布只得在路上来回走，一个潼关（位于华山下，今陕西、山西、河南三省交界处）就进出了好几回。魏夫人盼他回来，心情也坐了好几回“过山车”，遂作诗寄言道：“使君自为君恩厚，不是区区爱华山。”[3]

“是皇恩浩荡才让你这样跑来跑去啊，并不是因为热忱地爱着华山风景的缘故。”对朝廷虽然不满，话儿说出来，却是风趣又有分寸。

曾布贬官外放，一去三年。魏夫人作闺怨之词：

菩萨蛮

溪山掩映斜阳里，楼台影动鸳鸯起。隔岸两三家，出墙红杏花。

绿杨堤下路，早晚溪边去。三见柳绵飞，离人犹未归。

清新明快的一首词，如信笔勾勒的春日山水画，画中又有饱满的细节。斜阳映照下的溪山，光影明灭。黛山落在远处，而清溪自山中来，落在近处，占据了画面主体。溪水中倒映出亭台楼阁，水因风而皱面，水中的倒影也荡漾折叠，将戏水的鸳鸯惊得飞起……起笔十二个字，完成了虚与实、动与静的呼应。

溪水两岸，住着两三户人家。所以水中有楼台的倒影。地方幽静，风景美，住户少，房子高档，明显是一富人区。而杏花的枝条，便从这些豪宅的高墙后面，显眼地伸出来。

“红杏出墙”，是古典文学中一个经典的意象。唐代诗人吴融诗云：“一枝红杏出墙头，墙外行人正独愁。长得看来犹有恨，可堪逢处更难留！”这里的红杏，代表着最热烈的春光，代表着人们生命中无从为之停留的那些美好。南宋诗人叶绍翁说：“春色满园关不住，一枝红杏出墙来。”这一棵红杏呢，是春的使者，是欲望的萌芽，召唤一切热爱生活的人，撩拨着他们沉寂了一冬的心。

那么魏夫人笔下的红杏呢？它是既撩人，又愁人，既明艳，又寂寞。

花鸟草木，在诗词里，从来不是单纯的客体，它们被寄托着我们深沉的情感。

你知道，鸳鸯是爱情鸟，传说中的白头永不离。鸳鸯“起”，而象征着“美”与“欲”的红杏“出”，春天生机勃发，生灵都自由自在，动物忙着恋爱，植物忙着开花结果……作为万物之灵的人呢？

人不开心。女主角愣愣地在楼上眺望，她看向楼下的那一条小路，那是一条她经常走过的路，是通往绿杨夹道的溪岸长堤上去的。她为何总是往堤上跑？后面给了答案：“三见柳绵飞，离人犹未归。”

“柳”者，留也。柳树是为了挽留而存在的树。但再长的柳条，也挽不住行人的脚步，招不回离人的身影。

三年来，她无数次徘徊在柳枝低拂的长堤上，从柳花如雪，走到寒枝萧瑟，望水流不回，帆影过尽，心中一个希望接一个失望。

失望了以后，又重新回到高楼上，好像能看得更远一点。

“登楼”，又一经典的文学意象。凡中国诗人，没有不经常往楼上爬的。对于女性，“登楼”更别具一番意味。女性不能参与广阔的社会生活，身心都被关闭在深深的庭院里。耸立于庭院边缘的“闺楼”，实际上，也就成了她们观望外界，并被外界窥探的所在。

“闺中少妇不知愁，春日凝妆上翠楼。忽见陌头杨柳色，悔教夫婿觅封侯。”女子登楼，是为“思夫”，也只能是为了“思夫”。楼是一个永恒的焊接点，于楼上的女子，身后，是禁闭她的庭院，是她一生安身立命的所在；而身前，是无限山川，是隔着山川主宰她命运的那一个男人。山川秀丽，从来不是她的，而只是“他的”。

将她的庭院和他的世界联系在一起的，是她“妻”的身份，是她的忠贞和对他的思念。历史深处无数面目模糊的“她”，对于这样的安排，满意吗？

不满意。甚至某些男性都意识到了这一点。欧阳修的名作《蝶恋花》云：

庭院深深深几许，杨柳堆烟，帘幕无重数。玉勒雕鞍游冶处，楼高不见章台路。

雨横风狂三月暮，门掩黄昏，无计留春住。泪眼问花花不语，乱红飞过秋千去。

丈夫天天逛青楼，花天酒地不归家，妻子只好守在家里掉眼泪。一腔悲怨不解，只能向院中的花儿询问：“这日日住着的庭院，我只知它深，可到底有多么深？为什么，深得看不见夫君，也看不清我的人生？”

花很快被风吹散，除了指望那个男人良心发现，她什么办法也没有。

魏夫人词中的这位女主角，除了登楼，到溪边去，也没什么办法。走向溪边的这段路，路上的风景，都是她庭院世界的延伸。明净的溪水让风景得以映照，让生灵栖息起舞，春天里，万物皆不安分而美，这正是作者的心灵世界在作品中的投射。溪水终能汇流入江海，她早早晚晚地来去，却只能走这么远，站在画面之外的我们，也能感受到她满心的失望与焦灼了。

魏夫人现存词作只有十余首，其中近半数创作于此楼中。

阮郎归

夕阳楼外落花飞，晴空碧四垂。去帆回首已天涯，孤烟卷翠微。

楼上客，鬓成丝，归来未有期。断魂不忍下危梯，桐阴月影移。

楼还是那个楼，溪还是那个溪。这次，她是刚刚送了人乘船远去，又回来，回到她的“楼”，望见落花纷飞，四面八方碧空晴彻，是绚丽又空茫的暮春景象。她想象着，片帆如飞，那人在船头依依回首，却已是天涯路远，望不到家和亲人，只见一缕孤烟，自青翠群山中冉冉卷起……

“楼上客，鬓成丝，归来未有期。”楼上的人青丝要变白发了，远行的人还不知何时归来。说出这样的话，真是让人绝望。“断魂不忍下危梯，桐阴月影移。”“危梯”者，是实写，夜色中小楼梯阶难行，同时也暗喻人心里的艰危，是属于世间女子的“行路难”。

菩萨蛮

红楼斜倚连溪曲，楼前溪水凝寒玉。荡漾木兰船，船中人少年。

荷花娇欲语，笑入鸳鸯浦。波上暝烟低，菱歌月下归。

这又是盛夏的光景了。此时溪上，活跃着的不止水鸟，还有乘舟游戏的少男与采莲作歌的少女，年少相逢，世界是他们的。古来吴、楚、越之地，河塘溪沼之中，多植莲藕。夏秋之际，采莲女荡舟水上，劳作亦嬉戏，青年男女借此相会，“妖童媛女，荡舟心许”[4]。

李白诗云：“耶溪采莲女，见客棹歌回。笑入荷花去，佯羞不出来。”[5]你来我往，天真烂漫的戏，在水波花影里上演。直到白昼逝尽，波上烟暝，“渌水净素月，月明白鹭飞。郎听采菱女，一道夜歌归。”[6]欢乐的人儿，唱着歌，从荷花深处归来了。

这是世俗的、大胆的、属于年轻人的欢乐。身为高门贵妇的作者，在不远处的红楼上，欣赏着这一切。这一刻，她摆脱了身份与地位的限制，和昔年漫游河山的李太白一样，变成了一个纯粹的诗人。她欣然落笔，笔下既不见礼教的批判，也无对青春的嫉羡，更无深闺妇人的怨艾，有的，只是对美丽风景与火热生活的赞叹。

当贵妇与舞女在筵席相遇

定风波

不是无心惜落花，落花无意恋春华。昨日盈盈枝上笑，谁道，今朝吹去落谁家。

把酒临风千种恨，难问，梦回云散见无涯。妙舞清歌谁是主，回顾，高城不见夕阳斜。

魏夫人的这阕《定风波》，很特别，它塑造的是一位职业女艺人形象。

“春华”者，春天、春神，又称“东君”。地位微贱的女性，常以此比喻高高在上主宰着她们命运的“贵人”。南宋营妓严蕊曾有《卜算子》一词道：

不是爱风尘，似被前缘误。花落花开自有时，总赖东君主。

去也终须去，住也如何住！若得山花插满头，莫问奴归处。

严蕊身陷官司，饱经捶楚，向长官献上此词，请求脱籍从良。作为险些儿被风雨打得枯死的“花儿”，她只能向“东君”哀求。魏夫人笔下的这朵“落花”，对贵人的垂青怜惜，却“无意恋”之，宁愿被风吹向未知——

显然，这是朵特立独行的“花儿”。

宋代娱乐业发达，从业人员队伍庞大。有属皇家管理的“教坊司”，有算国有资产的“军妓、营妓”，有属于私人财产的“家妓”，更有一批活跃在城市“勾栏瓦舍”中的私娼、乐户、艺伎，各以色相或技艺谋生。后面的这一批人，人身相对自由，日子却也艰辛，连“黑社会”都不好意思打劫她们：“江湖上行院妓女之人，他们是冲州撞府，逢场作戏，陪了多少小心得来的钱物；若还结果了他，那厮们你我相传，去戏台上说得我等江湖上好汉不英雄。”[7]

词中的女主角，大概就是一位冲州撞府之人，故而，“昨日盈盈枝上笑”，又“今朝吹去落谁家”。即便如此，她也不愿依附贵人，而选择了漂泊。

下阕，讲她心中有无限隐恨，却不肯向人诉说。她像巫山的神女，来去于凡人的梦里，云散高唐，梦有醒时，她也曾想寻求一个归宿，寻寻觅觅，终于还是四海无人对斜阳……卑微的小女子，在寒凉的人间，顽固地守望着什么？

这首词，有一种很珍贵的女性视角。在传统男性作者的笔下，女性无从摆脱“第二性”的宿命。她们，总是被施以色情的凝视，被道德强行捆绑，被扭曲、被想象、被标签、被定义，很难出现这种个性复杂有鲜明自我意识的女性形象。

宋代的女伎，常进入后宅表演。魏夫人可能在某次宴会中，认识了这么一位女子。女子的个性与身世，让她起了“同为女子”的情感共鸣。

提到魏夫人，不能不说朱淑真。关于朱淑真的生平，目前有两种说法：其一，她是南宋初年人。其二，她生活在北宋，与魏夫人处于同一时期，且魏夫人曾慕朱淑真之名，请她至京城，诗酒唱和，尽欢而罢。

关于后一种说法，有朱淑真的作品为证：

会魏夫人席上，命小鬟妙舞，曲终，求诗于予，以“飞雪满群山”为韵作五绝

其一：管弦催上锦裀时，体段轻盈只欲飞。若使明皇当日见，阿蛮无计况杨妃。

其二：香茵稳衬半钩月，来往凌波云影灭。弦催紧拍捉将遍，两袖翻然做回雪。

其三：柳腰不被春拘管，凤转鸾回霞袖缓。舞彻伊州力不禁，筵前扑簌花飞满。

其四：占断京华第一春，清歌妙舞实超群。只愁到晓人星散，化作巫山一段云。

其五：烛花影里粉姿闲，一点愁侵两点山。不怕带他飞燕妒，无言相逐省弓弯。

巧得很，诗赠的对象，也是一位舞女。

前三首，写舞女高超的技艺。《伊州》之舞，来自西域，盛行于唐宋宫廷。舞曲急促多变，舞女回旋往来，如狂风卷雪，身姿轻盈又矫健。第四首呢，是讲观众对舞者的喜爱和留恋。宴会散了，天亮了，她不会像巫山神女那样化作云彩飞走吧？第五首，讲舞女献艺罢，心事重重而独坐含愁的情态。

和魏夫人《定风波》一词侧重女主角情感与心志的抒发不一样，这五首诗中，朱淑真的笔墨更集中于“舞”而非“女”，是更完全地以观者态度去欣赏舞技，对舞女本人，则比较套路化地一笔带过。是很典型的宴席应酬作品，胜在才思敏捷，文采美妙。

诗中写的是一场举办在京城的豪门夜宴，按宋代习俗，艺人结束表演后，会向宴会的主客或座中文名最盛者求诗词题赠。显然，朱淑真就是这位广受瞩目的客人。那么，主持了这场欢宴的“魏夫人”，又是谁呢？就是鲁国夫人魏玩吗？甚至于，朱淑真的诗，与魏夫人的词，其中描写的，会不会就是同一场宴会，同一个人？

缺少更多的证据，无法确认。历史上关于这两位女性词人的记录太少了，我们只能通过她们作品中吐露的零星信息去摸索、拼凑。就像倾听庭院里传来的歌声，凝望高楼上伫立的剪影，去想象着伊人的音容笑貌。

好在，这些作品，至少让我们窥见了宋代女性庭院生活的另一面。士大夫阶层的女性，是宋代崇文政策的受益者，她们富有文化修养，也享受着诗酒宴游的乐趣，互相唱和，并像男子们一样，乐于为色艺出众的女伎们写下诗歌。

吴淑姬“怀璧其罪”

南宋时，湖州有个叫吴淑姬的姑娘，父亲是个穷书生，因女儿聪明，便也好生教她读书识字，竟渐渐长成了个才貌双全的佳人。不料，还没找婆家，就给一个有钱的公子哥儿骗了，不清不白霸占在家。又不知惹恼了什么人，将此事揭发到官府，告她通奸，就此吃了官司。

这时，当湖州太守的是状元出身的学者王十朋，王十朋为官刚正，哪管你是才女还是美女。他手下的官员却好事，成群结队跑去牢里参观，一见之下，果然好一朵娇花，含悒带愁，我见犹怜。便解了镣铐，叫她出来，侍奉大家喝酒。

喝高兴了，就说：“都知道你擅写词，不如写一首出来，说说你现在的处境。我们去帮你向长官求情，不然你这回就惨了。”淑姬遂提笔写道：

长相思令

烟霏霏，雨霏霏，雪向梅花枝上堆。春从何处回。

醉眼开，睡眼开，疏影横斜安在哉。从教塞管催。

冬暮春初，雨雪霏霏，梅花本欲怒放，却遭到严重的倒春寒，被暴雪压枝。这里用一个“堆”字，形容极沉重。都说春天回来了，春天到底在哪里呢？这是反问，是不平，是质询。

“醉眼开，睡眼开”，请赏花的人们睁开尊贵的眼睛看一看，那“疏影横斜”的梅之风姿，还在吗？这里她引的是隐士林逋咏梅的千古名句：“疏影横斜水清浅，暗香浮动月黄昏”，梅之高洁，梅之清美，此二句写尽矣。

塞管，指的是塞上之羌笛。唐刘禹锡《杨柳枝》：“塞北梅花羌笛吹。”《梅花落》是一支古笛曲，以塞上羌笛吹之，其声凄怨。又宋人王观《江城梅花引》云：“花易飘零人易老，正心碎，那堪塞管吹。”

塞管声声，吹落了梅花，催它凋零。作者以梅花自喻，梅被雪堆埋，被塞管催逼，是讲她被冤枉地判刑，到处都是醉眼和睡眼，没有人为她洗冤张目。含蓄又有尊严地表白了自己的处境与心志。

第二天，大家带着这首词去向王长官求情，说这女子实在是被冤枉了。王十朋就把她释放了。姑娘回家，名声坏了，没人肯娶。后来，被一个姓周的买回家做了小妾。

吴淑姬平生有词五卷，据说佳处“不减李易安”。她的词，特色是风流灵巧，清新喜人。

小重山

谢了荼蘼春事休。无多花片子，缀枝头。庭槐影碎被风揉，莺虽老，声尚带娇羞。

独自倚妆楼。一川烟草浪，衬浮云。不如归去下帘钩。心儿小，难着许多愁。

用字遣句都自出心杼，新巧可爱，能让人看到一颗活生生跳动着的女儿心。

开到荼蘼花事了，已是春暮夏初的光景。花片子，是花瓣。春天的花，如桃、李、海棠等等，其凋谢之时，并非整朵落下，而是花瓣逐片地掉落。风来，花朵一片一片地失去了它娇艳的花瓣，最后，只剩下花蕊与花萼。作者说“无多花片子，缀枝头”，是很有自然观察力的。残花的伶仃之态，更凸显了春逝的可惜。

槐树的枝叶本来已经够细碎了，风吹动着，将阳光下的树影揉得更加零乱。一个“揉”字，显出自然界的力量，是充满活力，又带有挑逗性的。你听，树上的乳莺早已经长成，叫声变得老成了，但仍残留一点儿娇羞——

春天已经走了，她心里的春天还没有走，不仅没走，更添了一股难束难管、难收难放的惆怅，这番心事，无从与人说起，所以她也只好往楼上爬。

这首词，字里行间都含情，却无一字涉及情爱。女主角上了楼，她也并无一个明确的对象可供思忆。她凝目遥望着的，只是一片浩荡的春愁。“一川烟草”，已迷离难禁，偏生风又不肯住，揉碎庭中槐影，翻起草浪无边，草浪之上，悬浮着大朵的无根白云——处处是动荡，举目是不宁，眼前一切，都让她感到心乱，所以不看了，“归去下帘钩”，把景物全关在窗外。

“我的心太小了，放不下这么多愁。”这句话，说得很娇俏，配合着转身拒绝的姿态，实际上是一种委婉的自我劝诫。

女儿家，生而为人的天性与欲望，被春天唤醒，被天地间的勃勃生机撩动，正所谓“有女怀春”，本是一件自然而美好的事情。上古时，春三月，桑间濮上，男女相会，奔者不禁。然而到了礼法统治的时代，这一切都成为可耻的、有罪的。

甚至，连心思，都不应该有。

唐代女诗人李季兰，五六岁时，“其父抱于庭，作诗《咏蔷薇》云：‘经时未架却，心绪乱纵横。’父恚曰：‘此必为失行妇也。’后竟如其言。”[8]

只因为写了首疑似“盼嫁”（架）的诗，才五六岁的小女孩，便被认为将来一定是堕落的坏女人。

《红楼梦》中，宝钗劝诫黛玉：“你我只该做些针黹纺织的事才是，偏又认得了字，既认得了字，不过拣那正经的看看也罢了，最怕是见了些杂书，移了性情，就不可救了。”

《聊斋》中的平民少女胭脂，偶尔多看了某书生两眼，被闺蜜泄露出去，一城的闲汉流氓，都觉得从此有机可乘：你对一个男人动心，说明你淫荡，进而意味着你“人尽可夫”。

无论你多么好洁，这个世界，已经默认你落在泥泞里，谁都能来踩一脚。

在这样的世界里，无论名门淑女，还是小家碧玉，还是寒门荆钗，都一样，女孩儿家的“正途”，就是父母之命，媒妁之言，做贤妻良母，安分地待在庭院里。如果有感情要倾诉，那么，请专一地、有节制地表达对丈夫的忠贞与爱恋——这也几乎是庭院中女性作者唯一正当的写作方向。

而出身的阶层越低，你在这世界上所可能遭遇的恶意就越广泛。因为于性别压迫上，又更添了阶层压迫。

吴淑姬出身普通士人之家，能接受良好的教育，但家庭无权无势无财，弱肉强食的社会法则下，她天生就处于被侮辱被损害的地位。她就像一株生在篱笆外的无主梅花，难以逃脱被攀折的命运。她的出众才貌，她吐露在诗词中的青春热情，她对爱情与生活的那一点朦胧美妙向往，都令她“怀璧其罪”。

注释：

[1]〔宋〕朱熹《朱子全书》第十八册《朱子语类》卷一百四十，上海古籍出版社 / 安徽教育出版社 2002 年版，第 4331 页。

[2]〔清〕曾燠 《江西诗徵》卷八十五“名媛”，清嘉庆刊本 。

[3]〔宋〕陆游《老学庵笔记》卷七，《全宋笔记》第五编第八册，大象出版社 2006 年版，第 89 页。

[4]〔南朝·梁〕萧绎《采莲赋》。

[5]〔唐〕李白《越女词》。

[6]〔唐〕李白《秋浦歌》。

[7]〔明〕施耐庵《水浒传》第二十七回 。

[8]〔宋〕计有功《唐诗纪事》卷七十八，上海古籍出版社 1987 年版，第 1123 页。

穷塞主你为什么这么穷？

『君子有终生之忧，无一朝之患也。』君子之忧为何？在国、在民。

小范老子胸中有百万甲兵

塞下秋来风景异，衡阳雁去无留意。四面边声连角起，千嶂里，长烟落日孤城闭。

浊酒一杯家万里，燕然未勒归无计。羌管悠悠霜满地，人不寐，将军白发征夫泪。

范仲淹写下这首《渔家傲》，悲壮沉浑，于充斥花间遗风的北宋中早期词坛，好像红粉队里站了个铁衣汉子。欧阳修读后，放声大笑：“咦，这不就是个穷塞主嘛！”

范仲淹此时正在陕西边境布防，对付西夏皇帝元昊如狼似虎的大军。

宋宝元元年（1038），西北党项族首领元昊自称大夏皇帝，举兵攻宋。康定元年（1040），于延州（今陕西延安）城外二十公里处，北宋军队主力被西夏包围聚歼，是为“三川口之败”。

北宋未曾想到，从来不放在眼里的党项人会如此凶猛，顿时朝野震怖。而元昊雄才大略，为扩疆辟土有备而来，发现宋人如此不禁打，更加斗志昂扬，步步进逼。

宋朝军事实力之差，有先天也有后天的因素。从先天说，它疆域小，西北与北方边境，都被能征善战的游牧民族包围，地理上无山川险要可守。自汉唐拓边以来，出产战马的西北及北方领土在宋代逐步丧失，导致战马奇缺，骑兵不精，这在冷兵器时代，面对以骑兵见长的游牧民族，是处于极大劣势了。

后天呢，它的治国重点，从来就没放在国防上，而是不惜一切代价，维护中央集权。

赵宋本来就是从武将篡国起家的，所以在对武人的防范上下足功夫：守内虚外，重文抑武，强干弱枝，兵将分离，遥控指挥，监军督阵……

大致就是：加强管控内政，放松国防，抬高文官地位，打压武将。全国的军政、财赋、人事等权力，全部收归皇帝。强化中央，弱化地方，剥夺武将的军权和临阵指挥权。将领平时不带兵，遇到战事，才指派军队给他，于是"将不知兵，兵不知将，将无常兵，兵无常将"成为常态。战时，武将由朝廷指定的文臣统帅，又以内侍为"监军"，监督文臣。作战方案由中央制定与遥控。

北宋与辽国订立"澶渊之盟"后，多年未经战争，文恬武嬉，武备松弛，军队素质之差，以至于步兵走几里路就大喘气，骑兵有连马都不会上的。

年过半百、体弱多病的范仲淹就是在这种情况下，临危受命，担任了宋军的副帅，另一位副帅是他老友韩琦，主帅是夏竦。三位文质彬彬的大人，放下笔墨，就去对付从贺兰山雪地里扑出来的西夏群狼了。

依范仲淹的主张，是在做好知己知彼的准备之前，不与西夏正面交锋："将帅之能否，军旅之勇怯，人民之忧乐，财利之通塞，戎狄之情伪，皆须广接人以访问，复尽心以思度。"[1]但韩、夏都不肯，韩琦更焦躁道："打仗嘛，就要置胜负于度外！"朝廷也希望他们速战速决。于是挥师进击，西北望，天狼没射到，反倒中了埋伏，部队死伤万余，大败而归。是为"好水川之败"。

归途，战死将士的家属都披麻戴孝，跟在马屁股后头哭，一边哭一边漫天撒纸钱，为死在异乡的亲人招魂，韩琦羞愧得在马上以袖遮面。

元昊确实是个不世出的枭雄，他任用汉人谋士为智囊团，对宋朝国情十分了解。战场上，他常以兵强马壮的优点，集中优势兵力，对宋军进行定点打击。作为两军战线的陕北、甘肃、宁夏一带，地质结构复杂多变，宋军一来就蒙圈，西夏军队却熟门熟路，又特意挑选了擅长攀爬的官兵，组成一支叫"步跋子"的特种部队，专门在山川、峡谷等险恶地带搞伏击。可谓知己知彼，来去如风。

反观宋军，两眼一抹黑，战线过长，战力分散，中央指挥迟钝，顾此失彼，主将贪功冒进，互相扯腿，再加上超级差的军队素质、偷工减料的武器质量，不打败仗才是奇怪了呢。

但西夏也有短板。它国小，资源有限，不适合打持久战。虽然惯于奔袭，但还不具备攻城拔寨的能力。作为保留着部落习性的半农半牧国，各部落家长都掌握着自己的地盘和兵马，保有政治、经济上的特权地位。大家长们自带部属，自带粮草、武器、马匹，一方面，无须笨拙迟缓的中央后勤支援，在短期流动作战上很占优势，另一方面，难免各怀私心，时间一长，战况一紧，就要"各有异动"起来。元昊作为"皇帝"和军队总指挥的地位，并不那么牢固。

所以，范仲淹的想法是打有准备的持久战。他做了这些准备：整顿军队，锻修兵器，进行严格的军事训练，提高军队战斗力。严明军纪，赏罚分明；慧眼识人，选拔良材。

狄青原本是个犯法的流徒，脸上被官府刺了字，男儿脸带黄金印，没地方可去，只好吃军粮。他一上战场状态很疯狂，披头散发，脸戴青铜面具，冲杀在前。曾经身中八箭，仍浑然不觉，来往驰骋，两边军将都看得呆了。军队里走裙带关系，论资排辈的风气严重，他再不要命，也只能做个低级军官。范仲淹来了，不仅赞赏他、提拔他，还特地赠送《左氏春秋》鼓励他，说“将不知古今，匹夫勇尔”。狄青发愤读书，攻研兵法，终成一代名将。

宋朝作战旧规，每逢敌袭，官职最小的最先去迎战。范仲淹来了后，改而将部队分为六军，每军各派统领，各自训练，视来犯之敌的多少投入战斗。这样既公平，也提高了部队的机动能力。

招收熟悉地形与边情的当地民兵，给他们分发土地，武装起来让他们保卫家园。安抚和吸纳边疆的少数民族，组成悍勇的“蕃兵”。一来可补充兵力，加强军队的灵活性和积极性，二来可以减少主力部队的投入，降低军费开支。

广建堡寨，森严壁垒，对常来骚扰的西夏游骑实行坚壁清野政策。一旦敌军来袭，来得少，就由这些民兵、蕃兵，和经过特别培训的弓箭手长短程配合，合力御敌。敌军来得多，则征调主力部队，在各个寨堡之间机动作战。

在宁夏、陕西、甘肃的峻岭深涧建起了金明城、万安寨、清涧城、细腰城、大顺城、水洛城、永平寨、德靖寨……由点及面，当防线建成后，就让军民垦荒屯田，就地供应粮草。

庆历二年（1042），范仲淹派才满十八岁的大儿子带着少数人去偷袭西夏军，自己则领大军突入西夏军的防线。大家都热血澎湃，以为这次要跟敌人血战了，老先生却下令就地修城，十天之内修成了一座孤城——大顺城，好像楔子一样，扎入西夏的腹地，与宋军修筑的各个堡寨驰逐照应。这是围棋上做活眼的方法，于强敌环伺中，硬生生地滚出自己的一片阵地。

以这些城寨为依托，不断地寻找机会，蚕食敌占区的据点，每“取下一处，城寨平定，则更图一处，为据守之策”[2]。正是进可攻，退可守，攻守转换中，宏图渐展。这就是范仲淹独创的“筑城守寨”之法。

战局从此扭转，元昊在战场上再难占到便宜。灵州、夏州得以收复。西夏人互相告诫说：“小范老子胸中有百万甲兵，不好对付呀。”

两国开战，经济封锁，热闹的“互市”关闭了，没有了茶、衣料、盐等日常用品的输入，西夏国内物价飞涨，民心浮动，饥荒与叛乱接连发生。这一头，对宋则久攻不下，元昊也急了。

庆历四年（1044），北宋与西夏达成和议。西夏归还并让出一部分领土，宋朝每年给西夏岁银，史称“庆历和议”，从此迎来近半个世纪的边境和平。

“真元帅”应该是什么样子？

使边塞得安，“塞主”之称，实至名归。然则，为什么又被安以一个“穷”字呢？让我们回过头来，重新读这首词。

“塞下秋来风景异，衡阳雁去无留意”。作者此时身在延州（今陕西延安），这一带黄土荒凉，入秋后，草木凋零，更觉得景色殊异。这种地方，连大雁都想快点儿离开，头也不回地往南飞，一直飞到湖南衡阳才稍做停息。淹留在这里的人呢，却不能像雁一样飞回家。这是人在异乡，目睹异景，催生出了乡情，以“雁南归”委婉暗示之。

然后从视觉转入听觉，边关的种种声音在四面响起——边关有什么声音呢？如李陵《答苏武书》所云：“侧耳远听，胡笳互动，牧马悲鸣，吟啸成群”，是胡笳、羌笛、马鸣、牧鞭划破空气，是风在高原浩荡长吟，在峡谷盘旋呼啸，是将士操练时的呐喊，是击打盔甲的沉闷、兵器碰撞的铿锵……

而其中最突出的，是响彻军营的号角声。号角声吹彻，表明是战争时期。而千山环伺，显地势险峻，长烟落日，显气氛苍凉。孤城紧闭呢，则是表现出了战况严峻——

在写给宰相晏殊的信中，范仲淹谈到边地情况：“戎马之后，原野萧条，金明北百里之间，元有塞门、栲栳二寨，并李士彬下蕃部寨二十六所，悉已荡去，尽没蕃境，人不敢诣。又此间随川取路，夹以峻山，暑雨之期，湍走大石。秋冬之流，屈曲如绕，一舍之程，渡涉十数。山川之恶，诸处鲜并。兵马出入，所宜慎重。又将帅无谋，不务训练，坐困粮道，惟请益兵。兵聚城中，无舍可泊，人马暴露，时苦寒凛。库缗空虚，不议营构，守御之术，寂寥无闻。”[3]

山川险峻，道路崎岖，兵马难行，强敌当前，却兵少将弱，无人可用。接手的就是这样一副烂摊子。而“秋霖弗止，禾穗未收，斯民之心，在忧如割”。因为战事和秋雨，成熟的粮食不能收割，百姓急得心如刀割。范仲淹这个“塞主”，确实当得够穷的！

下半阕写自己一片思乡之情，只能用一杯浊酒草草打发。家万里，归无计，为什么呢？东汉将军窦宪领兵出塞，大破北匈奴，登燕然山，刻石勒功，作者用这个典故，是表示一日未能驱逐边关的强敌，肩上的担子就一日不能放下，人也就一日不能回乡。

到了夜里，羌管还在悠悠地吹着。羌管就是羌笛，是边关特有的乐器，这悲凉的笛声，与前面的四面边声、号角之声，组成了边关奏鸣曲，传达出苍茫动荡的气氛。

一地秋霜，清冷似雪，白亮如银，增添了夜的凄寒，更让人睡不着了。这长夜不眠的人中，有壮志未酬的白发将军，也有垂泪思乡的士兵与民夫。战争，应该被记住的，不仅是将军报国的忧思，还有万千士兵的性命，无数百姓的热汗、鲜血与泪水。

“痛心疾首，日夜悲忧，发变为丝，血化为泪。”[4]范仲淹曾如此描述自己在边关的心境。在边关，他看到了太多军民的艰辛、王朝的积弊，他忧的，不仅是眼前紧迫的战况，还有这江山一片繁华背后的危机，还有劬劳终日不得生息的百姓。战事一结束，他就拿出自己准备多年的改革方案，向宋仁宗进言，推行“庆历新政”。新政失败，他毫不气馁，写下了有宋一代士大夫精神的最强音：“先天下之忧而忧，后天下之乐而乐。”

“君子有终生之忧，无一朝之患也。”[5]君子之忧为何？在国、在民。为国为民的强烈忧患意识，贯穿了范仲淹的一生。于是我们知道了，范仲淹这“穷塞主”之穷，是为了忧患中的家国而穷极思变、穷尽心血、穷极一生的奋斗。

可惜，欧阳修说范仲淹是个穷塞主，只看到了他在词中表现出来的悲忧之情，却并没有真正理解其“悲忧”背后崇高的忧患精神。欧阳修后来有词作相送友人王素往西北守边，词中有云：“战胜归来飞捷奏，倾贺酒，玉阶遥献南山寿。”并很自得地说：“像我这样写，才是‘真元帅诗’呢！”后人也曾对范仲淹《苏幕遮》下差评道：“以总帅而所言若此，宜乎士气之不振，所以卒无成功也。”[6] 他们的意思，都是认为身为元帅者，应该多鼓舞士气，不应该说“将军白发征夫泪”这种丧气话——

士气当然需要激励。怎么激励？只靠将帅们一张会说漂亮话的嘴是不行的。

《孙子兵法》云：“视卒如婴儿，故可以与之赴深溪；视卒如爱子，故可以与之俱死。厚而不能使，爱而不能令，乱而不能治，譬如骄子，不可用也。”范仲淹身为文臣，却毫无文人的清高自矜，他的带兵，也不过是像古之名将李广、卫青、吴起一样，与士卒同甘共苦。小兵没喝上水，他不说渴，小兵没吃饭，他不说饿。朝廷赏赐，自己不要，都分发到军队里。任人唯才，赏罚分明，恩威并用。于是将士、边民、少数民族都愿意为他所用。

宋代军人为雇佣制、终身制，为防止他们当逃兵，一律在面上刺字，称为“黥面”。这个陋规严重损伤了军人的自尊心与积极性。范仲淹到边关后，就力谏朝廷，将刺字的位置，改在手背上，或臂膀上。宋夏和议达成，范仲淹又建议由国家出钱，将被掳走的汉人民众向西夏赎买回来，令骨肉团圆……一言一行，焕发着人道主义的光辉。

一将功成万骨枯，范仲淹不是踩着枯骨而炫耀的人。他是懂得普通士兵和平民忧苦的人，所以，他的笔下才会有如此的沉重苍凉。所以，他才会身为统帅，却容留了士卒的眼泪。这是真正的“君子仁心”——也只有这样的仁心，才能换来将士们不屈的士气。

他不是“真元帅”，谁才堪称“真元帅”呢?

一代“完人”是怎么炼成的?

“予尝求古仁人之心，或异二者之为。何哉?不以物喜，不以己悲，居庙堂之高，则忧其民；处江湖之远，则忧其君。是进亦忧，退亦忧。然则何时而乐耶?其必曰‘先天下之忧而忧，后天下之乐而乐’！”

一篇《岳阳楼记》，光华晔晔，照耀古今。两宋文采风流，而千古史家评鉴“士大夫中第一人”，唯有范仲淹。他是举世公认最符合儒家士大夫标准，人格近乎完美的一代完人——凭什么呢?

范仲淹的父亲早死，才两岁时，母亲带着他改嫁到朱家，给他改了朱姓。直到做了官以后，他才又改回范姓，起名为“仲淹”。这“拖油瓶”的身世，细思起来是有些尴尬的。范仲淹却从不讳言，终其一生，对范、朱两族的亲人都给予了同样的关心和回报。

《宋史》传记上记载，年轻时在应天书院求学的时候，他是:“昼夜不息，冬月惫甚，以水沃面；食不给，至以糜粥继之，人不能堪，仲淹不苦也。”其实朱家也是官宦之家，不缺钱财，继父对他也很关爱。艰苦如此，只是因为另有全力以赴的目标在，物质享受全不放在心上罢了。

二十七岁中进士后走入政坛。先去做地方官，修海堤抗洪灾，不顾性命；做学官，微薄的工资都拿出来资助学生；进中央，直言敢谏，与宰相当面硬杠；守边关，百姓皆额手相庆：“边上自有龙图公为长城，我属何忧？”[7]

又联合韩琦、富弼等，向仁宗皇帝请命，推行“庆历新政”的改革，试图解决宋朝政治、经济、军事上的潜在危机。

宋仁宗继位之初，距北宋开国已近百年。升平的表象之下，已浮现重重危机，辽、西夏强敌环伺，国内灾荒频发，赋税繁重不均，百姓不堪其苦。国家财政日益恶化，而吏治败坏，士大夫皆耽于享乐，骄奢淫逸，因循苟且。

这样的情况，也不是没有人看到，但只能装看不到。因为革新谈何容易？年深日久的制度弊端，盘根错节的利益关系，各种开国时就遗留下来的老大难问题，先天不足，后天失调，牵一发而动全身，倒不如守成来得稳妥。

但范仲淹“勇为天下先”地跳了出来。

天圣五年（1027），在应天府担任书院教习的范仲淹，作万言书，向宰相进言，提出了“固邦本、厚民力、重民器、备戎狄、杜奸雄、明国听”的改革主张。有人抨击他说：“你的母亲才去世，你又只是个小官，不忙着守丧，却跑出来大言议论朝政，可见是名利心切。”而范仲淹回应道：“我不以一心之戚，而忘天下之忧。”

朝廷推崇“孝治天下”。父母去世，做儿子的，要伤心得万事不理，才算纯孝子，范仲淹却忙于“外务”，这是条明晃晃让人抓的小辫子。但范仲淹不在乎。他从来按自己内心的准则去做，磊磊落落，并不管是否会引来非议。正如欧阳修所赞颂的那样：“公少有大节，于富贵、贫贱、毁誉、欢戚，不一动其心，而慨然有志于天下……其事上遇人，一以自信，不择利害为趋舍。”[8]

“庆历新政”主要试图解决帝国的三个问题：冗官、冗兵、冗费。这时候已经当上副宰相的范仲淹，对底下不称职的各路监司，常常一笔将其黜落。富弼在旁边看了，忍不住劝道：“你这一笔轻易勾下来，就会有一大家子人痛哭啊！”范仲淹对曰：“一家哭，何如一路哭耶？”一家人痛哭，总好过被祸害的一地之人都痛哭。身为官僚集团的一员，范仲淹这样做，是不给自己留后路的。

早年，他因直言敢谏而被多次贬谪，又得罪权贵，出京时都没人敢给他送行，朋友劝他少说点，他回答说：“宁鸣而死，不默而生。”

他兴办教育，举荐人才，不拘于流俗，不遗余力。做学官时，无微不至地关心学生的学业和生活，日常作习，比学生还刻苦。出考试题目，必定自己先做一遍。点点滴滴的身体力行，让目高于顶的文人才士们都乐于追随他——“天下想闻其风采，贤士大夫以不获登其门为耻。下至里巷，远及夷狄，皆知其名字，众莫知其所以然也。”[9]

他以一己之身，影响了有宋一代士风。他死的时候六十四岁，家无余财。家人要借官屋避风雨。但是他曾经当过官的地方，包括西夏甘、凉等地的人，都聚众举哀，为他建祠画像。

他的谥号是历代大臣所能达到的无上美谥：“文正”。文，是他的才学，而“正”，是他的立身之本。

他是儒家“修身、齐家、治国、平天下”政治理想的具象化，也是宋朝“与士大夫共治天下”国策的最佳代言人。而事实上，他也确实具备治国安邦的才能——这一点，是宋代很多“道德君子”所不能比的。

他建范氏义庄，开宋代慈善工作福利制度的先河。

在苏州治理水患，独创“修围、浚河、置闸”的经验，直到清代仍被仿效。

在杭州，遇上大饥荒，不走开仓放粮老路，而是创造“以工代赈”的新模式。叫市民上西湖赛龙舟，让寺庙大兴土木，又修建官舍、仓库，给灾民们创造工作机会，用现代话说，就是生产自救，扩大内需，拉动经济。他还抬高粮价，吸引各地粮食涌往杭州，从而使粮价得以回落——超越时代的经济意识。

他甚至还主张提高商人地位，取消茶叶、盐的官方垄断。“庆历新政”虽然失败，却为后来王安石变法开了先路。

他是两宋文臣中罕见的具备军事素养之人。庆历二年、四年，身在西夏战线的范仲淹，没有忘记北国契丹对中原的威胁，两次向宋仁宗上书，提出了整套的抗辽战略。

东京汴梁、西京洛阳、南京应天、北京大名，是为北宋四京。东京是政治中心，但地理上极不利于军事，面对北方毫无屏障，一旦被草原铁骑入侵，很容易兵临城下。范仲淹因此建议，加固四京的城池防御。待东、西二京修缮完固后，向外多设军事要塞，形成犄角相援、攻守皆备之势。时机成熟，则迁都洛阳，联动长安，表里山河，华夏振兴有望。

他又提出“抗辽十六字诀”：“锐则避之，困则扰之，夜则惊之，去则蹑之”，以游击战术消耗辽军的战斗力，使之无法纵深侵犯。这比朱德、毛泽东著名的红军游击战术“十六字诀”之“敌进我退，敌驻我扰，敌疲我打，敌退我追”，要早出了九百年。

正如后人元好问的评价：“在布衣为名士，在州县为能吏，在边境为名将，在朝廷则又孔子所谓大臣者，求之千百年之间，盖不一二见。非但为一代宗臣而已。”[10]

古人谓人在世间有“三不朽”：立功、立德、立言。范仲淹都做到了。

曾经迷恋过绝色雏妓？

谁能想到，这样的人，也有说不清道不明的绯闻。

据说，在饶州（江西鄱阳）当地方官的时候，范仲淹曾喜欢上一位绝色雏妓。回到京城之后，范夫子想念此妓，写诗寄给后任：“庆朔堂前花自栽，便移官去未曾开。年年忆着成离恨，只托春风管领来。”后任便将此妓买下来，送往京城去了。

这个事情，最早见于南宋时的文人笔记（姚宽《吹剑录》），后来更广为流传，竟成了一桩悬案。有人信，信如此杰出的男人，自当有风流韵事以增色添彩。有人不信，质疑一代贤人，岂能如此为女色所迷？

讲一下这首诗的创作背景。原来，范仲淹那时在饶州，在公衙附近建了几间屋子，名为“庆朔堂”。堂前堂后，亲手种下松树九棵及一些花草，本想着以后下班了，便能散步其中，岂不快乐？天不遂人愿，在饶州他只待了不到半年便被调离了。八月里来，次年正月里走，没能等到花木逢春。

他走后，庆朔堂的花草树木，一年年地生长起来。渐渐地，便成了当地一处名胜。春秋佳日，游人如织。范仲淹听说后，遂作《怀庆朔堂诗》，友人们也纷纷相和。

如饶州的继任长官魏兼，其和诗云：“使君去后堪思处，庆朔堂前独到来。桃李无言争不怨，满园红白为谁开。”

其他有“花木还依旧径栽，春园不惜为时开。几多民俗熙熙乐，似到老聃台上来。”（毕京）

“弱柳奇花递间栽，红芳绿翠对时开。主人当日孤真赏，魂梦还应屡到来。”（陈希亮）

“池馆名公旧日栽，几番零落又春开。谁人解识红芳意，犹有多情五马来。”（曹经）

这些诗，字面上很好理解，范仲淹怀念着那一方水土。友人们的唱和，则是赞美范仲淹留下的恩泽，让百姓感戴，正所谓“甘棠遗爱”也——

西周，召伯奉周文王之令，巡行国境，布化德政。途中，曾在一棵甘棠树下休息。当地民众感念他的恩德，对这棵树爱护有加，并作《甘棠》一诗，歌之颂之。庆朔堂前，范仲淹手植的花木，便是他为饶州百姓留下的“甘棠”。

不幸的是，有些人并不这么理解，偏要说“花”比喻“美人”，思念花木，就是挂念美人。范仲淹和友人们的“庆朔堂”唱和，便是男人之间心照不宣的“艳歌”。

怎么讲呢？一千个读者就有一千个哈姆雷特，也能理解。譬如“一枝红杏出墙来”“玉人何处教吹箫”之类的千古名句，早就被人们引申出莫名的情色意味了。淫者见淫，在他的逻辑闭环里，还真不好反驳他。

所以我们抛开文本，从故事本身来考察其真实性。

宋代，法律严禁官员嫖娼。地方上虽有官妓，长官在公宴或招待上级的时候，可以把官妓们叫来，唱歌跳舞搞气氛——但是，注意了，不能陪睡！一旦陪睡，就属于严重的违法违纪。

宋仁宗朝，对官员风纪尤其管得严格。严禁官员与治下的官妓有染，无论纳为小妾，还是做露水情人，按律都要免职。比如宰相宋庠的孙子宋乔年，负责管理市易司，和妓女有染，被免职，二十年不能复官。当然，任何时候，事实上都会存在“有法不依”“执法不严”的问题，前提是你能成功地瞒天过海，不被御史们侦查到。

前后两任太守相勾结，千里私纳妓女，这种事情，毫无疑问是违反国法与官纪的。如果你偷偷摸摸地做，也就罢了，你唱我和，集体写诗歌之咏之，这是各位官人嫌日子太好过，要集体回家卖红薯吗？

范仲淹有这样一句从政箴言：当官的人，“公罪不可无，私罪不可有”。什么意思呢？

公罪和私罪，是唐宋法律中关于官员犯罪的两个概念：“公罪谓缘公事致罪，而无私曲者。”“私罪谓不缘公事私自犯者，虽缘公事，意涉阿曲，亦同私罪。”[11]

公罪，就是官员因执行公务而做出的违法行为。私罪，指公务中因谋求私利而发生的违法行为，以及跟公务无关但违反官员纪律的行为，比如滥用职权、贪污受贿、作风腐败等等。承办公事时，出于私心，刻意迎合上级或皇帝的好恶，不讲真话，也和“私罪”同等。

那么，公罪与私罪，最大的区别，就是要考察违法者本人，到底是出自公心，还是私欲？

范仲淹说，“公罪不可无”，是说做官的人，应该恪守职责，坚持原则，不逢迎上意，不计较个人荣辱得失，凡事秉持公心，敢作敢当，就算触犯了上司和皇帝，因而获罪，那也是应该的！必须的！公心为国、不折不挠，是为直臣。

“私罪不可有”，则是要求严守士大夫的节操，绝不放纵私心与私欲。冰霜操守、自律自谨，是为纯臣。

但人非圣贤，私欲岂是容易克服的？这就要考验“修身”功夫了。范仲淹很爱弹琴，但他步入政坛后，就永远只弹奏一曲《履霜》。此曲取的是《易经》卦象：“履霜坚冰，阴始凝也；驯致其道，至坚冰也。”当你看到地上结有微霜的时候，就要想到凛冬将至，寒冰将冻结。喻义是在事态发生之初，就要提高警惕，要杜渐防微。范仲淹弹此曲，琴音是他时时刻刻对自己的警示。

正因为长年高度的自警与自律，才能让范仲淹得到“一世之师，由初迄终，名节无疵”[12]的盖棺论定。自我标榜、说一套做一套，骗得了一时，骗不了一世，更骗不了后世，是很容易被历史证伪的。

宋朝文人政治斗争，可怕处在于软刀子杀人。文人擅长诛心、道德攻击、抓小辫子，像范仲淹这种为了理想奋不顾身的人，私德略有亏损，会立刻迎来四面八方的攻击。如果确实发生过“千里纳妓”这样的事情，不可能不在当时就爆出来，成为政敌攻击范仲淹的罪证。不至于百余年之后，才有了八卦。

范仲淹到饶州这一年，已经四十九岁了。他是因为上《百官图》指斥宰相吕夷简，而被发落到这地方的。才到任，结发之妻李夫人便病逝。很快，又受到朝堂中的宿敌暗算，被调任润州、越州等地。两年后，西夏大举进犯，临危受命，赴任边关。一直到庆历三年，才回到京城，立刻推行轰轰烈烈的“庆历新政”。次年，新政受阻，他自己也被迫离京。直到去世再也没能回来过。

以时间推算，求索“绝色雏妓”的故事，只能发生在庆历三年到四年这一年之内。正是推行“庆历新政”的一年。改革触动了无数人的既得利益，渐渐举步维艰。

而“新政”最终失败的导火索，是“奏邸之狱”事件，俗称“进奏院卖废纸事件”。

京师旧俗，每到秋天，各衙门都举办祭祀字神仓颉的“赛神会”。会后，同事们要聚餐联欢。才子苏舜钦当时在负责公文往来的“进奏院”当主管。赛神会后，便拿了卖旧公文、邸报等废纸的钱——这也是院中旧例，得了钱也是公家花用，一般就是给大家吃吃喝喝了。又各人另凑了些份子，叫了十几个朋友、同事，吃喝起来。又叫了官妓来陪酒。年轻人嘛，喝上头了，难免得意忘形，结果呢，倒大霉了！

此事经人揭发、弹劾，演变成一场官场大地震。苏舜钦和另一名进奏院主管，以“监守自盗”和“燕集喧闹，近于宫门”的罪名，被“除名勒停”，削职为民，永不录用。其他参与者，工部员外郎王洙，落了个“与妓女杂坐”的罪名——没错，不老实坐在自己位子上听歌，跟官妓们混坐一处，是犯罪。集贤校理王益柔，因吟出“欹倒太极遣帝扶，周公孔子驱为奴”的“中二病”诗句，被裁定为“放肆狂率，诋玩先圣”。另有几位，因在父母的三年服丧期之内参与宴饮，被裁定为“不孝”。全体贬官削职，赶出京城。

为何要如此赶尽杀绝？原来，被贬逐的这批年轻官员，大都支持“庆历新政”，如苏舜钦、王洙、王益柔等，更曾得到范仲淹的亲自荐举。反对派正好借此机会，将改革派的新锐力量一锅端。

反对派借题发挥，矛头直指杜衍（苏舜钦是杜衍的女婿）、范仲淹这二位力主新政的正副宰相。最终，杜、范相继被罢相外放，失去了中枢领导权，改革宣告结束。

“庆历新政”是范仲淹平生心血所凝，最重要的事业。他会在这个风口浪尖上，放弃操守，去向地方官员索要什么“美妓”吗？如此明晃晃的一个把柄放出来，反对派还用得着拐弯抹角、费尽心机，去拿那苏舜钦等人下手？不必说范仲淹，便是真风流好色之辈，也不敢如此、自毁前程的。

范仲淹的这则绯闻，其实呢，也不过是文学史上常有的“因诗附会”。好事之徒，拿着名人名作，从字里行间敷衍出些风流韵事来，聊做谈资。他倒是说得快活了，平白误导了后人。

铁石心肠人为何作销魂语？

真正吐露出他柔软与浪漫情怀的，是这一首词：

御街行·秋日怀旧

纷纷坠叶飘香砌。夜寂静、寒声碎。真珠帘卷玉楼空，天淡银河垂地。年年今夜，月华如练，长是人千里。

愁肠已断无由醉。酒未到、先成泪。残灯明灭枕头欹，谙尽孤眠滋味。都来此事，眉间心上，无计相回避。

后人读词至此，惊叹：“铁石心肠人亦作此销魂语。”这是一首思念远方爱侣的词。

上阕写秋夜之景：黄叶纷纷，飘落阶前。叶落在夜里，不似白昼分明，只是模糊的剪影，而叶坠于地细碎的“沙沙”之声，又提醒了人它的存在，夜因而更静，静夜里倾听落叶之声的人，心境也更加孤寂。

“真珠帘卷玉楼空”，珍珠帘之晶莹，玉石栏杆之洁白，塑造出寂寞清冷的气氛。楼“空”无人，而珠帘卷起，分明又曾经有人在这里待过。这矛盾的组合，如电影里一个意味深长的空镜头，让你觉得，有什么伤感的事情要发生，又或者，那哀伤之事，已经发生过了。

这是满月的夜晚，天空的银河之光，被月光衬得淡了。淡淡的星河，横跨夜空，在地平线的那一头垂落下去。月光皎洁，如最细密最莹白的丝绸，席卷天地……

一叶知秋，他从逼仄庭院内微不足道的阶前落叶开始写起，却终以茫茫太空，这笔力，真是天上地下纵横肆意。而此情至此，再也无从遮掩，喷薄而出，在满天星月之下，向着千里之外的那个人飞去。

情既已勃发，那么，就彻底地放开来写了。下阕写我秋夜之心，是辗转反侧之态，念念在兹，而句句憨直，是那种情到痴处不择言的口气，你听他讲：

“人人都说酒浇愁肠，‘我’呀，这肠子早已经愁得断掉了，还拿什么理由喝酒呢？”——这个，相当于解药未到，人已毒发身亡的意思。“酒入愁肠，化作相思泪”，作者曾经写过这样的词句，但是现在，“酒还没送上来，泪水已经先流下来了，那还喝个啥酒呢？”

只好睡觉吧！又睡不着。斜倚着枕头，盯着明灭不定的灯烛之光，忍不住直愣愣地说道：“我可是尝尽了孤枕难眠的滋味呀！”

一般人，想到这里，写到这里，也就没了。但作者不是一般人，他正正反反，愈出愈奇：“都来此事，眉间心上，无计相回避。”来什么事？一个字，情；两个字，离愁；三个字，相思意。天地间忽来一股无形诡秘之气，不依不饶，不屈不挠，循环往复地缠人不去，令人眉头长锁，心头刺痛，纵你百慧千巧，闪转腾挪，不能够避开。这三句，将抽象之情，转换为动态的形象，使之在人的感官闭环里反复流动碰撞，好比练武之人，真气错乱，这回可真要了亲命了！

以雄健之笔，写缠绵之态，以憨直之口吻，诉说婉曲之心情，所以此词读之令人“销魂”。

昔人曾言：“圣人忘情，最下不及情。情之所钟，正在我辈。”[13]忘情和无情的人，都是很难相处的。忘情的人，无有爱憎，不生忧怖。无情的人，缺乏理解人类情感的能力，天生的冷漠和残酷。忘情和无情，都和“诗意”绝缘。

情之所钟，才能有诗。至情者，才可以成仁。个人道德修养的完备、感受爱与美的能力、对他者的理解与共情，这三者本来就应该是并行不悖，且互为支撑的。真正的“仁者之心”，是建立在爱与“共情”上的。范仲淹能成其“完人”，最根本的原因，其实是在这里：

他首先是人，有至情至性的人，而非不食人间烟火的神仙，高踞圣殿上的偶像，所以，他才会身为帅臣，却记录下士卒的眼泪，才会“铁石心肠人作销魂语”。

范仲淹前后有过三任妻子。他结婚晚，三十六岁时，才结发于李氏夫人。李夫人病逝饶州后，续娶聂氏夫人。婚后大部分时间范仲淹都在戍边，夫妻二人聚少离多。几年后，不知道去世还是离异，聂夫人离开了他的生活。最后，是一位曹夫人，陪他度过了晚年。这三位女性，都可能是激发他创作热情的人。而最符合词中“长年离别”情境的，是聂夫人。那么，这首“销魂”之词，是为她而作吗？

没有必要去认真考证。诗歌穿越千年，打动我们的心灵，就如笼罩过古人的月光，又照拂到我们的身上，这是再自然不过的事情。人事有代谢，往来成古今，对于个体的人，无论时代如何变迁，唯有“情”之一字，是普适的、永恒不变的。至于这“情”是因谁而生……很重要吗？

注释：

[1]〔宋〕范仲淹《宋本范文正公文集》卷十九，《举欧阳修充经略掌书记状》，国家图书馆出版社2017年版。

[2]〔宋〕范仲淹《宋本范文正公文集》卷五《上攻守二策状》，“四库全书”本。

[3]〔宋〕范仲淹《宋本范文正公文集》卷十一，《上枢密尚书书》，国家图书馆出版社2017年版。

[4]〔宋〕范仲淹《宋本范文正公文集》卷十一，《上枢密直学士右谏议大夫表》，国家图书馆出版社2017年版。

[5]《孟子·离娄下》。

[6]〔明〕瞿佑《归田诗话》卷上，“知不足斋”丛书。

[7]〔宋〕孙逢吉《职官分纪》卷四十六，“四库全书”本。

[8]〔宋〕欧阳修《欧阳文忠公全集》《居士集》卷第二十，《资政殿学士户部侍郎文正范公神道碑铭》，孝思堂刻本。

[9]〔宋〕曾巩《隆平集》卷八，“四库全书”本。

[10]〔金〕元好问《元遗山先生全集》卷三十八，《范文正公真赞》，清道光三十年张氏阳泉山庄刻本。

[11]〔宋〕窦仪等编《刑统》（薛梅卿点校）卷二“名例律”，法律出版社1999年版，第29－30页。

[12]〔宋〕王安石《临川先生文集》卷八十五《祭范颍州文》，中华书局1959年版，第887页。

[13]余嘉锡《世说新语笺疏》《伤逝》第十七，中华书局1983年版，第638页。

我尝到了事物的滋味

他们早早地想要摘取桂冠，要得到世界的肯定，他们也远比一般人更早地知晓这人世的真相，早早地感受到破灭与厌倦。

和皇帝抢女人？“我没有，别瞎说！”

少年游

并刀如水，吴盐胜雪，纤手剖新橙。锦幄初温，兽烟不断，相对坐调笙。

低声问向谁行宿，城上已三更。马滑霜浓，不如休去，直是少人行。

这首词用白描手法，写得活灵生动，一对儿情侣，就像在我们眼前一样，上演浓情蜜意小剧场。

是秋夜了。屋外浓重寂静的黑，衬托出屋里的灯光格外温馨。男人带了橙子来，是今年南方的新橙。女子便拿了小刀，将橙子剖开，再撒上一点细盐，好让橙子吃起来更鲜甜。并州的刀，是出名的锋利，吴地的盐，轻细如雪，都是讲究的上等货。

卧具已熏暖，炉烟吐清芬……夜深人静了，两人却并不去床上睡觉，还在相对坐调笙，研究声乐艺术，这是个什么道理？

一、是老情人了，所以无急色之相；二、都是爱乐之人，互为知音；三、男的本就没准备留宿，他是另有归处的。

女子也知道不好留人，但总归不甘心。她知情识趣，朱唇轻启，低声诉说的，都是对他的体贴和担心："城上已三更。马滑霜浓，不如休去，直是少人行。"铁石心肠，听得心都要化掉了。她的温柔乖巧，他的眷恋为难，恋情的甜蜜与不确定感，人物的关系、心事，三言两语中，也就展现出来了。

有时间，有地点、人物，有情感冲突，有悬念未解，这首词，虽然短，却具有丰富的叙事性，就像一部电视剧的片花，迅速勾起观众的兴趣。

剧情是这样的：这一日，风流天子宋徽宗赵佶，袖中揣了南方新贡鲜橙一颗，微服出宫，来访汴京名妓李师师。却不料著名词人周邦彦先至，周先生走避无门，只得钻到床下，老腰几乎趴断，听了满耳朵的肉麻情话，心中酸苦，于是不管三七二十一，把当晚的情形，都给写进了词里。就有了这首《少年游》。

李师师后来偏又在皇帝面前演唱此词，皇帝大怒，将周先生贬出京城。

这一日，皇帝又来，直等到半夜，才见李师师愁眉苦脸进了门，却是给周邦彦送行去了。皇帝没好气，说："他这一走，又写啥了？"师师遂演唱《兰陵王》一首，这首词写得太美了，徽宗醋意敌不住爱才之心，便又降旨将周邦彦召了回来，还让他做了"大晟府乐正"——主管朝廷礼乐事务的官儿。

这个故事，最早记录在南宋末年张端义的笔记《贵耳集》中。周邦彦这"敢与皇帝抢女人”的名头，也就千古流传了。不过，这个故事，是否当真确有其事，历代的学者们意见并不能统一。

我个人，是不相信其真实性的。

仅从常理来说，无论什么朝代，凡开妓院的，错开时间，不让顾客彼此“撞”上，本是基本的职业素养。以李师师这等行业翘楚，接待的又是皇帝，傍君如傍虎，她何至于犯这种低级错误？

如果是电视剧中那种姑娘们站在门口高喊“大爷，来玩嘛”的低等妓院，或者港片中“一楼一凤”单元楼，限于环境杂乱，地方狭小，某位莽撞客人长驱直入，将另一位来客捉“奸”在室的意外，倒也偶有可能发生，但李师师的营业环境不一样啊！

在宋代，如李师师这样的花魁行首，她是有私家豪宅的。

宋人话本《大宋宣和遗事》里，描写宋徽宗出宫，走到李师师家门口，“见一座宅，粉墙鸳瓦，朱户兽环；飞檐映绿郁郁的高槐，绣户对青森森的瘦竹”，不禁赞叹，道：莫不是官宦世家，或豪富之门？进了门，却又是“转曲曲回廊，深深院宇；红袖调筝于屋侧，青衣演舞于中庭。竹院、松亭、药栏、花槛，俄至一厅，铺陈甚雅：红床设花裀绣缛，四壁挂山水翎毛。打起绿油吊窗，看修竹湖山之景”——话本小说的情节不能当信史采用，时代风俗却可供参考，可知当时花魁娘子家的排场。

作为佐证的，是李师师旧情人晁冲之的诗作。

晁冲之是东京城里著名的小衙内，曾追捧李师师、崔念月两位名妓，日掷千金。后因官场斗争离开京城。十余年后回京，寻访旧爱，发现李、崔二位的身价越发高涨了。尤其是李师师的家，早已门禁森严，不是他这等“旧人”能涉足的了。于是感伤前尘，写诗以纪念。

诗中，描写李师师的家：“门侵杨柳垂珠箔，窗对樱桃卷碧纱。”“春风踏月过章华，青鸟双邀阿母家。系马柳低当户叶，迎人桃出隔墙花。”[1]

一望就是富贵深闳气象。这高门大户、庭院深深的好处是，就算皇帝突然跑了来，只要他不是特地来捉奸，从空间、时间、人员的调度上，都有足够回旋余地，让周邦彦从容溜走，大可不必躲到床底下。

再说皇帝这一边，九五之尊，微服出行，他不是自个儿溜达着就出宫的。

他有一个叫“行幸局”的机构，专门安排皇帝偷偷出宫玩耍的事宜。他不惜命，这下头人总是惜命的，安保问题必然要做好：通知主家接驾，令闲杂人等退避、贴身护卫、检查环境等等，又怎会让圣驾处于床底下藏了人都不晓得的险境？

其实呢，这词中的男主角，最大可能，就是周邦彦本人。之所以演绎出这一大段狗血剧情，大抵一是这首词写得太好，按中国文人好附会的惯例，难免要安排点浪漫传说。二呢，就是周邦彦其人，与李师师、宋徽宗之间，也确实存在令世人浮想联翩的三角关系。

寻找真实历史中的“李师师”

抛开野史与小说的敷衍，真实历史上的“李师师”是什么样的呢？

首先，要将她和另一位同名而不同姓的名妓“师师”区分开来。这另一位“师师”姑娘，生活在北宋早中期，出现在前辈词人柳永、张先的笔下，到宋徽宗时代，至少也得有五十来岁了，是绝无可能在吃青春饭的风月业中继续走红的了。

我们的李师师呢，根据熟悉宋徽宗“崇宁”至“宣和”年间京城风貌的孟元老在《东京梦华录》中所记，她本是一名“露台妓”，即私娼。她以“小唱”（宋代流行的歌唱表演，歌伎执牙板，自拍自唱，或以琴、箫、笛等管弦乐器伴奏，曲调优雅，歌词富于文学性，为士大夫阶层喜爱，是酒宴上不可少的娱乐项目）出道，迅速登顶京城娱乐圈。

宋代的皇帝都比较宅，热衷于微服私行的，也就宋徽宗这一枝独秀了。一开始，他是到蔡京等宠臣的家里去玩，喝酒，看杂耍，还是觉得岁月无聊。蔡京的儿子蔡攸便进言说：“‘所谓人主，当以四海为家，太平为娱，岁月能几何，岂徒自劳苦？’上纳其言，遂微行都市，妓馆、酒肆，亦皆游幸。”[2]

这个“微行都市，妓馆、酒肆，亦皆游幸”，其实指的就是宋代独特的城市文化产物：“瓦肆”。

有宋一代，在大城市中兴起了一种游乐商业集散场所，号为“瓦肆”，又称“瓦舍”“瓦子”。因易聚易散，故名为“瓦”，即“来时瓦舍，去时瓦解”的意思。其集“吃喝玩乐”与“买买买”为一体，嫖赌不忌，鱼龙混杂，故被当时的人称为“士庶放荡不羁之所，子弟流连破坏之门”[3]。

瓦肆也是一整个京城的民间娱乐圈。《东京梦华录》中记载，当时，除以“小唱”闻名的李师师、徐婆惜、封宜奴、孙三四等妓家，还有演杂剧的、弄傀儡的、玩杂技的、斗相扑的，弄皮影戏、驯虫蚊、说书讲史猜谜……都是名家辈出，各领风骚。[4]

皇帝下到瓦肆中与民同乐，十分慷慨，不仅大笔打赏，还给李师师等几位演艺大咖赐下了“金带”[5]。

“金带”，字面意思是金腰带，它不是一条普通的腰带，它是身份与荣耀的象征。宋制，翰林学士以上，例赐金带并赐佩鱼，谓之“重金”。倡优之辈，居然也能获得金带之赐，这种事，只有宋徽宗干得出来。

宋徽宗也不是只去李师师家里，他各家都玩一玩，“宠幸”过的名妓，恐怕也不止师师一个人。但很快，李师师就以其独特的魅力，抓住了天子飘忽不定的注意力。

虽然并没有官方册封后妃的文件，但师师是宋徽宗的“外室情人”，很快就成为京城里“公开的秘密”。有官员甚至拜到李师师膝下做“干侄儿”，得以迅速升官[6]，可见李师师当时得宠之气焰。

可惜，碰上了末世，靖康之变，金军进逼京城，索要黄金五百万两、白银五千万两。此时宋徽宗已退位，继任的宋钦宗没得给，便将李师师等一众京城娱乐界名人的家产充公，送与金军求和去了。[7]

再然后，宋徽宗、宋钦宗父子都被金军俘虏。宗室、后妃、公主、群臣，统统沦为臣虏。金军入城后，更勒令开封府列出名单，逐一搜捕李师师等当红艺人及各行业的能工巧匠，统统掳走，好去为金国的建设服务。

然而这一网下去，李师师并不在其中。

据北宋末年文人张邦基的笔记《墨庄漫录》，北宋亡后，李师师“流落于浙中”，“士大夫犹邀之以听其歌”，然而，已“憔悴无复向来之态”。诗人刘子翚《汴京纪事诗》，向来被认为有“诗史”的价值。其中有一首写到李师师：“辇毂繁华事可伤，师师垂老过湖湘。缕衣檀板无颜色，一曲当年动帝王。”

这当时人的记载，比后来的小说演义更具可信度。师师向来慧黠，很可能是被抄家之后，她便当机立断，抽身南下避难去了。年岁渐老，美色不再，仍然要出来卖唱，可知晚景并不如意。然而，来自江湖，归于江湖，比起她那囚死在遥远北国的旧情人宋徽宗，比起零落成泥的天潢贵胄、金枝玉叶们，她的命运又算是好多了。

美丽、娇小、不“多情”的她

翻开周邦彦的词集《片玉词》，会发现，在十几年的光阴里，都摇曳着同一位女子妖娆的身姿。

诉衷情

当时选舞万人长。玉带小排方。喧传京国声价，年少最无量。

花阁迥，酒筵香。想难忘。而今何事，佯向人前，不认周郎。

这首词，在周邦彦的词作中不算出色，信息量却是很大。

上阕的意思，是说在京城，有一位少女，于官方举办的歌舞大赛中力夺魁首，得到了朝廷的特别恩赏：“赐玉带”，而且赐的是“排方玉带”。

“玉带”是比“金带”更高级的身份象征。玉带以上缀玉片的多寡定品级。前六圆、后七方总共缀十三块玉片的，为最高规格，称“排方玉带”，是天子御用之物。偶尔的，作为一种特别恩赏，也会赐予皇太子、亲王及一品元老重臣。

昔年，王安石、蔡京，都以位极人臣、圣眷正隆，又加上边关刚打了胜仗，才被天子赐以“排方玉带”，两位都诚惶诚恐地不肯要，因为这不是臣子能用的东西。

如今一个小小舞女，居然得赐“排方玉带”，这也太奇怪了！关于此中关节，王国维曾说道：“且有宋一代，人臣及外戚之赐玉带者，不过数十人，其便服玉带，虽上下通用，然不知倡优何以得服此，且用排方，与天子无别。颇疑此词为师师作矣。”[8]——这种待遇，大概也只有作为皇帝情人的李师师能当得起了吧！

儒家礼法，用服饰来区别身份贵贱，不能瞎穿，否则就是僭越的大罪。但到了宋徽宗时代，一切都乱了套，连皇帝宠臣家的奴仆，都腰系着金带在外面横行。[9]前面说过，当时瓦肆里多位艺人，都曾得到“金带”之赏，那么李师师被赐予了“排方玉带”，也是可以想象的。

看周邦彦笔下的李师师，“选舞万人长”一句，气势磅礴，写一舞女，竟有军中少年万人不敌的意气风发。“玉带小排方”，无上之荣耀，却以“小”字来形容之，便于尊荣华贵中，又格外显出一种娇小稚气来。

这么年少，这么美，这么骄傲，这样的招人怜爱，她不成名谁成名？故而“喧传京国声价，年少最无量”。

下阕，作者讲曾与她花酒相伴，结下难忘的情意。当然，这只是自己这一边的感受，对方呢，于这段感情，是“想难忘”——“想必”她也会难忘吧！这字里行间，便透出一种言外之意、意外之酸来了。人家根本不是自己以为的那样，“而今何事，佯向人前，不认周郎”，公众场合遇到，她居然装作不认识了！

“周郎”者，是周邦彦自称，也是自比三国名将周瑜。所谓“曲有误，周郎顾”，宴会上，但凡有人奏错一个音符，精通音律的周瑜便会目视其人，因为周郎年少，英姿勃发，许多女伎，便故意演奏出错，以求被他看上一眼。用这个典故，一是周邦彦的风流自赏，二呢，是在暗示，他的音乐才华对于她，曾是有用的。

李师师最擅长的“小唱”，是集音乐与文学为一体的表演艺术，除了音律高雅谐婉，歌词也要富于文学性的审美。而周邦彦两者皆擅长，对李师师来说，正是良师益友般的存在，又怎么会被嫌弃了呢？

周邦彦在这首词中表示，我也想不通呀！想不通，只是文人的皮里阳秋，心里是有数的。再来看这一首《少年游》：

朝云漠漠散轻丝。楼阁淡春姿。柳泣花啼，九街泥重，门外燕飞迟。

而今丽日明金屋，春色在桃枝。不似当时，小桥冲雨，幽恨两人知。

上半阕是回忆，一个雨潺潺、云漠漠的春日清晨，她送自己走出二人相会的小楼。九街，又称九陌、九衢，指的是京师的街巷。雨水中，杨柳如泣，落花似啼，长街上的泥泞是那么湿重，燕子拖着被雨打湿的翅膀，缓滞地飞着。雨声在天地间，而你要离开。

下半阕又跳回现实，她被别人金屋藏娇。这里用的是汉代陈阿娇与汉武帝的典故。“丽日明金屋”，那位“恩主”的宠爱，就像阳光照耀她住的金屋，她容光焕发，越发明媚，如春风吹上了桃花枝头。

“不似当时，小桥冲雨，幽恨两人知”，这是从今天再思昔日，思绪像一根回形针，绕回到一个唯当事人才知道的私密场景：两人在小桥下相依偎，雨水从桥面上飞溅下来，多少幽愁暗恨，在雨声中凝结。

作者觉得，当日的愁苦，倒好过今天的意气风发。为什么呢？因为她已经不属于他了。上一首《诉衷情》，主要讲被情人抛弃的失落，而这一首《少年游》，则指出了我被抛弃的原因——她，另攀上高枝了。

再看这一首《瑞龙吟》：

章台路。还见褪粉梅梢，试花桃树。愔愔坊陌人家，定巢燕子，归来旧处。

黯凝伫。因念个人痴小，乍窥门户。侵晨浅约宫黄，障风映袖，盈盈笑语。

前度刘郎重到，访邻寻里。同时歌舞，唯有旧家秋娘，声价如故。吟笺赋笔，犹记燕台句。知谁伴、名园露饮，东城闲步。事与孤鸿去。探春尽是，伤离意绪。官柳低金缕。归骑晚、纤纤池塘飞雨。断肠院落，一帘风絮。

唐代诗人刘禹锡，在“永贞革新”失败后，被贬到广东。十年后归来京城，到玄都道观中看桃花，见满院桃花红丽，皆是自己去后才栽，遂吟诗一首：“紫陌红尘拂面来，无人不道看花回。玄都观里桃千树，尽是刘郎去后栽。”暗讽现在满朝堂都是新进的小人。于是又被贬谪十四年。

十四年后，再回京城，刘禹锡直奔玄都观而去。却见观中桃树已被砍光，更吟诗一首：“百亩庭中半是苔，桃花净尽菜花开。种桃道士归何处，前度刘郎今又来。”我老刘又回来啦，你们这些小人去哪了！

“前度刘郎”，这个典故，后来也常用来指代“旧情人”，但这首词中，还暗含了“回到京城”的意思。综合起来，就是说：我回到京城，看望老情人。

然而，他连她的家门都没能进去。

路还是那条路，桃花依旧，燕子又回来筑窝孵小燕子了，而那个“娇痴天真”的人儿，晨光中，额头轻染一抹宫黄，扬袖笑语的她，已经只存在回忆中了。到左邻右舍一探问，才知道，这些年，起起落落，聚聚散散，同出道的姐妹都已沉寂了，唯有她，还是那么的走红。

“旧家秋娘”——唐代有名妓杜秋娘，又有李德裕早夭的爱姬名叫谢秋娘，故“秋娘”泛指歌伎舞女。

“犹记燕台句”——唐诗人李商隐曾有诗《燕台四首》，洛阳歌伎名柳枝者，最爱赏其诗，就撕下自己的衣带，托人转交给李商隐，约定要托付终身。然而不久，柳枝就被一个权贵买走了。“犹记燕台句”，就是暗示情人已归他人的意思。

“东城闲步”——唐代名妓张好好，十三岁时在江西结识杜牧。十六岁被杜牧顶头上司的弟弟纳为小妾。后来两人在洛阳城东重逢，好好已经变成一位卖酒的少妇了。

用了这么多的典故，诉说自己被“横刀夺爱”的境遇，可见心中真是苦楚。但又能怎么样呢？“恨如春草多，事与孤鸿去”[10]，往事已经不可追了。不可追，忘不掉，这个明媚的春天里，一切好景，落在作者的眼里，便都成了愁绪。黄昏时独自归去，小池塘上又飘起细雨，庭院中，风吹着柳絮翻飞，真是令人肝肠寸断。

旧情人“声价如故”，可见还在操持旧业，并没有从良嫁人。那么周邦彦这次回京，是受到朝廷重用的，“入拜秘书监，进徽猷阁待制”[11]，已经爬到正四品，进入皇帝侍从官的序列，接近权力核心，清贵体面。老是老了点儿，但一个妓女而已，再走红，没道理连她的门都进不去。六十岁的人了，须发斑白的，在路边上哭唧唧。名妓中，能有如此气焰的，除了荣升“帝国第一情妇”的李师师，大概也不能做他人想吧？

那么，一个颇为令人意外的事实浮出水面：

无论良禽择木，还是身不由己，李师师对旧情人周邦彦，并没有表现出多少眷恋。这和传说中那多情又怜才的形象，实在是太不一致了。

这不一样的李师师，倒更可能接近于真相。“多情”“怜才”，对于美丽的烟花女子，人们总是这样想象。乐于看到她们将纯洁的爱情奉献给“才子”，甚至更进一步，用生命来成就贞烈。比如李师师在小说演义里，就被安排了“痛骂金军而惨死”的结局。

但处在社会最底层，受尽侮辱与损害的她们，被权势与金钱玩弄着的她们，明明是最没有条件去“多情”“怜才”，去成就“贞烈”的一群人啊！

志士仁人是少的。这世间最普遍的，是贪生怕死的“俗人”，是屈从于金钱与权力的“大众”，是“我们”。我们却期盼着她们用“柔情”与“贞烈”来救赎人间——

凭什么呢？李师师只是一个微贱的妓女，靠着美色与才艺，周旋于大人物之间，加上绝好的运气，才得到了皇帝的“盛宠”。她知道，这一切多么来之不易，又多么容易失去。

凭什么，她要为了一个旧恩客，去违抗皇权，触犯天子之怒？至于那位天子……宋徽宗赵佶，北宋皇帝中最自我膨胀的一位，他扶植亲信、佞臣，扩张皇权，专权独断，取天下奉己一人，而自以为圣明。这样的君王，你们又凭什么以为，他会容忍一介烟花女子为了个舞文弄墨的词臣，忤逆自己？

是的，说起来煞风景，不过，与入幕之宾统统断绝来往，专心侍奉天子一人，才是李师师最现实也最可能的选择。

风雅、大胆、爱过很多女人的他

在周邦彦生命中留下痕迹的女性，也不止李师师一个。

有的人，一生只能爱一次，有的人，却能够一爱再爱，走很多路，看各处的云水，爱上不同的女人。

元祐八年（1093）左右，周邦彦到江苏溧水当地方官。然后呢，看中了下属的爱妾——这位下属为了讨好顶头上司，经常请上司来家吃饭，还叫美丽的小妾出来倒酒。一来二去，不知不觉，乌纱帽上似乎就沾了点儿绿。

风流子

新绿小池塘，风帘动，碎影舞斜阳。羡金屋去来，旧时巢燕；土花缭绕，前度莓墙。绣阁里，凤帏深几许，听得理丝簧。欲说又休，虑乖芳信；未歌先咽，愁近清觞。

遥知新妆了，开朱户，应自待月西厢。最苦梦魂，今宵不到

伊行。问甚时却与，佳音密耗，寄将秦镜，偷换韩香？天便教人，
霎时厮见何妨？

照例以写景开头，起个兴，“新绿小池塘”，春天万物萌动，池塘里新长出了浮萍，浅嫩的绿色，随波沉浮。“风帘动，碎影舞斜阳”，是讲风吹动竹帘，夕阳透过竹帘的缝隙洒落地上，舞动一地碎金——是风动，是帘动，是影动，也是人心在动，一切都是骚动不安的。

燕子穿梭来去，寻找旧巢，旧巢建在“金屋”里，用“金屋藏娇”的典故，说明那人是有主的，所以作者羡慕在她屋檐下自由穿梭的燕子。曾经长满青苔的围墙上，苔藓又斑斓地生长起来了——“前度莓墙”，暗示这是两人相识的又一年。从去年横亘到今年的这堵墙，挡住了他的视线与脚步，只能远远地听到在那“绣阁里”，她弹拨丝竹的声音。乐声里，藏着她欲说还休的心事。“虑乖芳信”，是说她担心错过了约会的日子，所以未开口歌唱，喉中已先自哽咽，愁绪只能用酒来消……

天底下的情人，都长着一双透视眼，见不了面，他的想象中还是把她看得清楚。他知道，她今夜梳妆打扮，推开窗户，正在默默地为他等待。“待月西厢”，这是崔莺莺月下私会张生的典故。但偷期密约，哪是那么容易成的呢？今晚上，他来不了。这还不算最苦的了，最苦的是，居然连做梦，也没能梦见到她那里去，这正是：“偷得着不如偷不着。”将得到而未得到的那时候，最令人难割舍。于是，爆发出了灵魂的质问：“我啥时才能跟她真个销魂？天呀，你就让我们见一小会儿面又能咋样呢！”

秦镜——东汉人秦嘉和其妻徐淑恩爱，在外地做官时，他寄一面宝镜给妻子，曰：“顷得此镜，既明且好。形观文藻，世所希有，意甚爱之，

故以相与。”妻子回信道：“今君征未还，镜将何施行。素琴之作，当须君归，明镜之鉴，当待君还。”女为悦己者容，你不在家，我要镜子做啥？

韩香——西晋权臣贾充，生了两个女儿，姐姐贾南风，黑、矮、丑，嫁给了白痴皇帝晋惠帝。妹妹贾午却是个美人，性子也十分泼辣。老父会客时，她常在屏风后面偷看，便看中了一位叫韩寿的哥哥。韩寿人靓腿脚好，每天晚上都跳过高高的墙头来与她约会。女孩儿便把宫中赐下的西域奇香赠予情郎。这香的奇处在于一经沾身，香气经月不散。韩寿珍重地把香佩在身上，像只麝香鼠般走来走去。事情因此败露，贾充思之无奈，只得将女儿嫁给了这小子。

“秦镜”，表示夫妻间的恩爱。“韩香”，表示男女偷情。两个典故合用，是无理而有情，觊觎别人家的女人，还这么理直气壮。

这会子，作者怎么又如此大胆呢？原来，在宋朝，“妾”的地位很低，可以任由主人家买卖、赠送，家宴上被叫出来陪客人喝酒也是常事。比如苏东坡的爱妾王朝云，就常出面陪客、侑酒，还被秦少游作词调戏了，东坡也全然不以为意。

不过是一桩家庭私产，一个玩意儿。所以，勾引别人家的“妾”，不同于“淫人妻女”这种人伦重罪，只算得小小“风流罪过”而已。对于周邦彦，无论这首词背后的故事是否发生过，都不影响他什么的。

何况周先生也从来不是什么道德君子。

做官何若去“修仙”

周邦彦，《宋史·文苑传》记载其人：“疏隽少检，不为州里推重。而博涉百家之书。”《咸淳临安志· 人物传》也说其：“性落魄不羁，涉猎书史。”

他是杭州人，祖上从吴越王时代就开始做官，一直做到宋朝。他爸他妈，是世间少有的那种随和爹娘。按周邦彦本人的说法，那是：“父仁母慈，弗鞭弗笞。常人所庸，乃独舍之。究思诡奇，乐而忘疲。”[12]不打不骂，任小朋友自由发展。然后呢，就养成了个散漫性子，正经举业不上心，闲书倒看了个遍。

他也没走一般人的科举道路，而是直接进了太学。这时候的太学，作为国家最高学府，已经实行了王安石“三舍法”的改革，学生分为外舍、内舍、上舍三等，每年通过品德和学业的双重考核，按成绩逐级上升。升到上舍生，其成绩优秀者，就可以直接获得做官的资格了。

所以太学实质上就成了一条与科举并行的读书入仕之路。太学的考试，相比科举来说，人为的操作空间更大。家长们有权有钱的，免不了要各显神通，大走后门。家庭条件普通的呢，只好学生自己去跑门路：“于是轻薄书生，矫饰言行，坐作虚誉，奔走公卿之门者若市矣！”[13]竞争也是相当激烈的。

周邦彦他爹已过世，本人个性又强，不会跑门路，可怎么办呢?

元丰七年(1084),朝廷有令,要在太学里搞个名为《汴京赋》的有奖征文,主题是歌颂首都建设成就。参加征文的有几百号人，最后，周邦彦一人胜出。

宋神宗之所以要搞这么个命题征文，是因为他在搞变法。朝堂上变法派与反变法派斗争很激烈，新政的推行并不顺利，所以想舆论上发把力，歌颂一下大好形势与圣上英明。

问题来了。神宗一朝，科举考试的内容，已经不再是诗赋，而是经义。对于人才，所看重的已不是文学才华，而是明经治世的本领，满朝提拔的，都是拥护新法又有实干吏才的官员，这就客观上导致了朝廷文书在文采上的质量下滑。华辞美文，固然无益于治国，但文无采，则不能风行天下，一般的政令、诏书，质朴点儿也就算了，外交、宣传，比如给辽、西夏写国书，比如给新政唱赞歌，都还是需要好文采的。文采好的，以苏轼及其门下为代表，大都是反变法派，已赶出中央了，如此，就更不能给这帮家伙看了笑话去——

周邦彦就抓住了这个机会。

且说赋作进献之后，皇帝令人诵读。押班宰相[14]展稿一看，呦，牙疼，随手就塞给后面一位。这位晓得不好，也就往后塞，最终传到了时任副相的李清臣手里。李清臣一瞧，后头没人了，晦气！原来这文章，通篇用的是古体、异体文字，比如“茴”字有四种写法，他必定要用最生僻的那一种，望之古奥异常，有似天书。

李清臣硬着头皮，提一口丹田之气，居然念完了。散朝后，大家都凑过来夸他学究天人，什么怪字都认识。李清臣淡然道：“不过读偏旁罢了。”

炫才炫技，当然是因为憋足了劲儿，要展现自己。总之，周邦彦一鸣惊人，从此，白衣变官身，从太学生变成了太学里的教官——授“太学正”，负责教务工作。

元祐三年（1088），太学任满，周邦彦外授庐州教授，此后又辗转荆南、溧水等地，做州县官，中间还因母亲去世耽误了两年多。直到绍圣二年（1095），还朝得官为国子主簿。连头带尾，花了七年时间。[15]

宋朝文官分“选人”和“京朝官”两阶。新进士们、释褐的太学生们，都是“选人”。除了极个别幸运者能直接进入“京官”序列，其他的，都必须去最基层锻炼，叫作“经历州县，熟悉民事”，充任幕职、州县官，然后经过三任六考，合格的转为“京官”，调回中央干上几年，再外放出去，再回来，这样来来回回，慢慢地把官做上去……

当然，绝大部分人是做不上去的。

以周邦彦这个迁转速度，跟那些“朝中有人”或“做官天才”相比，是慢了些，但比起大多数人，还算是顺当的。

但是，他不开心，话里话外，都带出一股前途渺茫的神气来了。

为什么呢？第一个，这几年朝堂上风云变幻。神宗去世，哲宗继位。因皇帝年幼，由太皇太后高氏执政，遂尽废新法，尽逐新党。周邦彦当初进献《汴京赋》，身上是打着“变法派”烙印的。大气候不好，他又不是灵活善变搞投机的人，故而心里没底。

第二个，他跟主流文坛是相当疏远的。当年，苏轼在杭州当长官，与他的父辈相交甚笃。年方十七八岁的他，却未曾去拜见过苏轼一面。到了元祐年间，苏轼任翰林学士，执掌馆阁，提拔天下英才，海内文气尽归苏轼及其门下。他呢，是一个也不交往，一个也不理睬。以他的才华，有这股子傲气也难免，这是他的绝不“傍人门户”之处。但这样，也就自绝上进之路了呀！

第三个，他城里人不适应乡下生活。溧水在江苏南京边上，山水尚佳，庐州就是现在的安徽合肥，风貌么，就是一个字：“土”！

在庐州，他写了这么一首词：

宴清都（中吕）

地僻无钟鼓。残灯灭，夜长人倦难度。寒吹断梗，风翻暗雪，洒窗填户。宾鸿谩说传书，算过尽、千俦万侣。始信得、庾信愁多，江淹恨极须赋。

凄凉病损文园，徽弦乍拂，音韵先苦。淮山夜月，金城暮草，梦魂飞去。秋霜半入清镜，叹带眼、都移旧处。更久长、不见文君，归时认否。

这地方，荒僻得晨钟暮鼓都没有。夜里黑灯瞎火，就自家这一灯如豆，撑不起这一屋的温暖，挡不住这一城的寂寞。等不来书信，抚琴吧，自己都受不了那音调的凄苦。恨难收，魂牵梦绕都是京城旧识，心念念，想的都是我啥时候能回去？我这多愁多病的司马相如，甚时候才能重逢那情深貌美的卓文君？咳，说不定到那时节，她都不认得我啦！

周邦彦有点儿像柳永，生下来便是繁华中人。杭州佳丽地、汴京风流窝，他如鱼得水。一下子扔到这种土气小城，是全身心不适应的。

在溧水，他写有一首诗，名《仙杏山》：“本非民土宰官身，欲断人间烟火谷。行寻幽洞觅丹砂，傥见臞仙骑白鹿。”我嘛，就不是什么想当“父母官”的人，我就乐意辟个谷，炼个丹，然后骑一匹白鹿悠悠上天去也。

啥情况？正当壮年，修什么仙？这就要谈到周邦彦的第四个问题了——

他们家，原是祖传信道教的。到他爸、他叔父这一代，更是痴迷炼丹、炼金。耳濡目染，周邦彦也打小就有些飘飘出尘之气。在太学那些年，人家忙着读经义，学习王安石的新法思想，他在埋头读道藏。如今宦游羁旅，百无聊赖，自然便功名心懒，而求仙访道意浓了。

事物的滋味，我品尝得太早了

成仙岂可期？秦皇汉武今何在，宫阙万间都做了土！

高太后病逝后，哲宗皇帝亲政，改元“绍圣”，意思是要继承神宗皇帝的事业。新党扶正，旧党一败涂地。随后宋徽宗即位，新旧一锅炖。人才凋零，朝堂上，只剩宋徽宗与蔡京君臣几个，各做各梦、各演各戏罢了。

周邦彦却时来运转，他的音乐与文学才华，得到了蔡京的赏识和皇帝的青睐，官儿一路升迁上去，但他却并没有变得开心起来。

意气风发的青年，苦闷落拓的中年，都已成为过去。现在，老眼昏花的周邦彦，待在政治旋涡的中心，对着这虚假的盛世，展现出一种无悲无喜、无欲无求的面貌。最终，达到了“委顺知命，人望之如木鸡，自以为喜”[16]的“道”之境界。

明哲保身，也不能全然躲过风波。重和元年（1118)，因受前同事刘昺的“谋逆案”牵连，虽得蔡京、宋徽宗的回护，仍不得不离开中央，出知真定府。三年后，病逝于宦游途中，终年六十六岁。这时，离北宋灭亡只有六年的时间了。

陈郁《藏一话腴外编》言："二百年来以乐府独步，贵人学士、市儇妓女知美成词为可爱，而能知美成为何如人者，百无一二也。"

周邦彦确实是词史上的一个谜。一生事，无功无过。一生行藏，无清无浊。无死敌，亦无挚友。他早早消退了志向与火气，整个人只余一团"清真"之气。

他面目模糊，个性叫人捉摸不透，他的情感，他的意气，他的骄傲，似乎都只放在他的文学作品里。

他是宋词艺术之集大成者，似乎天生就为词的创作而存在。

《词坛丛话》："美成乐府，开阖动荡，独有千古。"

《宋词举》："周邦彦集词学之大成，前无古人，后无来者，凡两宋之千门万户，清真一集，几擅其全，世间早有定论矣。"

《白雨斋词话》："词至美成，乃有大宗。前收苏（轼）、秦（观）之终，后开姜（夔）、史（达祖）之始，自有词人以来，不得不推为巨擘。"

《宋七家词选》："清真之词，其意淡远，其气浑厚，其音节又复精妍和雅，最为词家之正宗。"

高标准、严要求的王国维先生，曾经极不喜美成词，说他的词，品格低下，简直如娼妓一样。几年后，却改弦易辙，对周邦彦极力推崇，声称："以宋词比唐诗，则东坡似太白，欧、秦似摩诘，耆卿似乐天，方回、叔原则大历十子之流，南宋惟一稼轩可比昌黎，而词中老杜，非先生不可。"[17]

老杜者，杜甫也。"诗圣"的一腔忠贞忧国情怀，周邦彦可以相比吗？不能。所可比拟处是什么呢？是文学创作的风格。

杜甫之诗歌，人所不能及的长处，是"沉郁顿挫"。沉郁者，深沉而多蕴积也，指的是文学作品中情感的浓郁、意境的深闳、气韵的高远，展现的是作者生命体验的深与厚，是文学的底蕴所在。

“顿挫”呢，是文学的才能。是作者灵心妙手，对作品的修辞、音韵、节奏、结构……全方位掌控，让“沉郁”得以跌宕有致、徐疾相间地挥发出来，既给读者以愉悦的艺术美感，也带来思想与情感上强烈的感染力。

陈廷焯《白雨斋词话》认为，词和诗一样，最佳妙处，亦不外乎“沉郁顿挫”四字：“顿挫则有姿态，沉郁则极深厚。既有姿态，又极深厚，词中三昧亦尽于此矣。”这个标准是最高的。而周邦彦呢，他就能攀到这个最高处。

满亭芳

风老莺雏，雨肥梅子，午阴嘉树清圆。地卑山近，衣润费炉烟。人静乌鸢自乐，小桥外、新绿溅溅。凭栏久，黄芦苦竹，拟泛九江船。

年年。如社燕，飘流瀚海，来寄修椽。且莫思身外，长近尊前。憔悴江南倦客，不堪听、急管繁弦。歌筵畔，先安簟枕，容我醉时眠。

“风老莺雏”“雨肥梅子”，分别出自杜牧的诗句“风蒲燕雏老”，杜甫的诗句“红绽雨肥梅”，但更凝练，更爽利。风使雏鸟长成，雨使梅子成熟，是风雨蕴养万物的意思，“老”“肥”，都是形容词当动词用。莺声变得“老成”，梅子变得“肥美”，这是季节在变替的意思。

“午阴嘉树清圆”——嘉树，就是佳树，好树。“清”，树之秀挺青润之貌；“圆”，指树冠团团的可爱之状。树木立在这天地间的姿态，是天然庄严且美丽的。此时树荫已成，一片片葱郁，荫庇生灵以清凉，也给人带来视觉抚慰。

莺啼呖呖，宛转于风中，梅子黄熟，灿亮于枝头，树木将它们的绿荫铺展在大地……首三句，十四个字，便铺展开了一副生机无限、声色并茂的初夏美景，确实当得起“言情体物，穷极工巧”[18]的赞誉。

这首词作于江苏溧水的无想山下。溧水这地方，论地理环境不太好，是丘陵之间的低洼之地。地卑山近，春夏气候潮闷，多生蚊虫，衣物也容易发霉，所以要经常地架到熏炉上去烤。炉中还要添各色香料，不仅使衣物留香，也为了防虫、去味。一室之中，炉烟袅袅，香氛沉沉，仿佛能看得见时间一步步走过去，很容易的，就让人产生出长日寂寥之感。

此刻，天地间安安静静的，人也静默着。静默地，看鸟。鸟在天地间且飞且觅食，人之静，越发显出它们的欢乐——没心没肺，与人不相干地欢乐着。“乌鸢”，是两种鸟：乌鸦和老鹰。这两鸟都不算甚好鸟。

《庄子·列御寇》说，庄子要死了，弟子想给他厚葬。庄子表示，连棺材都不需要。弟子道：“吾恐乌鸢之食夫子也。”韦庄《闻官军继至未睹凯旋》一诗中也说：“阵前鼙鼓晴应响，城上乌鸢饱不飞。”

贪食好斗，盘旋在野，吃人的尸首。鸟多得是，为啥特写这两个歹货？一，正说明此地之荒僻，山水多野趣，鸟也野蛮。二呢？咱们往下看。

“小桥外、新绿溅溅”，最近雨下得多，原来桥下温柔的流水，突然涨了上来。“溅溅”，水流急速貌。沈约《早发定山》诗云：“归海流漫漫，出浦水溅溅。”“新绿溅溅”，是将色彩与动态结合起来，让人直观地感受到这春天的水，河岸快要约束不住的活力。

人呢？人凭栏而望，望着这鲜活的、迫近身前的大自然，他想到了白居易《琵琶行》中的句子：“住近湓江地低湿，黄芦苦竹绕宅生。”和眼前之景简直一模一样啊！白居易当年被贬谪为江州（今江西九江）司马，也是安家在低矮潮湿的盆地里，房屋四边，遍生芦苇与苦竹，荒凉之貌，令人心情十分低落。

用这个典故，意思是说：我的处境和心境，跟白老当年是差不多的。我也想要江中泛舟，聊以排遣心事了。

他有什么心事呢？下阕开头就说了："年年。如社燕。"燕子每年都来寄人檐下，辛苦得很。燕子是候鸟，与前面的乌鸦、老鹰正是鲜明对比——那二位是留鸟。漂泊的候鸟，怎么可能像留鸟那样快乐呢？拟人化地说明了羁旅之愁。

燕子，是善鸟，是传统意义上的吉祥之鸟。而乌鸦、老鹰呢，是恶鸟，是贪婪之鸟。这个对比，我们姑且把它引申一下："贪婪无能"之辈"自乐"，而君子才人"自苦"。

前面说过，周邦彦一生仕途不算太差。释褐之后，去掉为亡母守制的日子，他在州县辗转，也不过四五年光景。而溧水呢，就在六朝古都南京的边上。宋代全国经济中心早已转向东南区域。说破天，能荒僻到哪里去呢？且以周邦彦的资历，放在这儿当个县官，又有多少可委屈的？

但人跟人是不一样的，也要站在周邦彦的角度想一想。他打小的爱好与追求，就很特异于众："常人所庸，乃独舍之。究思诡奇，乐而忘疲。乳虎玄驹，已志啮驰。既冠既硕，弗悔所为。譬如萌蘖怒生，得雨益滋。"[19]有着一种旁若无人的自信。自信这一身才华、锦心绣口，什么大好前程挣不来？

一篇《汴京赋》，横空杀出，惊艳了世界，怎么也落了个泯然众人的后续呢？没意思，不应该。

天才诗人李贺曾有诗道："我当二十不得意，一心愁谢如枯兰。"年方二十，你愁个鬼！但是！对于天才来说，这愁是真诚的。他们有着远超常人的时间紧迫感，在他们那里，划分生命段落的方法跟我们普通人是不一样的。

文学的天才，有太敏锐太浓烈的感受力，有与生俱来炽热的创造欲，他们早早地想要摘取桂冠，要得到世界的肯定，他们也远比一般人更早地知晓这人世的真相，早早地感受到破灭与厌倦。所以张爱玲说："成名要趁早啊！"日本诗人石川琢木则吟道："事物的滋味，我尝到得太早了。"

这两句话，是事物的一体两面。

凭什么他是"词中老杜"？

在溧水的周邦彦，也许就站在这破灭与厌倦的边缘上。左边的脚印是正午，右边的脚印是黄昏。他在中间，想要寻个解脱。

"且莫思身外，长近尊前。"不如喝酒。喝的是热闹的花酒，歌儿舞女，急管繁弦，寻欢作乐。乐子却没有"作"起来。酒不能解忧，歌舞不能消愁，丝竹也只是乱耳。

"歌筵畔，先安簟枕，容我醉时眠。"歌舞场中，酒桌边上，放下枕席，随时准备入睡，这算怎么回事？忘了除非醉，醉乡路稳宜频到——这是借助"醉与梦"，表达对现实的不满和拒绝。

但这种不满和拒绝，是委婉的、含蓄的。他什么明确的话都没说。迁客之怨、庙堂之思、忠奸之愤……都只是读者的揣测。事实上，我们所能真切看到的，是他展示出的美丽而充满灵性的自然，是融入这自然里面在呼吸、激荡、摇曳着的人情——人的心绪、人的忧愁，以及人的境遇。

这个“人”，可以是任何人。只要是人，都会在一生中经历这样的时刻，口噙难以言说之事，怀揣难以排遣之情，于是仰而观，俯而思，俯仰之间，鸟飞鱼跃。

《白雨斋词话》评论这首词：

“美成词有前后若不相蒙者，正是顿挫之妙。如《满庭芳·夏日溧水无想山作》上半阕云：‘人静乌鸢自乐，小桥外、新绿溅溅。凭栏久，黄芦苦竹，拟泛九江船。’正拟纵乐矣，下忽接云：‘年年，如社燕，飘流瀚海，来寄修椽。且莫思身外，长近尊前。憔悴江南倦客，不堪听、急管繁弦。歌筵畔，先安簟枕，容我醉时眠。’是乌鸢虽乐，社燕自苦。九江之船，卒未尝泛。此中有多少说不出处，或是依人之苦，或有患失之心。但说得虽哀怨，却不激烈。沉郁顿挫中，别饶蕴藉。后人为词，好作尽头语，令人一览无余，有何趣味。”

其佳妙处，正在于“沉郁顿挫中，别饶蕴藉”。所谓蕴藉，可以看成情感表达的一个“度”，无论忧喜或者爱恨，你要得体，不失尊严，不纠缠，不说破——号啕不能成诗，而长歌足以当哭，在莫测的命运面前，保有人的理智与灵性。

喜欢周邦彦这种含蓄的人，说：“美成词极其感慨，而无处不郁，令人不能遽窥其旨……大抵美成词一篇皆有一篇之旨，寻得其旨，不难迎刃而解。否则病其繁碎重复，何足以知清真也。”[20]

不喜欢的人，就会嫌弃地说：“周美成词，或称其无美不备。余谓论词莫先于品，美成词信富艳精工，只是当不得个贞字。是以士大夫不肯学之，学之则不知终日意萦何处矣。”[21]

在另一部分读者看来，他的主题是模糊的，情感是飘忽的，信仰是暧昧的。他的作品中，缺少了一种传统士大夫应有的“真诚”与“坚定”。

首先，从文学体例的差异上说，诗，它是严肃的，而词是消遣的。诗言志，词传情。词在情感的表达上，本来就更偏向委婉。如朱彝尊认为：“词虽小技，昔之通儒巨公，往往为之，盖有诗所难言者，委曲倚之于声，其辞愈微，而其旨益远。”[22]王国维也提出：“词之为体，要眇宜修。”[23]

其次，生活塑造了人，文学创作也会受到作者个人生活经历的影响。周邦彦生于太平，长于太平，他没有如杜甫那样的家国之痛。他的苦闷，是普适性的人在社会中的苦闷。而他的个性里，又从小浸润着道家的清静无为。这些，都足以让他成为一位并不具有时代负荷意识的作者。

周邦彦喜爱且擅长的，是对这万丈红尘里人与事的观察与体会。他像顶级的美食家，从容地品尝着“事物的滋味”。他的文字里，有着一种诗意的理性。宋儒说：“万物静观皆自得”，“万物有情皆可状”。周邦彦的词创作，其最核心的部分，正是对万物的静观与有情。因静观，而能识万物之灵与趣；因有情，此心能与万物相感应。

比如这首著名的《苏幕遮》，大约是写在第一次进京的时候，年纪轻轻，已显大家风范了。

燎沉香，消溽暑。鸟雀呼晴，侵晓窥檐语。叶上初阳干宿雨，水面清圆，一一风荷举。

故乡遥，何日去？家住吴门，久作长安旅。五月渔郎相忆否？小楫轻舟，梦入芙蓉浦。

这首词写荷花，王国维说能得荷之“神理”。与传统咏物中的“荷花”不一样，这里的荷，既没有形象化的写实，也没有拟人化的象征意义，只是抓住了雨后清晨荷塘的一个瞬间，写出了荷在天地间自在自得的一种存在状态。

旭日初升，晒干了昨夜留在荷叶上的雨珠，荷叶经过雨水的洗刷，其圆润的轮廓在朝阳下愈加鲜明，焕发出洁净的绿意，一片片地展现在水面上——“清圆”二字，妥帖得如神来之笔。荷花呢，“一一”，显其繁盛之态，“举”，则显其挺秀之姿，“风”，则显其飘逸天然。“水面清圆，一一风荷举”，平常的九个字组合，将“荷”的形象，直接落在了人的感官上，生长到了人的意识中。

这是一种文学审美上的“天人合一”。

这首词，字面意思十分浅显，然而诗性浓郁，其神清骨秀，天然标格，不可翻译，不可言传。只有具备顶尖文学语言技巧的作者，才能够拥有这种浑然天成的遣词造句功力。

邵瑞彭《周词订律序》说：“尝谓词家有美成，犹诗家有少陵；诗律莫细乎杜，词律莫细乎周。”格律精严，擅对偶，擅用“拗体”，这些，也都是历来被人们认为周邦彦可直追杜甫的创作优点。

我们知道，词体之美，音乐性与文学性缺一不可。周邦彦在音律上的造诣，在两宋词人中也是顶级的。

《四库全书·〈片玉词〉提要》云：“邦彦妙解声律，为词家之冠。

所制诸调，不独音之平仄宜遵，即仄字中上去入三声，亦不容相混。所谓分寸节度，深契微茫，故千里和词，字字奉为标准。”

王国维也说：“读先生之词，于文字之外，须更味其音律。今其声虽亡，读其词者，犹觉拗怒之中，自饶和婉，曼声促节，繁会相宣，清浊抑扬，辘轳交往，两宋之间，一人而已。”[24]

可惜，词之曲调已经遗失，古今音韵已变，今天的我们，已经很难真正体会到“美成词”精妙的音律之美了。

注释：

[1]〔宋〕张邦基《墨庄漫录》卷八，《全宋笔记》第三编第九册，大象出版社 2006 年版，第 104 页。

[2]〔宋〕李焘《续资治通鉴长编拾补》卷四十，中华书局 2004 年版，第 1253 页。

[3]〔宋〕耐得翁《都城记胜》，“四库全书”本 。

[4]〔宋〕孟元老《东京梦华录笺注·梦华录序》（伊永文笺注），中华书局 2006 年版，第 461 页。

[5]〔宋〕徐梦莘《三朝北盟会编》卷三十：“应有官无官诸色人，曾经赐金带，各据前项所赐条数，自行纳官，如敢隐数，许人首告犯人，重行断遣。”后有尚书省指挥云：“赵元奴、李师师、王仲端曾经祗应倡优之家……曾特赐金带许系金带人，并行陈纳。”上海古籍出版社 1987 年版，第 233 页。

[6]〔宋〕李心传《建炎以来系年要录》卷六十八：“御史常同言：弼孺趣操卑污，顷年尝认娼人李师师为姑，谄事朱勔，脏污狼藉……” 中华书局 1956 年版，第 1144 页。

[7]〔宋〕徐梦莘《三朝北盟会编》卷三十：“奉圣旨，仰聂山、何榏、周懿文、李光，只今直取杨求、张补、姜尧臣、李宗祐、张师贤、宋光年、李宗振、董庠，下项逐家金银于元丰库送纳。赵元奴、李师师、王仲端，曾经祗应娼优之家，并萧管、袁陶、武震、史彦、蒋翊五人及筑球郭老娘，逐人家财籍没。” 上海古籍出版社 1987 年版，第 223 页。

[8] 王国维《王国维全集（3）·东山杂记》，浙江教育出版社 2009 年版，第 360 页。

[9]〔宋〕陆游《老学庵笔记》卷一：“朔日，太守客次有服金带者数十人，皆朱勔家奴也。” 《全宋笔记》第五编第八册，大象出版社 2006 年版，第 8 页。

[10]〔唐〕杜牧《题安州浮云寺楼寄湖州张郎中》。

[11]〔元〕脱脱等 《宋史·列传第二百三·文苑六》，中华书局 1977 年版，第 13126 页。

[12]〔宋〕周邦彦《祷神文》，曾枣庄、刘琳编《全宋文》第 128 册，卷二七七五，上海辞书出版社 2006 年版，第 245 页。

[13]〔宋〕魏泰《东轩笔录》卷六，《全宋笔记》第二编第八册， 大象出版社 2006 年版，第 49 页。

[14] 押班宰相：百官朝会时的领班者称“押班”，以管理朝会位次。宋制，由参知政事、宰相分日押班。

[15] 周邦彦履历，本文综合参考各家，主要以薛瑞生《周邦彦别传：周邦彦生平事迹证稿》为信。

[16]〔宋〕楼钥《攻媿集》卷四五一一，《清真先生文集序》，“四库全书”本。

[17] 王国维《王国维全集（2）·清真先生遗事》，浙江教育出版社 2009 年版，第 423 页。

[18] 王国维《人间词话汇编、汇校、汇评》，上海三联书店 2020 年版，第 148 页。

[19]〔宋〕周邦彦《祷神文》，曾枣庄、刘琳编《全宋文》第 128 册，卷二七七五，上海辞书出版社 2006 年版，第 245 页。

[20] 陈廷焯《白雨斋词话》卷一，唐圭璋编《词话丛编》，中华书局 2012 年版，第 3787 页。

[21]〔清〕刘熙载《词概》，唐圭璋编《词话丛编》　中华书局 2012 年版，第 3692 页。

[22]〔清〕朱彝尊《曝书亭集》卷四十，陈纬云《红盐词序》，“四库全书”本 。

[23] 王国维《王国维全集（1）·人间词话手稿·四三》，浙江教育出版社 2009 年版，第 500 页。

[24] 王国维《王国维全集（2）·清真先生遗事》，浙江教育出版社 2009 年版，第 424 页。

都说贺铸是个丑人

佳人是我，我是作者，
我也是爱慕着佳人的男子。

鸳鸯白首，谁在春天写下哀歌？

都说贺铸长得丑。怎么个丑法？《宋史》云：“长七尺，面铁色，眉目耸拔。”陆游《老学庵笔记》则曰：“长身耸目，面色铁青，人称贺鬼头。”去世后，好朋友为其作墓志铭，又加一条“哆口疏眉”——嘴巴大，眉毛稀。不过好朋友也说了，看人看气质：“仪观甚伟，如羽人侠客。”[1]

宋代一尺，官尺约合31厘米，民间度量衡混乱，若依最短的浙尺则是27.5厘米，身长七尺，按前者算，得超2米了，按后者算，那也有1.92米了。

周紫芝《竹坡诗话》中说：“方回寡发，功父指其髻谓曰：‘此真贺梅子也。’”此年贺铸身在安徽当涂，任太平州通判，年五十出头，头发稀少也是正常。古人扎发髻，发量少，发髻便小，小到宛如青梅……呃，也不算大毛病，现代男性到这个年纪，头发开始地方支援中央的也不少了呀。

面如黑铁，身高体壮，阔口疏眉，眼眉骨外凸，其势“耸拔”，确实有点吓唬观众的意思。但他自己对相貌还是满意的，自我鉴定道：“自负虎头相，谁封龙额侯？”虎头燕颔，威猛无匹，天生将帅之相，哪里丑了？

贺铸的出身呢，说好也好，是开国元勋广平郡王贺景思之后，宋太祖贺皇后族孙，娶宗室济国公赵克彰之女；说差呢也差，自烛光斧影之日，大宋皇位便属宋太宗赵光义一脉，太祖血脉的外戚早已式微。岳父大人虽封国公，却又是魏王赵廷美之后， 廷美乃光义之弟，当年因皇位之争，深受宋太宗忌惮，后代也落不到好。

身世上的双重尴尬，注定了仕途不会有大发展。首先，宋代严控外戚干政，禁止担任文职：“后族戚里，不得任文资，恐挠法而干政。”[2] 又是武将世家，文武不同门，赶上崇文抑武的朝代，只能说天时不利了。

其次，自家与岳父家，看着门第显贵，却是政坛边缘人，没有实权，还得避嫌，并不能给子弟们提供多少助力。

所以到贺铸这一代，日子并不好过。父亲去世早，窘于家境，十六岁就上京城找工作，三年后以恩荫入朝，授右班殿值——隶属禁军的低阶侍从武官。在此职位上的，大多是和贺铸出身相仿的世家子弟。年纪轻，同伴多，少不了五陵年少的放纵快活。

他有《六州歌头》回忆此时的光景：

> 少年侠气，交结五都雄。肝胆洞，毛发耸。立谈中，死生同，一诺千金重。推翘勇，矜豪纵，轻盖拥，联飞鞚，斗城东。轰饮酒垆，春色浮寒瓮，吸海垂虹。闲呼鹰嗾犬，白羽摘雕弓，狡穴俄空。乐匆匆。
>
> 似黄粱梦，辞丹凤，明月共，漾孤篷。官冗从，怀倥偬，落尘笼。簿书丛，鹖弁如云众。供粗用，忽奇功，笳鼓动，渔阳弄，思悲翁。

不请长缨，系取天骄种，剑吼西风。恨登山临水，手寄七弦桐，目送归鸿。

后来年岁大了，就失落起来。感觉到快乐匆匆，似黄粱梦一场。站在时代里举目四顾，竟没有能让自己一展才华的地方。

这些年，干的都是些什么工作呢？管理酒税啦，监造军器、铸钱啦，地方巡逻缉盗啦，事务繁重，地位低下——“一忤上官，诃诋立至”，真不想干啦！然而不干就没钱养家。每天都是“垂头塞耳，气息奄奄”，活得好像一匹吃不饱又挨揍的瘦马啊！[3]

直到四十岁左右，才由李清臣、苏轼等人帮忙，转成文职。也还都是些低阶文官，最有价值的是通判——泗州通判、太平州通判。其中还兼领了一段时间的州守正职，但也就到此为止了。晚年，以贺太后族孙的身份受恩荫，迁朝奉郎，赐五品服，领个虚衔，吃吃干薪，算是朝廷恤老怜贫。七十四岁，卒于常州一僧舍。

《水浒传》中有条好汉，名唤丑郡马宣赞。只因武艺娴熟，被王爷爱才招为郡马，又因生得太丑，使得郡主含恨而亡，最后竟上山做了强梁。这个丑和怀才不遇，倒跟贺铸有点儿惺惺相惜。

贺铸和妻子感情倒是好的。妻子虽为国公之女，却并无骄、娇二气，也不以貌取人。她亡故后，贺铸有悼念之词作，调寄《鹧鸪天》，题为《半死桐》：

重过阊门万事非。同来何事不同归。梧桐半死清霜后，头白鸳鸯失伴飞。

原上草，露初晞。旧栖新垄两依依。空床卧听南窗雨，谁复挑灯夜补衣。

“半死桐”，出自枚乘的赋作《七发》：“龙门之桐，高百尺而无枝。中郁结之轮菌，根扶疏以分离。上有千仞之峰，下临百丈之溪……”半死之桐，原来是孤鸟栖息的木头。斫之为琴，其音天下至悲。所以桐半死，被比喻为人的丧偶。

贺铸中年后把家搬去苏州，中途又离开苏州，到外地去做官。他第一次到苏州，是和妻子一起。第二次来，却只剩下自己了。所以词中说是“同来”“不同归”。

“梧桐半死清霜后，头白鸳鸯失伴飞。” 多年相伴，已成一体，一个人离开了，另一个人便也死了一半。少年夫妻老来伴，老来失伴，比及年少分离，滋味更是可哀。人老了，前路无多，拥有共同记忆的那个人又去了，往事还能与谁说？只剩下鼻子尖底下的惨淡晚景罢了。

大约在作此词的几年前，贺铸宦游于江夏，即今武汉。春日将暮，思家不已，写过一首词，调寄《踏莎行》，名之《惜余春》：

急雨收春，斜风约水，浮红涨绿鱼文起。年年游子惜余春，春归不解招游子。

留恨城隅，关情纸尾。阑干长对西曛倚。鸳鸯俱是白头时，江南渭北三千里。

古人见鸳鸯总是成双在水里游，便把它们当成夫妻恩爱的象征。李商隐有诗道："共笑鸳鸯绮，鸳鸯两白头。"鸳鸯头上有白毛，长垂至尾。鸳鸯白头，寄托着世间男女想要此生相偕老去的心愿。词中说"鸳鸯俱是白头时"，其实也是实指，夫妇俩都已到中年，双双头上生了白发，却还要为了生计而分居两地。这缠绵的相思里，便夹杂着现实生活的苦味。然而爱侣之间的感情，要经历过生活之磨砺，才能真正沉淀下来，坚实起来。

是时间赋予了"恩爱"以深厚的质地，时间也会夺走它。鸳鸯白首，这是一个优美、深情、凝重的意象，当贺铸第一次在词中运用这个意象的时候，不会想到，失去它的日子来得如此迅速。

贺铸的词集，起名为《东山寓声乐府》。所谓"寓声"，就是以旧谱填新词，而另外起个名字，以替换旧谱之名。这个另起的名字呢，又必须紧扣全篇的主旨，既可以当标题，也可以视它为词牌的名称。"寓声"是贺铸词体创作的一大特色。比如这首《惜余春》，出自李白的《惜余春赋》。赋云：

> 惜余春之将阑，每为恨兮不浅……春每归兮花开，花已阑兮春改。叹长河之流春，送驰波于东海。春不留兮时已失，老衰飒兮逾疾。恨不得挂长绳于青天，系此西飞之白日。

春逝人老，河水东流，白日西落，人生长恨，有谁得免？这一重慨叹，在李白那里，是虚写，到贺铸这儿呢，则被凝成了具象，化作碧水流波中那一点点的落花之红、鱼潜之纹。于春日盛景中，含蕴着动荡的、恍惚的美与哀愁——如果不是窥见了命运的叵测，我们又为何在春天写下哀歌呢？对于充满诗性的心灵，人世的一切丧失与无常，冥冥中都似有过预示。

贺铸作词，还有个特点，就是喜欢化用古人的成句。

“小令喜用前人成句，其造句亦恒类晚唐人诗。慢词命辞遣意，多自唐贤诗篇得来，不施破碎藻采，可谓无假脂粉，自然秾丽。”[4]

采古人之句，融为己作，这是古典诗歌创作中最常用的手法。这个手法的关键之处在于要妥帖、自然，要化用出自家的生机来。其第一等，是要做到观之水天一色，浑然天成。第二等，像晴雯补裘，不细看，你看不出破绽。第三等，是鸠占鹊巢，点金成铁，抄都抄得那么丑。贺铸呢，他的成绩常常是“一等”。

回到《半死桐》，“原上草，露初晞”，这一句，就是化自汉代挽歌《薤露》：

薤上露，何易晞。露晞明朝更复落，人死一去何时归！

汉代人好像突然发现了“人是要死的”这一宇宙间的大惊诧、大痛苦，遂歌之、咏之不已，甚至于宴会上大唱挽歌，以助酒兴。这是中国文化的少壮期，样样都透着新鲜。“浩浩阴阳移，年命如朝露。人生忽如寄，寿无金石固。”连荫翳与死亡、痛苦与不解都是新鲜的。这是人“为万物之灵”意识的骤然觉醒，试图求索生命终极意义，而感受到初次的挫败、初次的哀恸，也初次尝试着交出答案。

“旧栖新垄”句，来自陶潜《归园田居五首》之四：

久去山泽游，浪莽林野娱。试携子侄辈，披榛步荒墟。徘徊丘垄间，依依昔人居。井灶有遗处，桑竹残朽株。借问采薪者，此人皆焉如。薪者向我言，死没无复余。一世弃朝市，此语真不虚。人生似幻化，终当归空无。

诗中有着超乎寻常的理性与自持，直视死生而不堕颓唐，玄言思辨却不入虚诞。是身为诗人，却行英雄之事，所以陶渊明的旷达，并不是为了排遣忧思，而是极端严有力的。魏晋是乱世，在分裂与动荡中，文化人的心是惊惶而迷茫的，所以多有放诞不羁的名士，所谓“魏晋风流”，是人在心灵苦痛中的逃逸。但陶渊明和他的诗，是他那个时代的异数。陶诗的好处，是在中国文化进入了中年平和期的宋朝，在宋朝的士大夫群体里，才得到了普遍的喜爱与共鸣。

贺铸在这里，化用汉诗，化用陶诗，都是为了抚慰自己关于生死的悲痛。妻子的新坟，和他们的旧居相去不远。坟内人与坟外人仍在相依，似乎死亡并不能将彼此隔开。此生的恩爱之情，在黄泉与现世之间牵连着，绵延不绝——对于那些逝去的人，只要这世间还有一个人在念着他，他就不算是真正地死去。除非念着他的人也离开了。我们每个人，和我们所有曾钟爱、眷恋的，都将离去，在这世界上彻底抹去了痕迹。这就是陶潜原诗中所说的：“人生似幻化，终当归空无。”

此面是生，彼面是死，由恋恋与依依通往虚无的平静，便如同枯荣同在一树，这就是标题“半死桐”中所蕴藏的深意。

“空床卧听南窗雨，谁复挑灯夜补衣。”最后两句是回忆杀。作为悼亡诗，略落入窠臼。但也正可见是正头夫妻，才能有这样的家常记忆，而家常日子的细节，才最是令人伤悼的。

唐代元稹的悼亡妻之诗，三首《遣悲怀》也很著名：

谢公最小偏怜女，自嫁黔娄百事乖。顾我无衣搜荩箧，泥他沽酒拔金钗。野蔬充膳甘长藿，落叶添薪仰古槐。今日俸钱过十万，与君营奠复营斋。

昔日戏言身后事，今朝都到眼前来。衣裳已施行看尽，针线犹存未忍开。尚想旧情怜婢仆，也曾因梦送钱财。诚知此恨人人有，贫贱夫妻百事哀。

闲坐悲君亦自悲，百年都是几多时！邓攸无子寻知命，潘岳悼亡犹费词。同穴窅冥何所望？他生缘会更难期！惟将终夜长开眼，报答平生未展眉。

也都是夫妻家常事，比及呼天号地，更见肺腑真心。然则写诗的人境遇不同，诗中表现出来的心境，便也有些微妙的不同。

元稹的原配妻子韦丛，命运不济，陪了男人的贫寒，却没能赶上他的发达。元稹写此诗时才三十出头，刚刚得了监察御史的差使，正在赴任途中，前程眼看着明亮起来。所以这诗里面，她与我、生与死之间，是界限分明的。这一组诗句，是追悼，也是一次告别——致青春，致过去贫贱的我、那段百事哀的人生。他这里的思念与哀伤，是往事如昨，历历在目，是尖锐的、清醒的。而贺铸《半死桐》中的哀伤，则是漫漶的、茫然的、不知前路的。

贺铸死后，与妻子同穴而葬。

当然，与那个时代大多数的男人一样，贺铸生命中，并非只有一个女人。

妻子谢世后，年过半百的他，又眷恋上了苏州一歌女。尚未赎她进门，便得了通判泗州的差使，赴任去了。旋又改判太平州。女方在苏州闭门谢客，每日里不事梳洗，翘首盼望良人归来。

贺铸这一边，也是忧心苦恨。但没有办法，没有官员携姬妾赴任的道理，何况名分未定。于是一州之长官，每每下班之后，便蹀躞到友人处，长吁短叹。白头搔更短，浑欲不胜簪。这头顶的“青梅”，眼看着更要秃成一只梅核儿了。[5]

此女也很有才情。《能改斋漫录》记：“贺方回眷一丽姝，久不相见。姝寄以诗云：‘独倚危栏泪满襟。小园春色懒追寻。深恩纵似丁香结，难展芭蕉一片心。’”姑娘这首诗，是从李商隐的名作《代赠》中的“楼上黄昏欲望休，玉梯横绝月中钩。芭蕉不展丁香结，同向春风各自愁”化脱而来的，但又带上了自家的身份和心事。她说：您的深恩厚意，不能解我心头的苦恨，这是在盼终身有靠，盼对方早做安排的意思。

贺铸收到诗后，知其心，用其意，以一阕《石州引·柳色黄》回复她：

薄雨收寒，斜照弄晴，春意空阔。长亭柳色才黄，远客一枝先折。烟横水际，映带几点归鸦，东风消尽龙沙雪。还记出门来，恰而今时节。

将发。画楼芳酒，红泪清歌，顿成轻别。回首经年，杳杳音尘都绝。欲知方寸，共有几许清愁，芭蕉不展丁香结。枉望断天涯，两恹恹风月。

这首词的好处在于，以清健的笔法，写出了风月的愁怀，以含蓄的语言，表达出了浓烈的感情。

我们知道，赋、比、兴是中国传统文学三大创作手法。“诗有赋、比、兴，词则比兴多于赋。或借景以引其情，兴也；或借物以寓其意，比也。盖心中幽约怨悱，不能直言，必低徊要眇以出之，而后可感动人。”[6] 清代学者沈祥龙的这一段话，着重指出，与诗体相比较，在词体的创作中，尤其要重视“比兴”之法。简而言之，有话直说效果是不好的，越是心里话，就越要借用“比”与“兴”，要极尽艺术美感地将它表达出来，才能够深深地打动人。

你看，这首词前半截，几乎全是“兴”：“薄雨收寒，斜照弄晴，春意空阔。”简直就是凭空而起，景致清新，气象高远，让人读之精神一振，心头起了一种立刻要纵马陌上的快意。“长亭柳色才黄，远客一枝先折。烟横水际，映带几点归鸦，东风消尽龙沙雪。”这一路的景色是疏阔明净的，如宋元山水画，中间应有高人隐士出没，然而并没有。没有江湖行吟的洒脱，更没有走马踏青的快意，那画面中的人，反而立马踌躇起来。

他踌躇什么呢？“折柳”。柳丝千万缕，才发鹅黄色，便已饱含柔情，将人的脚步，将人的心思，忽然绊在了那里。这也是全篇点题的关键。他这一路走走停停地写下来，眼中无花红柳绿，笔下无绮词艳语，完全不动声色，一直到“还记出门来，恰而今时节”，才似忽地想起来——

于是才知道了，男儿也有相思意。男儿有泪不轻弹，男儿突然流露的相思，令人心里怦然一跳，生出猝不及防的感动，有别样的心理反差效果。“将发。画楼芳酒，红泪清歌，顿成轻别。”这一想起来，就好像拧开了相思的阀门，同样的柳色黄时，当日事，别离时，她流泪的样子，再一次击痛了他的心，比当日疼痛得更厉害了。于是才晓得了，当时的“轻别”，经过时间的熬制，变成了深重的离愁。

后面同样化用李商隐的原诗：“共有几许清愁，芭蕉不展丁香结。枉望断天涯，两恹恹风月。”你的愁怨，也是我的愁怨。情感表达得克制，又优美，又动人。但如果我们抛开读者身份，代入词中女主角那一边，会发现——他没有给答案。她的隐盼与暗忧，并没有得到明确答复。

为什么呢？不在现场的我们，无从知晓。我们所能知道的是：幸福的人是不写诗的。动人的情歌背后，总是藏着悲剧。贺铸生命中这段迟来的恋情，最终以女方忧思成疾、一病身亡而谢幕。

行路难，叹我辈孤且直

贺铸去世前，吩咐好友程俱为自己写墓志铭，说：“只有你懂得我。”程俱在这篇《宋故朝奉郎贺公墓志铭》中，是这样叙述亡友平生的：

“为吏极谨细，在管库，常手自会计，其于窒罅漏、逆奸欺无遗察。治戎器，坚利为诸路第一。为巡检，日夜行所部，岁裁一再过家，盗不得发。摄临城令，三日决滞狱数百，邑人骇叹。监两郡，狡吏不得指其私。”

忠于职守，雷厉风行，又心思细密，会算会计账，又精于判刑事案，虽滑吏亦不能欺骗之。可以说是很有才干了。可惜了，一生没能得到重用。之所以如此，除了家世的束缚，还有他自己的性格原因。他不是一个适合在官场上混的人。

“喜面刺人短，遇贵执不肯为从谀。”[7]“虽贵要权倾一时，小不中意，极口诋无遗词。”[8]

对着上司与权贵，不会奉承逢迎也罢了，当面揭短，破口伤人那就太过分了。“观其抗脏任气，若无所顾忌者。然临仕进之会，常如临不测渊，觑觑视不敢前，竟疾走不顾。”——别看平时很嚣张，到了交际应酬场合，该发展人脉、表现自己的时候，他又胆小了，羞涩了，脚底抹油地逃跑了……

程俱说，贺方回将墓志铭托付于我，嘱我秉笔直言。然而对于他的生平为人，我也有些不能理解的地方。比如说吧：

“方回少时侠气盖一座。驰马走狗，饮酒如长鲸。然遇空无有时，俯首北窗下作牛毛小楷，雌黄不去手，反如寒苦书生。方回仪观甚伟，如羽人剑客。然戏为长短句，皆雍容妤丽，极幽闲思怨之情。方回忼慨多感激，其理财治剧之方亹亹有绪，似非无意于世者，然遇轩裳角逐之会，常如怯夫处女。”[9]

豪侠、酒徒、剑客、寒儒、能吏、诗人……多重的面目，交替出现在这个形如赳赳武夫的男人身上。晚年为补贴家用，他在外面放贷，就是俗称“印子钱”的。你以为他很有经济头脑吧？结果有人还不上钱，哭两声，他便把借条烧了，从此不再追讨——尽做这些古怪矛盾的事情。

一生事也是如此，明明是将门之后，《宋史》立传时，将他列入“文苑”——文学家的行列。然而，空有好文采，却不能用它来经世治国，又有什么意义？

行路难·小梅花

缚虎手，悬河口，车如鸡栖马如狗。白纶巾，扑黄尘，不知我辈，可是蓬蒿人！衰兰送客咸阳道，天若有情天亦老。作雷颠，不论钱，谁问旗亭，美酒斗十千。

酌大斗，更为寿，青鬓常青古无有。笑嫣然，舞翩然，当垆秦女，十五语如弦。遗音能记秋风曲，事去千年犹恨促。揽流光，系扶桑，争奈愁来，一日却为长。

《小梅花》的词调是贺铸独创，源自《梅花引》，“行路难”才是全篇的主旨。

《行路难》，是古乐府之杂曲歌名。其辞，多言世道难行，有志不得伸，弃家别国，各种苦恨。

南北朝宋诗人鲍照作《行路难》：

对案不能食，拔剑击柱长叹息。丈夫生世能几时，安能蹀躞垂羽翼。弃置罢官去，还家自休息。朝出与亲辞，暮还在亲侧。弄儿床前戏，看妇机中织。自古圣贤尽贫贱，何况我辈孤且直。

唐李白之《行路难》：

金樽清酒斗十千，玉盘珍羞直万钱。停杯投箸不能食，拔剑四顾心茫然。欲渡黄河冰塞川，将登太行雪满山。闲来垂钓碧溪上，忽复乘舟梦日边。行路难，行路难，多歧路，今安在？长风破浪会有时，直挂云帆济沧海。

“大道如青天，我独不得出。”贺铸的《行路难》，和鲍照、李白的《行路难》是一样的。处境一样，心态一样，气概也一样——大好男儿生于天地之间的那种磊落气概。

“吾笔端驱使李商隐、温庭筠，常奔命不暇。”[10]贺铸作词，很喜欢化用晚唐李商隐、温庭筠二位诗人的诗意。这种创作偏好，他自鸣得意地称之为“驱使温李”。不过呢，这首《行路难》，他笔下所驱使的，却是盛唐时的李白和李贺。

“仰天大笑出门去，我辈岂是蓬蒿人！”李白吟出这样的诗句时，正是一生最得意之际，得了唐玄宗诏书，奔赴长安，只道从此直上青云，便要施展平生抱负：“申管晏之谈，谋帝王之术，奋其智能，愿为辅弼，使寰区大定，海县清一。”[11]

“衰兰送客咸阳道，天若有情天亦老。”李贺，作为大唐宗室之后，正儿八经的（没落）王孙，写下这诗句，却是在四面碰壁，黯然离京的途中。

盛唐二李，一诗仙，一诗鬼。一座长安城，一人进，一人出，一人得志，一人失意。两篇千古名作，“贺鬼头”居然能在一阕小歌词中，双双驱之笔下，真是好笔力、好气魄。

唐人尚武，诗人们常常想着弃文从武。李白说，男儿当为侠客行：“十步杀一人，千里不留行。”李贺冷笑道：“请君暂上凌烟阁，若个书生万户侯？”但有宋一代呢，国家崇文，最恨的是武人“妄开边衅，以贪战功”。就算是狄青、岳飞这样的名将，也得不到信任和重用。

崇文，还是尚武，都是时势使然，谈不上哪种国策是最优选。只是苦了时代里的个人，生不逢时，左右为难，这就是贺铸的“行路难”，确实难。

在先后失去妻子与情人的晚年，志向与爱欲俱消，头发大概也已掉光了，贺铸隐身于书斋，以藏书、校书为消遣而已。“寂寂寥寥扬子居，年年岁岁一床书。”当此际，再回头来看那一阕《六州歌头》。

这一篇，虽然寓声的词调已经缺失，但玩其词义，很可能是一曲《结客少年场行》。这也是一种乐府杂曲，主题是写游侠儿的“轻生重义，慷慨以立功名也”[12]。

呼鹰唤犬，酗酒斗殴，轻生死，重然诺，这是已经过去的人生上半场。对于游侠儿们，后续剧本本应该是这样的：

“横行徇知己，负羽远征戎。龙旌昏朔雾，鸟阵卷寒风。追奔瀚海咽，战罢阴山空。归来谢天子，何如马上翁。”[13]

“轻生辞凤阙，挥袂上祁连。陆离横宝剑，出没惊徂旃。蒙轮恒顾敌，超乘忽争先。摧枯逾百战，拓地远三千。”[14]

小爷们玩够了，这就上战场，轰轰烈烈干事业去也！少年侠气，原来是捐躯报国的前奏；结客探丸，是边关杀敌的小规模预演；轰饮酒垆，调戏当垆的酒家女，不过是生活的消遣。他们终极的愿望是——功名马上取，封侯拜相，岂不壮哉！可惜，这是宋朝。贺铸作此词时，正当宋哲宗元祐三年（1088）。

元祐二年（1087），西夏联合吐蕃入侵。这时，宋哲宗尚年幼，是高太后在垂帘听政。旧党上台，忙着清剿新党，旧党中又有所谓洛党、蜀党之争。朝堂上，士大夫们掐得昏天黑地；边关上，这仗也打得有气无力。最后，不得不采取“议和”的老办法，大宋以弃地、退军、纳岁币，换得西夏收兵，并归还宋军战俘一百五十五人。

元祐元年（1086），辅国大臣司马光去世之前，还强撑着病体，向高太后呈上了《论西夏札子》，提议将宋神宗时代与西夏作战所获之地归还，以求长久和平。并声称：此事“乃帝王之大度，仁人之用心，如天地之覆焘，父母之慈爱，盛德之事，何耻之有？”又说：“西人忽被德音，出于意外，虽禽兽木石亦将感动，况其人类，岂得不鼓舞抃蹈，世世臣服者乎？”

也不知是大邦上国的自大，还是正人君子的天真迂腐，或是时势所逼往自家脸上贴金的权宜之计，司马光这个思路，实在不好理解。“蛮夷”反正是并没有如大宋想象的那样被感动，元祐六年（1091），西夏再一次大举入侵……

一片主和声中，贺铸作此词，可谓是标新立异，刺耳得很。不过，也没有人来理睬他。他这时还是武职，武夫嘛，听到打仗，哪有不兴奋的？所以这气概雄奇、在北宋词坛独具一格的佳作，也不过是望空白吁了一口长气而已。

红衣脱，伤心人别有怀抱

“方回词，胸中眼中，另有一种伤心说不出处，全得力于楚骚，而运以变化，允推神品。”清末词学家陈廷焯在《白雨斋词话》中说。这“伤心”二字下得很知己。

清人冯熙《蒿庵词论》说：“淮海、小山，真古之伤心人也。其淡语皆有味，浅语皆有致。”同样是古之伤心人，秦观、晏几道的“伤心”，是天生的一段风情，胎里带来的一股痴意。而贺鬼头的“伤心”，是后天的，是有志难伸、衷肠难诉，是屈原《离骚》中所言的：“老冉冉其将至兮，恐修名之不立。朝饮木兰之坠露兮，夕餐秋菊之落英。”

踏莎行·芳心苦

杨柳回塘，鸳鸯别浦。绿萍涨断莲舟路。断无蜂蝶慕幽香，红衣脱尽芳心苦。

返照迎潮，行云带雨。依依似与骚人语。当年不肯嫁春风，无端却被秋风误。

这阕词，文体精艳，气韵天成，用语清婉，心思忠厚悱恻，志向芳菲高洁。正是所谓“全得力于楚骚”的典型篇章。

回塘、别浦，都是偏僻处水面，只有杨柳、鸳鸯在，而无人迹。绿萍暴涨，阻隔了水路，游女莲舟进不来，寻蜜逐香的蜂儿蝶儿，也都不来，这是极言莲花的寂寞处境。因此，才有了“红衣脱尽芳心苦”——莲花的花瓣凋谢后，结出莲房，而莲子的心是苦涩的。这一句非常厉害，不仅精练地总结了莲花的自然生态，更让莲花拥有了情感和人格。

“返照迎潮，行云带雨。”下阕写回塘、别浦的景色。夕阳返照，淡金色的光线洒在动荡的水波之上，又迎接着由浦口流入的晚来潮水。天空中的流云带着雨水，一阵阵地洒向塘面。朝朝暮暮，风雨晴晦，莲花她自开自落，无人知晓。这是以自然界的变化无常，来衬托莲花的身世沧桑。

自屈原《离骚》问世，“骚人”一词，就指代了诗人，尤其是不得志的忧愁诗人。莲花与“骚人”是有共同语言的。夕阳下，烟水里，红莲依依欲语，说的是什么呢？“当年不肯嫁春风，无端却被秋风误。”因为挑挑拣拣而浪费了美好年华，春光逝去，到了秋风萧瑟的今天。

当年为何要挑拣，为何不肯嫁？曹植的《美女篇》可以回答这个问题。

他讲有一位“妖且闲”的美女，其人“顾盼遗光彩，长啸气如兰”，然而，一直嫁不掉。人问何故？答曰：“佳人慕高义，求贤良独难。众人徒嗷嗷，安知彼所观？盛年处房室，中夜起长叹。”原来，她爱慕的是品德高尚的人，然而这样的人世间难觅。

这首词的主旨，就很明显了，还是传统上“美人香草”的路子。以莲花喻美人，又以美人的不肯轻率嫁人，比喻贤人志士不肯随便出仕。贤人志士者，他们有才能，更有极高的道德标准，有极坚持的做人原则，他们的抱负，注定难以在这世间实现。

这首词的创作手法，是全篇皆用“比”，实写莲花，虚写人。而写莲花，又不是实写其外观形态，而是写她的气韵、她的意态、她的生活环境，写出了一种极幽、极艳、极清的整体意境。让读者透过莲花，看到了一个高洁又寂寞的灵魂。

“制芰荷以为衣兮，集芙蓉以为裳。不吾知其亦已矣，苟余情其信芳。”这朵莲花，是从《离骚》的波影中幻化出来的。她鲜妍、芳香，极尽自然生成的妖娆容态，却又守其心灵的贞美。

再来看贺铸的另一首名作《青玉案·横塘路》。

凌波不过横塘路，但目送、芳尘去。锦瑟年华谁与度？月桥花院，琐窗朱户，只有春知处。

飞云冉冉蘅皋暮，彩笔新题断肠句。若问闲情都几许？一川烟草，满城风絮，梅子黄时雨。

黄庭坚读到此词后，激赏玩味，并作《寄贺方回》一诗遥赠作者：“少游醉卧古藤下，谁与愁眉唱一杯。解作江南断肠句，只今唯有贺方回。”

秦少游也是词中行家，其词丽质天生，风姿楚楚，深情在睫，孤意在眉。然此时已殒于贬所，临终前作《好事近》一曲，其中曰：“醉卧古藤阴下，了不知南北。”

少游已经死了。黄庭坚说：如今能诉说世间万般无可奈何、断肠销魂之事者，可只剩下贺方回一个人啦。

秦少游和贺方回，都擅长言情。只不过方回之情，清刚在骨，不转不移，如“佳人有所思，当户理清曲”；少游之情，偏多随性与缠绵，是“荡子行不归，长亭连短亭”。

苏东坡曾问擅长唱歌的人，我的词和柳永相比怎么样？回答道：“柳郎中词，只合十七八女郎，执红牙板，歌‘杨柳岸，晓风残月’。学士词，须关西大汉，铜琵琶、铁绰板，唱‘大江东去’。”[15]

以之类推，贺方回词，应有燕赵佳人，着紫罗衫，作柘枝健舞，回风舞雪。少游词，则当交与吴姬楚娃，持玉笛管，一曲奏罢，梅花落满南山。

少游去世时才五十一岁。贺铸比他年轻三岁。考作此词的时间，也是半百之际了，妻子业已过世，正与苏州歌姬谈恋爱的那段日子。

他这时是住在苏州城西南之横塘[16]。横塘为水路，故有“凌波不过横塘路”，用曹植《洛神赋》“凌波微步，罗袜生尘”之意。其人冉冉来去，并不曾因我而停留，我只能呆呆地“目送芳尘”——宋朝女性乘车，车中多放置各种香囊、熏香球。车驰过时，香烟如云，芳尘满路，数里不绝，车中伊人却是愈去愈远了。

横塘，是一个地名、一个坐标、一个原点，香车行驶的轨迹，则是一条由点而抛出的细线，从“我处”通向“她在的地方”。

这位令作者引颈伫望的女子，却并非神光乍现的仙子，而是与作者一般的食人间烟火、谙人世孤独的血肉之躯。

故而作者的悬想是落入现实的：“锦瑟年华谁与度？”这悬想如影随形，随对方一步步走入“月桥花院，琐窗朱户”。线头越甩越细，又骤然化作女子居处的特写。“只有春知处”，五个字写尽她的幽居与孤独，也将前面所有的遐想一笔收拢，就好像谁往镜头上吹了一口气，关于女子的影像虚化了，画面上叠现出另一个分镜头，是原点这边，这饱受思慕之苦的男子，在俯首吟哦：“飞云冉冉蘅皋暮，彩笔新题断肠句。”

双镜并立，爱慕者与被爱慕者，虽路途隔绝，形象却互为映照，以彼之孤独，照我之孤独，层层重重，互映出无数叠像。

佳人是我，我是作者，我也是爱慕着佳人的男子。我之去处，唯春可知；我之断肠，只能托彩笔以题之。这是一个复合的、高度总结性的、幽洁而闭锁的自我形象。由此极致之自闭、自持，浩然生发无限春愁：“一川烟草，满城风絮，梅子黄时雨。”最后三句，时人皆以为奇崛，故奉赠作者一外号叫“贺梅子”。三句比中有兴，意象新奇，将人皆有之的一种闲愁，写到迷离恍惚，充塞天地，无边无际，无可排遣……

词学家夏承焘先生对《青玉案》一词，曾提出疑问：“铁面铜棱古侠俦，肯拈梅子说春愁？”春愁，这里的意思是男女之情。夏先生觉得，这首词的真正主旨，应该不是谈恋爱这么简单。

如果我们拿《青玉案》的女主人公，和上面《踏莎行》中的莲花对比，会发现，她们的形象实质上是相通的。但相比于将“香草美人”主旨交代得明明白白的《踏莎行》，《青玉案》的写作手法就要含蓄得多，缥缈得多了。而这一阕词的绝妙之处，也正在这含蓄与缥缈上面。

情不知所起，才显其深；愁来之无端，才最难排遣。贺铸在此写下的“春愁”，是广漠的、深厚的、包含无限的。无论你把它落实到男女之情，还是落实到君臣之义，都会失之于片面和刻意。要知道，优秀的文学作品，是会留给读者无限想象空间的。不同的读者，能读出不同的含义。就算是同一个读者，在不同的人生阶段，在不同的生活境遇里，也会生发出不同的感受。

这就好比，伤心的感觉是相通的，但每个人伤心的事情不一样。所以“古之伤心人”的歌声，才会跨越千年，仍然触动我们的心。

他是一个值得交往的好人

贺铸作词，其豪放一脉，被世人认为可以与陆游、辛弃疾比肩：“其雄恢才笔，可与放翁、稼轩争驱夺槊矣。”[17]

但细细品来，贺铸的词风，与苏、辛二老还是有很多不同的。

苏轼写词，是以诗入词，音律常不谐婉，但率真浑厚，气势如江海之水，才情高，心胸、气象更高，其心性爽朗旷达，多哲思，善识穷通之道。贺铸呢，是以“乐府”入词，无一处不应声中节，才情、技巧、心思都极高明，也都极肯下苦功夫，出语奇崛有英气，又深沉悲郁，深得骚雅之旨。

至于辛弃疾，他又是以文入词，肆意妄为，生来一身枭雄气。他创作量大，每首都似漫不经心，率性而为，却挥斥如意，隐然虎势龙形。

晚清词学家况周颐有一段议论，他说苏、辛之词皆不易学，不小心就画虎不成反类犬，贺铸的词，则不妨学一学："按填词以厚为要旨。苏、辛词皆极厚，然不易学，或不能得其万一，而转滋流弊，如粗率、叫嚣、澜浪之类。东山词亦极厚，学之却无流弊。信能得其神似，进而窥苏、辛堂奥，何难矣。厚之一字，关系性情。'解道江南断肠句'，方回之深于情也。企鸿轩蓄书万余卷，得力于酝酿者又可知。张叔夏作《词源》，于方回但许其善炼字面，讵深知方回者耶？"[18]

他提出了"厚"这个词学标准。所谓"厚"者，是外沉着而内深厚，表现在作品中，就是文体致密、蕴意良多，又能含而不露。这个"厚"字，与作者本人的性情密切相关。"性情"又是啥呢？是心性、襟抱，再加上学力与学养……我们简单概括一下，算德智双修吧！

贺铸的词在这个"厚"上是合格的。首先，他"深于情"，于人生，他有丰富的体验，有浓厚的感触，有真挚而炽热的情思。其次，他有藏书万卷，读之校之不倦，学养精深，长年的积蕴，发之于外，形于文字，自然意蕴深厚。

为什么他的词"可学"呢？因为他作词最有章法，虽然文思变幻莫测，但音律谐婉，结构谨严。创作手法上，倒是最符合传统"词体标准"的。而且和同时代的大部分词人不同，他作词，不是随五代花间余脉而来，而更多的是得益于汉唐乐府，以及唐人诗意，这就和词体的发源相去不远。善学者，不难窥见其基本脉络。

总结就是：贺铸的词，法度精严，故可学。推而广之，世间一切文艺都是这样子的，重法度者可学，学之纵不成大器，却也不失大体，至少你还有个法度在。轻法度而纯以才情、气象纵横天下者，不可学。

贺铸这个人，虽然豪侠仗义，口无遮拦，却并不擅交际应酬，只在熟朋友之间才嬉笑自如。终日宅居，自得其乐。沉沦下僚，心里不乐意，却仍然勤勉，再枯燥琐碎的活儿，都能做得很好，守规则识大体，并无诗人常有的“文艺病”“躁狂症”——其人格特质，是内敛而自持的。反射到作品中，就是：任侠而不任性，激越而不激进，深情而不溺于情，有郁结，也能消化，从不放纵内心情绪的小野兽。

他是偏向于内观的写作模式。他的诗性自我，由内而外，漫射在一切外物上，为景物所吸收，融而为一，使读者亦为之情动，感到一种不能确知具体从何处来的悱恻缠绵。

苏、辛二老，则无论创作与个性，都更加放飞自我，更不拘泥章法。比如东坡也是有名的“嘴臭”，但东坡之嘴臭，是本性爱开玩笑近于谑，而非贺方回有的放矢、直言无忌的刚强与认真。在东坡身上，存在一个顽童。他的诗性自我，几可与天地万物追逐嬉戏。

辛稼轩，后人称其为“词中之龙也”，“气魄极雄大，意境却极沉郁”。[19]真龙难测，本人又是一世雄杰。他的诗性自我，是一种极强势的率意，有驱使一切外物为我所用的势态。

物我相照、感物移情，普通诗歌创作者多少都能有所体悟，虽不能如贺铸那样做到极致，庶几可追摹。苏、辛却是常人没法比。

你是这样的人，你就是。你不是这样的人，那就不是。天注定，没得争。也没法学。天性学不来，好比鲁智深打了六十二斤的水磨禅杖，没那倒拔垂杨柳的天生神力，勉强舞将起来——师傅，端的不好看也！

王国维在《人间词话》中针对这个问题，也给过答案：“东坡之词旷，稼轩之词豪。无二人之胸襟而学其词，犹东施之效捧心也。”

又：“幼安之佳处，在有性情，有境界，即以气象论，亦有‘横素波、干青云'之概，宁后世龌龊小生所可拟耶？”直接粗暴。

王国维对贺铸的词评价是比较严厉的：“北宋名家，以方回为最次。其词如历下、新城之诗，非不华赡，惜少真味。”

王国维这么说，有他自己的标准。《人间词话》中引尼采名言，说：“‘一切文学，余爱以血书者。’后主之词，真所谓以血书者也。”“故后主之词，天真之词也；他人，人工之词也。”[20]

“词人者，不失其赤子之心者也。”[21]

“文学美术不过成人精神的游戏。”[22]

赤子之心者，以儿童本真之心，自由无垢的意识，游戏的姿态，去观察认识事物，获其本源，得其造物理想之美。

李后主词作光耀千载，其人却生于深宫，长于妇人之手，一个倒霉无用的末代皇帝。静安先生认为，正是其不通世务，保留了天性之真，才使其文学天才不受干扰，尽情发挥，创造出纯粹的艺术审美境界。

而一个大文学家，远比一个成功的政治家对于人类更有价值啊！[23]

静安先生推崇的文学之美，是摆脱世俗功利束缚，发自绝大才情，得益于天赋痛感，能直揭事物本源，直见人之情感，直指生命本质，不仅是真切的一己之情，更与人类之普遍感情共通；其求索的非一己之答案，更是宇宙人生的根本问题。

词须伫兴而就，若须宿构，就差了那么点儿意思。天生之诗人，是一个超越一切功用束缚的纯审美主体，其观照世界，所见所想，无不成诗。于是一念微动，文与兴会，诗情诗性自然喷薄而出——若还要推推敲敲，算甚好汉！

王国维创作《人间词话》时，正当青壮，神豪气爽。采康德、叔本华、尼采等西哲思想，集中国传统文论精髓，笔头一扫词坛数百年之风气。

他驳斥常州、浙西词派，反对专雅、专寄托。上面张惠言的那一套“极命风谣里巷男女哀乐，以道贤人君子幽约怨悱不能自言之情”，他是极不以为然的。人家屈子是感自己所感，言自己所言，你们专主寄托，不过是感屈子之所感言屈子之所言而已——

各位，敢说句自己真正内心想说的话不？

浙西词派起于清初，尊崇南宋，以姜白石、张炎为宗，周密、王沂孙、吴文英、史达祖等为标本，追求“清空醇雅”“寄意微隐”。南宋词人周密编选《绝妙好词》，选南宋词家一百三十二人，词作三百九十首，对有清词坛影响颇深，浙西词派带头人朱彝尊便大力揄扬其书。王国维大嗤：“十之八九，皆极无聊赖之词”，唐、五代、北宋之词，才是“生香真色”，是犹带朝露的鲜花。言下之意后来的是假花，美则美矣，毫无灵魂。

总之，一本《人间词话》诋南宋诸家极深。数来数去，只白石一个人尚能入得法眼，还病一“隔”字。

要我说，周密与朱彝尊隔时空惺惺相惜，是有基础的。都是前朝遗民，生逢鼎革，萧条异代不同时，凄凉满腹说不得，不“清空”还能怎的？不“寄意微隐”又待如何？

整个清代，唯纳兰性德词清新自然，其浅语有情致，壮语也是真的雄浑有力，为什么？他是胜利者阵营啊，他没有文化的和心理的负担。他写词，好比婴儿学语，天真未凿便是本钱。

静安先生浑不理会这一套：拉倒吧，一群乡愿。诗词者，当以得天机，生气充盈者方为上品。要欢娱愁怨之情，动于心发于口：

“境非独谓景物也。喜怒哀乐，亦人心中之一境界。故能写真景物、真感情者，谓之有境界。否则谓之无境界。”

这样说还不直观，看他拿来举例的，是哪些文字。

“‘红杏枝头春意闹’，著一闹字，境界全出。”这是真景物。周美成之“叶上初阳干宿雨，水面清圆，一一风荷举”，得荷之神理，是真荷花。

“直须看尽洛城花，始共春风容易别。”“衣带渐宽终不悔，为伊消得人憔悴。”真感情。

“荡子行不归，空床难独守。”“何不策高足，先据要路津。”若以礼教诛心，分明是写一淫妇，写一小人，可谓淫鄙之尤，然不觉其淫其鄙，以其写事理人情得一味“真”字，真得亲切，真得动人。

反面教材是这样的：“‘岂不尔思，室是远而。’子曰：‘未之思也，夫何远之有？’恶其游也。”[24]

这段话原文出自《论语·子罕》：“唐棣之华，偏其反而。岂不尔思，室是远而。”子曰：“未之思也，夫何远之有？”

“唐棣树的花儿，摇摇摆摆。我怎么不想念你呢？是你的家住得太远啦！”孔子评论道：“还是不想。真想的话哪里远了？”

原诗是首民间情歌，窥其语境，大抵是尚未入港，话风先抛过去，试探对方怎么接。或者欲擒先纵，谈恋爱矜持点总无错的。又或者心里愿意，却有些说不出的苦衷，要与对方一来一往地慢慢确认。

小儿女心事，本来难猜。然而，我们唱情歌、写情诗的目的是什么？是一击会心，推倒对方，良时难再逢，良人难再有，趁青春，嫁的嫁娶的娶，难嫁难娶那也要干柴烈火，须作一生拼，尽君今日欢——打哑谜、猜心思到底是讨人嫌的。

夫子的吐槽有两种解释：一、再远的路也不算远，因为你就在我心里啊。

二、若是真心想，怕什么远呐！

第一种，是仁远乎哉？我欲仁，斯仁至矣。第二种，是直道而行，求仁得仁。都是坦荡诚恳的态度。

钱锺书《管锥编》中更做如此解释："盖人有心则事无难，情思深切则视河水清浅；跂以望宋，觉洋洋者若不能容刀，可以苇杭。此如《郑风·褰裳》中'子惠思我'，则溱、洧可'褰裳'而'涉'，西洋诗中情人赴幽期，则海峡可泳而渡，不惜跃入层波怒浪。《唐棣》之诗曰：'岂不尔思？室是远而'；《论语·子罕》记孔子论之曰：'未之思也！夫何远之有？'亦如唐太宗《圣教序》所谓'诚重劳轻，求深愿达'而已。"

合格情诗怎么写的：遇河下河，遇海跳海，遇狗翻墙头，远个鸟，怕个啥？原诗为夫子不喜，便是因为态度游移不定，顾左右而言他，也就是所谓"游词"。其讨人嫌程度，大约类似于"不才明主弃，多病故人疏"。一个说自己没问题，只怪路远；一个把问题扣自己脑袋上，啊呀都是我不好——都是装模作样。

那么贺铸词呢，"另有一种伤心说不出处"，"全得力于楚骚"，这些特质，放在静安先生的词论框架里考量，便不能称为优点了。

"历下、新城"者，以籍贯代称，指李攀龙、王士禛。李攀龙，明诗"后七子"领军，倡文学复古，然其诗甚枯槁。王士禛，号渔洋山人，继钱谦益之后主盟清初诗坛，与朱彝尊并称"南朱北王"，诗论开"神韵"说，对后世影响颇深。

王氏论诗，推崇朦胧之美，常言道：作诗当"华严楼阁，弹指即现。又如仙人五城十二楼，缥缈俱在天际"[25]。

"释氏言'羚羊挂角，无迹可求'。古言云'羚羊无些子气味，虎豹再寻他不著’，九渊潜龙，千仞翔凤乎？此是前言注脚，不独喻诗，亦可为士君子居身涉世之法。”[26]

作诗要朦胧，为人处世，亦要以似是而非、无迹可寻为妙。其著名的《秋柳四章》诗，便是典范。王渔洋当二十四岁时，于济南大明湖畔起诗社，指秋柳而赋，篇成而轰动江南江北，一时名士皆纷起唱和。然诗中到底吟咏何事，到今天仍莫衷一是。有说是吊明亡的，有说是影射南明宫闱的，有说是为秦淮名妓郑妥娘而感发的。

拿一首出来举例："秋来何处最销魂？残照西风白下门。他日差池春燕影，只今憔悴晚烟痕。愁生陌上黄骢曲，梦远江南乌夜村。莫听临风三弄笛，玉关哀怨总难论。"像这样，你能说清楚他想表达的是什么意思吗？

一时名士皆起而唱和，包括誓不事新朝的前明遗民，都对这组秋柳诗青眼有加，除了确实有文学魅力之外，当然更因为其中"可能"暗含的故国之思。然而王渔洋本人坚决否认。

当然不能承认。有清一代，文网密布，王渔洋少年才高，正忙于仕进，岂肯无事生非，自沾晦气。饶是如此，到了乾隆年间，朝廷还是又翻出"秋柳诗"来审察，幸而诗意含混，正应了"羚羊无些子气味，虎豹再寻他不著"，又被他逃过了。

静安先生说，一切文学，我爱以血书者。这是既求真挚无欺，又趋向悲剧之幻灭美。这种思想只能用于文学理论，然文学理论居然不能与人生态度相洽，不能相辅相成，其"真"其"美"又在何处呢？所以先生死矣。而渔洋山人活。

回来说贺铸。方回词元气充盈，不脱北宋风流，以历下、新城辈的诗来比拟他的词，我以为还是不很恰当的。另外，贺方回也写诗，很有成就。

清代纪晓岚等编写的《四库全书总目提要》是这样评价的："其诗亦工致修洁，时有逸气。格虽不高，而无宋人悍犷之习。""'平淡不涉于流俗，奇古不邻于怪僻。题咏不窘于物义，叙事不病于声律。比兴深者通物理，用事工者如己出。格见于成篇，浑然不可镌。气出于言外，浩然不可屈。'观其所作，虽不尽如其所论，要亦不甚愧其言也。"

《宋百家诗存》中说："其诗灏落轩豁，有风度，有气骨，称其为人。"

钱锺书先生则说："在当时不属'苏门'，而也不入'江西派'的诗人里，他跟唐庚算得艺术造诣最高的两位。""他最好的作品都是开朗干净，没有'头巾气'，也没有'脂粉气'的。"[27]

"青青𪎊麦欲抽芒，浩荡东风晚更狂。微径断桥寻古寺，短篱高树隔横塘。开门未扫杨花雨，待晓先烧柏子香。底许暂忘行役倦，故人题字满长廊。"

《宋诗选注》中，钱先生选的这一首《宿芥塘佛祠》真的好，可以证其诗风的开朗干净。写景历历如在眼前，春日向晚，野旷风急，行旅者的劳顿，那种属于旅人特有的"在路上"的心中茫然，与感官上轻微的欢欣感，都叫人身临其境，久久不忘。

刚刚安顿下来，可能还未吃晚饭，趁着炊灶将熟时间，在投宿的寺庙里逛逛，却见故人题字满长廊，于是且喜且看且寻，忘了疲倦……

不仅开朗干净，而且心思温润。丑虽丑，信他是一个值得交往的好人。

注释：

[1]（宋）程俱《北山集》卷十五，《贺方回诗集序》，"四库全书"本 。

[2]（宋）李心传《建炎以来朝野杂记·上》卷一，《唐宋史料笔记丛刊》，中华书局 2006 年版，第 35 页。

[3]〔宋〕李昭玘《乐静集》卷十一，《代贺方回上李邦直书》，“四库全书”本。

[4] 夏敬观《手批东山词》，《彊村丛书》本，上海古籍出版社 1989 年版。

[5]〔宋〕李之仪《姑溪居士前集》卷四十，《题贺方回词 》，“四库全书”本。

[6]〔清〕沈祥龙《论词随笔》，唐圭璋《词话丛编》，中华书局 2012 年版，第 4047 页。

[7]〔宋〕贺铸《庆湖遗老诗集・补遗》，《宋故朝奉郎贺公墓志铭》（程俱撰），“四库全书”本

。

[8]〔宋〕叶梦得《建康集》卷八，《贺铸传》，“四库全书”本。

[9]〔宋〕程俱《北山集》卷十五，《贺方回诗集序》，“四库全书”本。

[10]〔元〕脱脱等《宋史・列传第二百二・文苑五》，中华书局 1977 年版，第 13103 页。

[11]〔唐〕李白《李太白文集》卷二十五，《代寿山答孟少府移文书》，“四库全书”本。

[12]〔唐〕吴兢《乐府古题要解》卷下，《四库存目丛书》集 415。

[13]〔唐〕卢照邻《结客少年场行》。

[14]〔唐〕虞羽客《结客少年场行》。

[15]〔宋〕俞文豹《吹剑录全编・吹剑续录》，古典文学出版社 1958 年版，第 38 页。

[16]〔清〕叶昌炽《藏书纪事诗附补正》卷一：“方回居吴下昇平桥及横塘别墅，藏书万余卷。”上海古籍出版社 1989 年版，第 32 页。

[17] 俞陛云《唐五代两宋词选释》，上海古籍出版社 1985 年版，第 255 页。

[18]〔清〕况周颐《历代词人考略》卷十四，《公共图书古籍文献珍本汇刊・集部》，全国图书馆文献缩微复制中心。

[19]〔清〕陈廷焯《白雨斋词话》卷一，唐圭璋《词话丛编》，中华书局 2012 年版，第 3791 页。

[20] 王国维《王国维全集（1）・人间词话手稿》，浙江教育出版社 2009 年版，第 500 页。

[21] 王国维《王国维全集（1）・人间词话手稿・一零六》，浙江教育出版社 2009 年版，第 523 页。

[22] 王国维《王国维文集・人间嗜好之研究》，中国文史出版社 1997 年版。

[23] 王国维《王国维文集・教育偶感四则》：“生百政治家，不如生一大文学家。”中国文史出版社 1997 年版。

[24] 王国维《王国维全集（1）・人间词话手稿・一二三》，浙江教育出版社 2009 年版，第 528 页。

[25]〔清〕王士禛《渔洋诗话》卷中，“四库全书”本 。

[26]〔清〕王士禛《香祖笔记》卷一，“四库全书”本。

[27] 钱锺书《宋诗选注》，人民文学出版社 2002 年版，第 89 页。

大家携酒哭青春

肉身与名利皆速朽，只有诗歌永存——因着那一代代的『天真』和『青春』而留存下来。

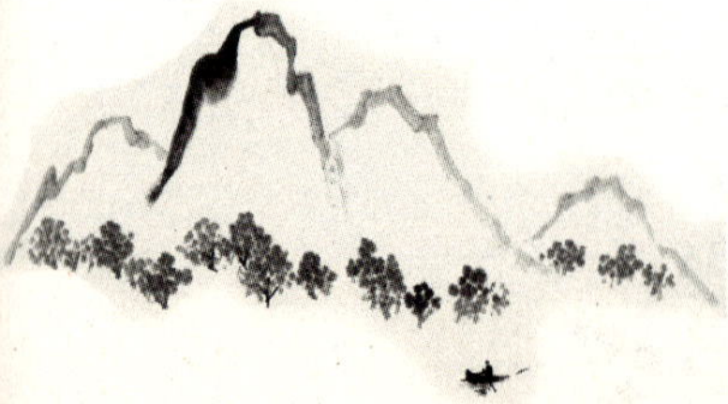

拗相公却说我不懂他

宋神宗熙宁四年（1071）的寻常一天。宫禁之内，政事堂（宋代宰辅们的办公地点）外，苔痕上阶绿，树莺自在啼，一派清平气象。枢密使文彦博与丞相王安石相携行来。走到一面墙壁下，文彦博忽然停步，望着墙上的几行文字，口中吟哦不已。

这墙上写的，也不是什么新鲜奇文，而是三十年前仁宗朝时，老丞相晏殊留在这里的一首诗。年代久远，大家走来走去，早就视若无睹了。诗云："百尺竿头袅袅身，足腾跟倒骇旁人。汉阴有叟君知否？抱瓮区区亦未贫。"文采平平，也不算什么佳作。

王安石冷眼看着文彦博这番表演，隔了几日，也令人捧了笔墨，到那墙壁上，就在晏殊的题诗后面，跟了一首道："赐也能言未识真，误将心许汉阴人。桔槔俯仰何妨事？抱瓮区区老此身。"

要知二位打的什么哑谜，就要讲到《庄子》中的一个故事了："子贡过汉阴，一丈人方为圃畦，凿隧而入井，抱瓮而出灌。子贡曰：‘有机于此，日浸百畦。’园者笑曰：‘夫有机事，必有机心。吾羞不为。’”

子贡，姓端木，名赐。在孔子的门徒中，以能言善辩出名。庄子说，子贡来到汉阴地方，遇到一个在浇菜地的老头。老头抱着只水罐，蹒跚来往于井口与菜地之间，望之可怜。子贡就说：“老人家，现在有那种车水的机器了，你呀用上它，一日可浇百畦之地，就不用这么辛苦了！”老头却回答说：“用了机器，人就有了机心，我耻于做这种事情。”

庄子向来是喜欢拿孔子及其门人开涮的。他写这个故事，意思是说，人活一世，若是费尽心机去求功利，迷失了本性，那还不如抱残守缺、安于现状呢。

晏殊有一次观看杂耍表演，其中有耍弄“竿技”者——艺人在高耸的长竹竿上腾跃翻飞，极是惊险。他心有所感，便写了这首诗，中心思想是：既已到了百尺竿头，何苦还要弄险？看那汉阴老人，只用水罐打水，生活也过得去嘛！

他把诗题在政事堂外，是为了提醒身在国家权力中枢的各位同仁：要知道满足、懂得进退，别为了野心和欲望自毁前程。文彦博把这首诗巴巴地念给王安石听，正是暗示对方“您呐，悠着点儿！”但王安石自打去年登上相位，在神宗皇帝支持下，厉行变法，锐意直前，悍然喊出“天变不足畏，祖宗不足法，人言不足恤”的口号，朝野人送外号“拗相公”，岂是听得进去劝的？

他这首和诗的大意是：“子贡他虽善口才，却也不是个明理的，三言两语便被那汉阴老儿糊弄了！打水该用桔槔（一种取水机器），那就实事求是地用它，惺惺作态，只是荒废光阴，虚度人生。”

又十数年后。变法受挫的王安石辞掉相位，隐退于金陵。日常于城外山中骑一毛驴闲走，心中郁郁，难与人言。他弟弟王安礼，这时却来做了金陵的太守。兄弟俩长年政见不合，见了面，都不谈时局。不过是饮茶、看花，话些家常罢了。这日闲坐，王安石忽然说起一件陈年往事来：

“庆历二年春，我进士及第。晏元献公时任枢密使。我与同年十人，同去拜见晏公。拜见后，晏公将我单独留下，说道：‘久闻贤俊之名，我身为执政，深为同乡之中出此英才而高兴。过几日得空，务必请你到舍下来吃个便饭。’休沐日，我便去了晏公府上。晏公很是热情，饭后又相谈许久，临别之时，他面露犹豫之态，对我说道：‘假以时日，你必然能坐到我这个位置。我是不能得见了，故而有两句话，思虑再三，还是冒昧地想说与你听。’

“晏公送与我的两句话是：‘能容于物，物亦容矣。’我当时年少气盛，虽然做出洗耳恭听之状，心中实在不喜。我辈苦读圣贤书，身受皇恩，正当为天下事奋起，人生百年且苦迟，为何要浪费时间与那些庸才俗物周旋？又想到晏公枉为朝廷重臣，却教导后辈这等同俗自媚的道理，真是叫人失望。

“后来，我也登上政事堂，执掌权柄多年，而至交好友，也都纷纷决裂，少有能够全其始终的。果真应了晏公当年的话语：我不容物，物亦不容我！只是，晏公与我也不过一面之缘，为何就能预料到我今日情状呢？唉，四十余年了。而我之不能理解晏公，到今日也仍然如是。”

神童诚实、平淡、乏味的生活

曾预见王安石未来人生，又被王安石隔着黄泉抬过杠的晏殊，后世对他臧否不一。有人说，他是真宰相之器，有人说，他是尸位素餐的“太平宰相”；有人赞他忠直，有人诟他圆滑。是非功过到底如何呢？不如，我们从他少年时说起。

他是官方认证的神童。七岁能做文章，十四岁在御座之前，与千名进士共同参加殿试，面无怯色，挥笔立就，宋真宗阅之大喜，赐同进士出身。

宋朝崇文，“学而优则仕”从娃娃抓起。朝廷特设有童子科。各地发现早慧的神童，都要及时向朝廷推荐，再由朝廷考核，授予功名。

童子科并不是常科，开不开科，主要看这朝皇帝热不热衷。宋真宗对此就很热衷，在位二十六年，举办童子试十二次。宋真宗特别重视教育，“书中自有黄金屋，书中自有颜如玉”的名言，就出自他的《劝学诗》。他又比较迷信，爱搞一些“神仙显灵”“天书下界”的事情。又爱祥瑞与吉兆，神童，也算是吉兆的一种。所以，在他治下，各地神童涌现得特别多。

和晏殊同场面试的，就有另一位神童，名叫“姜盖”，才十二岁。十年之后，又出一神童蔡伯俙，两岁过目不忘，三岁出口成诵，真宗皇帝手书赠诗曰：“七闽山水多才俊，三岁奇童出盛时。”

然而，姜盖也好，蔡伯俙也好，事业发展都没有晏殊好。蔡伯俙还当过太子的玩伴，后来却寂寂无闻。独有晏殊直上青云：二十八岁，即为知制诰、太子舍人。赐金紫，服三品。三十岁为学士，三十五岁为枢密副使。四十一岁为参知政事。宣麻拜相那一年，也不过五十出头。以宋代严苛且磨叽的转官制度，升迁速度之快，是极罕有的了。

凡神童者，智商必远高于常人。智商高，在现代多元社会，可以专心搞科研，走学术路线，即使脾气古怪如美剧《生活大爆炸》中的谢尔顿，也能活得很好。但在文化教育与官僚体系严密结合的古代，智商高只是一块敲门砖。进入仕途之后，智商、学问、才华，就没那么重要了。重要的是什么呢？情商与政治素养：忠诚度、意志力、自控力、领导与协调能力、服从性与揣摩人心的本事……

国家需要的是忠诚能干的复合管理型人才。取得了功名的小神童们，大都被送进了馆阁（皇家秘书处），成为身份清贵的天子近臣，作为新一代的帝国管理者培养。

晏殊很快就得到真宗皇帝的重视与喜爱，是因为这几件事情：

一、殿试之后，神童们又参加复试。出的赋题，恰巧是晏殊不久前才做过的。换了一般人，正该窃喜好运气。晏殊却道："此题我十日前曾做过，请另换一题来试。"

二、复试之后，晏殊进了馆阁。年纪小，没给他正经差遣，就让他在秘阁（皇家图书馆）读书。同僚都是年轻人，爱热闹，下了班，呼朋唤友，在京城四处玩乐。唯有晏殊不去。皇帝知道后，把他叫来一通表扬。晏殊却说："微臣并非不爱玩乐，只是家里穷，去不得。如果手头有钱，也很想去的。"

三、晏殊的弟弟晏颖，也是个小神童。此时也进了京，依附于哥哥读书。皇帝叫晏殊将弟弟的作文拿来看看。晏殊回家，弟弟照例拿文章来请他批改，他并不提醒一声这是要给皇帝看的，更不帮忙润色，就这么原封不动地交上去了。

宋真宗觉得，这孩子真是少有的诚实、谨慎、缜密，值得信任。

晏殊五岁时，曾就自家门口的一座塔赋诗云："白塔青松古道栖，塔高松矮不能齐。时人莫讶青松小，他日松高塔又低。"捷才与远志，可见一斑。这棵自信又骄傲的小松树，真的少年得志，被移栽到了皇家园林之后，却是毫无自矜自傲之情，反而表现出了成年人也要自愧不如的沉稳内敛，这才是他作为神童，最非同常人的"神奇"之处。

我是一个没得感情的模范臣子

宋真宗真的是太喜欢晏殊了。晏殊父母先后去世，按制度，应该弃官守孝三年。真宗皇帝却说，朝廷少不得晏卿，夺情（官员遭父母之丧，丧期未满而朝廷强使其出仕）吧！更将他送入东宫，给年幼的太子做属官，让他与未来的皇帝朝夕相伴。

宋真宗凡有事不决，想问问晏殊的看法，便给他写一张小字条。晏殊就写个折子回答，完了连小字条一起，交还给皇帝，表示决不泄密的意思。皇帝很开心，小字条递得更勤了。

然则天下之内，岂有长生不灭者？宋真宗晚年多病，渐渐药石罔效。太子年幼，国事暂托付于皇后。宫禁内外，一时人心浮动。八大王赵元俨以探病为由，守在宫中不肯出去。宰相李迪建议废刘皇后。寇准与内侍周怀政同谋，请皇帝传位给皇太子，周怀政持刀死谏，病歪歪的皇帝差点被他吓死。丁谓和曹利用遂告发寇准谋反。李迪又在殿前公然追打丁谓……元老重臣，宗室外戚，好一场乱斗。

宋真宗病得昏沉沉，一时觉得所有人都想害朕，一时清醒了，又想自己走后，孤儿寡母怎么过？何人可辅政？何人狼子野心？只恨没有能照彻人心的镜子，看穿眼前这些一模一样忠贞的嘴脸。

晏殊连日数次被召唤入宫，病床上的皇帝又传他小字条，却是要他拟诏，对几位宰执大臣进行任免。晏殊不接，道："这不在我的职责范围之内。"

原来，宋代皇帝诏书，分为"内制"和"外制"。"内制"，是皇帝直接下达的命令，涉及任命将相、号令征伐等重大事件，由翰林学士专职负责。其他一般诏令，称为"外制"，由中书舍人或知制诰负责。晏殊此时担任的就是知制诰。这次任免宰执大臣的诏书属于内制，确实不归他管。

能不能事急从权，就接个手呢？不能。按制度，不在其位，不谋其政，就算接手了，诏书的合法性也必会受到质疑；按人情事理，这样的大事件，他一个没资格掺和的人掺和进来，就是自寻死路。

宋真宗也不是不知道这个道理。他屡次误唤晏殊入宫，大概只是出自人在病昏时的下意识。关乎社稷、性命的诏书，他想让自己最信任的那个青年臣子来写。

宋真宗辞世后，由皇后刘娥垂帘听政。刘太后从深宫走到朝堂，以一女子之身，与士大夫们"共治天下"，御帘后游目往下一瞧，"满朝朱紫贵，尽是读书人"，都是些"人精儿"——有人跋扈，不将她放在眼里；有人对她严防死守，只怕她女主谋朝篡位；有人为了从龙之功，煽动她学武则天，把她架在火上烤；还有那种一心挑拨她与小皇帝母子关系，要从中渔利的……

刘太后都扛过去了。寇准刚愎，李迪古板，二人虽称贤良，却反对太后临朝，早在真宗病重时便被贬逐。丁谓斗败了寇、李二人，自以为得计，勾结宦官，又想架空太后，反被一脚踢到海南；曹利用骄横，被罗织罪名而无奈自杀。

理顺权力后，刘太后就取缔了宋真宗生前那套封建迷信，叫停全国佛寺道观的建设，劳什子“天书”塞进老公的棺材里当陪葬。休养生息，兴修水利，发展民生，完善科举，兴办州学教育，打击贪污腐败。创设谏院，鼓励臣下谏言。中国最早的纸币“交子”，也是在她手上发行的。

“虽政出宫闱，而号令严明，恩威加天下。”[1] 曾劝宋真宗废后的李迪，后来又被她起用。再见面时，太后问道：“我今日保护天子至此，你以为如何？”李迪答：“当初不知皇太后盛德乃至于此。”也是真心的服气了。

刘太后执政期间，选拔了一大批未来的良臣名相，其中就有晏殊。晏殊与太后的君臣关系颇为微妙。

当初，丁谓、曹利用想困刘太后于深宫，是晏殊极力支持太后上朝，垂帘与百官议政。后来，刘太后晚年，想要在祭祀太庙时穿上天子的衮冕，为赵宋皇朝辛苦这么多年，她也想过一把皇帝瘾。晏殊却表示反对。刘太后想要让自家落魄时的恩人张耆当枢密使，晏殊也反对，说此人才德不配位，让太后很不高兴。

支持和反对，晏殊的出发点，都是朝廷规章、祖宗之法，考虑的是赵家皇朝的正统性，并不是对太后有偏见，或者为了一己私利。所以太后就算生气，也不好意思处置他。倒是晏殊自己，在反对张耆当枢密使后不几日，就在重大典礼场合，因一点小事，当众殴打自家仆人，一巴掌把门牙都给打掉了。遂以“轻浮狂躁，有失大臣之体”的罪名，被贬出京城。等太后消了气，又把他叫回来。然后青云直上，做到参知政事，加尚书左丞，离宰相仅一步之遥的时候，太后驾崩了。

宋真宗与刘太后帝后二人，对晏殊都是有知遇之恩的。可以说，晏殊正是他们为儿子留下的宰相人选。然而，世间做子女的，有几个肯认领父母的好意呢？何况皇家“一朝天子一朝臣”。宋仁宗赵祯亲政后第一件事情，便是焚毁太后使用过的“垂帘”，将太后留下的重臣撤职、贬逐、降罪，统统给朕滚——尤其那个叫晏殊的！

赵祯不喜欢晏殊。是因为：

一、作为从小相跟的东宫旧人，晏殊居然帮着刘太后，对他隐瞒自己非刘太后亲生的真相。

二、真相已然大白于天下，晏殊仍在维护死去的刘太后。

当年仁宗的生母李宸妃下葬，晏殊为其作墓志铭，压根儿就没提她生了皇帝这事。仁宗亲政后，李妃被追封太后，附祭真宗神庙。叫晏殊写碑文，他依旧不肯向天下人宣言她才是皇帝生母，字里字外，都将其地位放在刘太后之下。

晏殊是这么考虑的：李妃虽是生母，但宗法上，刘太后才是嫡母。刘太后是宋真宗亲封的皇后，国母之尊，执掌朝政多年，劳苦功高，死后的地位当然应该比李妃高。

这个道理，赵祯不是不明白，但他情感上过不去。当年刘娥抱养李妃之子，李妃到死都是个小透明，没享受过一天皇帝生母的尊荣。赵祯对此深感遗憾。加上他一直到二十多岁，刘太后还不肯还政，他心中不是不怨恨、不疑惧的。刘太后总算撒手西去，八大王又跑来说："你亲妈是让太后害死的。"于是开棺验尸。坟挖了，棺开了，并没有找到太后谋害亲妈的证据。皇帝仁孝，自此之后，不再去翻刘太后的旧账。但这段往事，这些恩怨，还是成了扎在他心里的暗刺。

宋仁宗是史上公认的仁君，但这并不意味着他不精通帝王心术。"善纳谏言"，也并不代表他没有自己的好恶。对晏殊，他是一直心中不爽，一直不好明言。

宋仁宗亲政后，晏殊两度被贬外放，统共只做了两年的宰相，还是在与西夏开战的危急之时，战事一结束，又叫他滚蛋了。

历事三位主君，君上的风格各异，晏殊总归是那个晏殊：稳重、谨慎，从不迎合皇帝情感需要的臣子——

真宗病重时四顾无可信之人的惶恐，刘太后晚年对皇权的恋栈与不甘心，宋仁宗想要向天下表达对亲妈的孝与爱……也都是人之常情吧，但在他这个臣子这里，对不起，不支持。理由么，很简单：臣子不得以私心而害公，君王亦不能以私情而误国。大家都应该学会自我节制。而晏殊本人，恰恰是最长于节制情感和欲望的。

作为现世主义者的选择

晏殊形容清瘦，如不胜衣。衣食简朴，食量小，不喜肉食。读诗，偏爱韦应物清淡疏阔的诗风，说：“全没些脂腻气。”又极惜物，写公文剩下来的纸，全裁成小纸条，拿来做读书笔记。记些什么呢？经史百家、天文地理、奇技淫巧、志怪传奇，乃至别人家的族谱……书上看的、耳闻目见的，都饶有兴致，不仅记录，还写下自己的理解。小纸条积得多了，他就拿一只小熨斗，独自坐在那里，起炉、生火、装炭，把纸条逐一熨平，然后分门别类，装订成册。如此烦琐之事，他慢慢做来，却极享受。

世人都说道：“晏公虽出身贫寒，平生所作文章，却是一派天然富贵气象。”当时曾有诗人作《富贵曲》云：“轴装曲谱金书字，树记花名玉篆牌。”又有人写道：“老觉腰金重，慵便枕玉凉。”晏殊说：“这都是乞儿之相，是未经过富贵的人写的。”

那怎么写，才算是善言富贵呢？晏殊举例道：“楼台侧畔杨花过，帘幕中间燕子飞。”“梨花院落溶溶月，柳絮池塘淡淡风。”“笙歌归院落，灯火下楼台。”且笑而问道：“穷人家能有这样的景致吗？”

当然没有，想都想不出啊！京城之地，寸土寸金，百官大部分都租房子住，不是极显赫富贵的人家，哪能有园林，有亭台楼阁，独赏一天风月？这个道理，古今一般同也。

那么，如晏殊这般位极人臣，身经富贵，为人、为文，便自然有富贵气象了吗？也不是。晏殊和夏竦都当过三司使。夏竦做三司使时，每年都要尽心操持一次年会，琼浆倾，珍馐陈，歌儿舞女皆挑京城顶尖的，穷极奢僭。自晏殊接任，年会不办了，改成了隔三岔五的“小会”：每逢休沐之日，招呼同事们聚聚。酒不过市售，食物也只求“鲜洁”而已。

“每沐休，约同僚置酒，案上不过数器。久之，渐进盈几，乃草具。歌舞倦则曰：‘此辈伎俩已尽，吾辈亦可呈事艺。’设砚墨纸札，各赋诗述怀以乐。未尝一日虚废。”[2]吃、喝、歌舞，都只是起个兴，主要还是搞文学，谈人生。他自己也没架子，无论来客是谁，哪怕微末小官，他都与其尽情酬唱。时人都说，晏、夏二位这么一对比，可真是高下立见，雅俗分明啊！

那位花了钱也没落个好的夏竦，本也不是凡俗之辈。论学问，不比晏殊小，“资性明敏，好学，自经史、百家、阴阳、律历，至佛老之书，无不通晓。”[3]论天资，年方十二岁，便以诗才一鸣惊人。他也识得人才，曾力荐范仲淹；他也做得实事，赈济灾民、出使契丹、对战西夏，论政绩，不比晏殊差的。

夏夫人杨氏，是位才女，写一手铁画银钩的好书法。只恨夏竦好色，频频纳妾，杨夫人遂写了十几页纸的不臣不法罪状，送去衙门举报他。夏竦的妈，与杨夫人的妈，双双出马，帮儿女来相骂。两亲家一路闹到了开封府，开封府一看，惹不起，治不了！最后只好由宋真宗本人来判案：夫妇就地离婚，各领各妈回家。夏竦贬官外放——家务事都处理不好，还能指望你为朝廷干啥？

夏竦平生的志向是要当宰相。他在外放的任上，连亲妈去世了都隐情不报，却溜回京城，四处活动，只想着东山再起。急功近利，吃相十分难看。吃相难看的也不止他一个，宋真宗朝还有两位宰相，为了争娶一位有钱的寡妇，也是闹得鸡飞狗跳，成了满京城的笑柄，最后要由皇帝出面收场。

有这么些不着四六的同事对比，就越发显出晏殊的从容淡定了。原来，这所谓“富贵”气象，就和画家张大千说的“钱是雅根”一个道理，必须先有富与贵打底，然后又要有视富贵如无物的淡然，于富贵之外另有追求。所以夏竦把部门年会搞成豪门夜宴，恨不能酒池肉林，竟不如晏殊简单随性的小聚有格调。

浣溪沙

一向年光有限身，等闲离别易销魂。酒筵歌席莫辞频。

满目山河空念远，落花风雨更伤春。不如怜取眼前人。

这首词，简直就是晏殊在向世人宣告他不停地办筵席，把大家聚在一起的缘由。

人生短暂，时光有限，而别离常在。“黯然销魂者，唯别而已矣！”江淹《别赋》讲种种离别情态，有壮士从军、刺客赴死，有孤臣去国、王孙辞阙，都是浓墨重彩的传奇；但晏殊笔下的所谓“离别”，却只是“等闲”，是人们生活中时不时遇上的普通离别：行旅、经商、宦游，或女儿出嫁、夫妇小别之类。作者居然把这些也看成是令人轻易为之“销魂”的，这样小题大做是为什么呢？

是因为强烈的生命痛感带来的情绪易激惹。所以才要“酒筵歌席莫辞频”，用一时之欢聚，聊以填补这充满别离苦痛的人生。

时人记载：“晏元献喜宾客，未尝一日不宴饮，盘馔皆不预办，客至旋营之。”[4]无论客人何时来，顷刻之间，便能杯中有酒，案上有食，歌儿舞女上场。这种待客方式，虽不铺张，却更有一番风流豪爽的气派。

登高怀远，落花伤春，这都是诗人常态。作者却说：都不必了，都是“空”，都是徒劳。登高念远，山河满目，独不见斯人，越发让这一腔的思念，跌进了虚空里。春逝花落，自然界的规律岂可违抗？看来看去，也不过是更添忧愁罢了……

一切都是徒劳，一切都是捕风，生命还有何意义？该如何接受我们这渺小个体的存在与消亡？照这个思路继续下去，就会触及人生的终极问题了，自古多少圣哲也难以解答，何况我辈？作者果断地不在这个问题上纠缠，而是给出了一个就近的、折中的答案："不如怜取眼前人。"

"眼前人"，有两重意义。字面意义是指眼前的歌儿舞女。作者并不是鼓励大家贪杯好色，前面都说了，登高不能解忧，赏花不能消愁，美酒只能暂时麻醉，"美色"又如何能成为长久的慰藉？堪"怜"的，只是这样的青春年少，鲜妍如花。正当妙龄的美人们，是世间所有转瞬即逝的美好之物的代表。

更广义的"眼前人"，是你我所拥有的亲情、友情、爱情……是这些珍贵的情感，形成了无形又坚实的屏障，把我们与人世的虚无隔开。而离别就在不远处窥伺，不知何时，就会扑过来带走这一切。所以要珍惜，珍惜你爱的人和爱你的人。

道理虽简单，但能做到的人很少。人总是在不停地追逐：权势、金钱、美色、名望、自我价值的实现……谁不是上了层楼，还要更上层楼，身在百尺竿头，还要花样百出？谁肯回头停步，多看一眼身边的人呢？

晏殊的这首小词，论文字是珠圆玉润，论气象，开阔恢宏，而最出色的，是其蕴含的哲思。它探索了个体之人在"存在"中的困境。晏殊并不像很多宋代文人那样醉心于佛、道之说。作为标准的儒者，他的思想，更多是立足于现世、着眼于现实的。这也就决定了他的心灵缺少自我麻痹与幻想，比起有宗教信仰的人，其实是更直接去面对人生虚无的。

罗曼·罗兰说："只有一种英雄主义，便是注视世界的真面目——并且爱世界。"[5]在电影《时时刻刻》中，以自杀告别世界的作家弗尼吉娅·伍尔夫说："要直面人生，永远直面人生，了解它的真谛，永远地了解，爱它的本质，然后，放弃它。"那么在晏殊这里，他看到生活真相之后，了解之后，并不是放弃，也不是回馈以英雄主义的激情，而只是珍惜。这种珍惜，其实是需要我们做出很多克制与放弃的。

生之惟艰，无可奈何花落去

浣溪沙

一曲新词酒一杯，去年天气旧亭台。夕阳西下几时回。

无可奈何花落去，似曾相识燕归来。小园香径独徘徊。

晏殊一生到底办过多少场筵席？是不是因为讨厌席终人散，他才这样一直地办下去？

这一次，又是对酒听歌，又是宾朋满座，连眼前的亭台楼阁，连天气，连风中飘荡的春天气息、花园中的光影与色彩，都和去年一样。但筵席的主人知道，确确实实又是一年过去了。他感到怀念和哀伤。他心中很清楚，在相同的生活表象下面，生命正在发生着无可逆转的变化。

人事有代谢，往来成古今。正如夕阳西下，是残酷的自然法则，谁也不能阻止。那么，为什么还要小心地、微含企盼地、多问上这么一句："夕阳西下几时回？"

因为夕阳回来的时候，就变成了朝阳。朝阳映入眼帘，终是那么美好新鲜，给大地带来蓬勃的活力。即使知道，昨日永远成昨，人啊，仍然喜爱着今天的朝阳。这样矛盾的心情，其实就是我们面对生命的态度吧——明知道会一天天走向衰老与死亡，我们还是抱着微渺的希望，想要去尽情地生活。

花落，春逝，都是自然规律。再惋惜，再悲伤，都是徒劳。但是，燕子又归来了。去年在园中翻飞、安巢、育子的燕子，又回到了它们的旧巢，看到这些小生灵，就像旧友重逢，令人欣喜。

花落去，燕归来，消逝与到来，死亡与新生，是在同步进行着的。故而一边是无可奈何，一边是似曾相识，就这么结合着，翻转轮回，悲欣交集，带着我们不停歇地前行，直至生命的终点。

“沉舟侧畔千帆过，病树前头万木春”，个体的生命终会堕入黑暗，但生命本身并不是虚无的，而是日新月异，欣欣向荣。这就是天道循环，置身于这奇妙旅程中的我们，虽然只能参与小小的一段，却也不能不对之敬畏，为之赞叹。

遂有“小园香径独徘徊”。徘徊着的这个人啊，他的心中，有眷恋，有哀伤，有惆怅，更有对生命的思索。他的反反复复徘徊，起于情绪，而终于思辨。

翻开晏殊的词集《珠玉集》，阅读那些经过千锤百炼，莹洁温润的词句，拨开那富贵闲适的表象，你会发现，这个下午孤独的徘徊并不是偶发事件，这些眷恋、哀伤、惆怅，是时刻存在着的。对于生命意义和生存困境的思考，是持续不断贯穿晏殊一生的。

他的生命痛感是如此强烈，是如此执着于在天赋感性与后天理性中寻求平衡，寻找答案，试图自圆其说……这在有宋一代词人中很特别。

晏殊出生在一个清贫而不失温情，却屡被厄运光顾的家庭。他的父亲、母亲都去世得早。因为真宗皇帝的特批，他未能如普通人那样为父母守孝。名义上，当然是无上的荣宠，实际上，是连丧亲的悲痛都没给他时间来消化。

晏家的孩子都早慧。他的弟弟晏颖才九岁就通过了童子试，跟着哥哥在宫里读书——也是别人梦想不到的好运道，然而宫禁内外，风云莫测，再怎么早熟，毕竟只是孩子，这么早，被抛进了权力斗争的核心，冷暖自知。

晏颖聪明懂事，宋真宗与刘太后都很喜欢他。到他年满十八岁时，朝廷便下了诏书，要授他正式的官职。得到消息，晏颖一声不吭，关门进了自己的房间。等家人发现不对劲，破门而入，他已经死在床上了。枕边留有两首诗，一云："江外三千里，人间十八年。此时谁复见，白鹤在西天。"一云："兄也错到底，犹夸将相才。世缘何日了，了却早归来。"

刘太后闻听此事，唏嘘不已，遂亲书"神仙晏颖"四字牌匾，赐予晏家。以为他是仙童下凡，如今尘劫已满，回天上去了。晏颖无疑是自杀的。风华正茂，圣眷正深，又成亲不久，妻子刚生了个宝宝……为什么不登这青云梯，反而急步去了黄泉路？这事没法解释，大家也只能往灵异里编派了。

晏殊娶过三任妻子，都死在了他的前头。父母早亡，三做鳏夫，一手带大的弟弟无故自杀，生命的脆弱与无常，于他是太过熟悉了。他的童年太短暂，少年、青年……也未曾有过同龄人的肆意，他好像是出世没有多久，就变成了一个成年人。死亡的阴影一再笼罩过来，让生命中珍稀美好的情感，早早地都成了回忆。

晏母去世后，他父亲纳了一小妾万氏，万氏照管孩子们十分周到。后来父亲也不在了，全家人便将万氏当亲妈一样地孝顺。又有一位老奶妈燕婆婆，在晏家待了几十年。婆婆去世后，每逢年节，便也把她当家人一样地祭祀。一日，婆婆忽然托梦，说："我在阴间挺好的，只是人老体弱，缺人服侍。"晏家便烧了两个纸扎的妇人给她。又梦见婆婆来说："那两人力气太小，干活不中用。"于是更精细地扎了两个年轻美貌的婢女，给她烧了过去。清明上完坟，婆婆又来了："小丫头被我那个不成器的好色侄子拐跑了！"一打听，果然婆婆有一远房的侄子，刚刚死了。如是者三番五次，晏家人不嫌麻烦，最终给婆婆物色到了最合适的"用人"。这个故事也很灵异。梦由心生，鬼神由心造，所谓灵异之事，也无外乎寄托着活人的情感与思念罢了。

因为这些事情，世人都夸晏氏的家风忠厚。说起来，这些厚道之事，也是一种"怜取眼前人"的表达吧。

晏殊写过一本书，名为《解厄学》。厄者，灾难、困苦也。他说，"厄"是生活的本质，人来到世上，"厄"就如影随形。人必须警惕小心，不断地去解决、避开那些突如其来的厄运。

比如说，人要"藏锋"，不张扬自己的才能。要"隐智"，卖弄聪明者，必将为聪明所误。要"戒欲"，欲望带来最大的祸患，而欲望的诱惑，不是德行能够抵挡的，必须施以严厉的惩戒。人每天都要再三地自省其身，待人要诚实，做事要务实，"求实"是人生坚固的底基。同时也要懂得"慎言"，知道什么时候应该把嘴闭上。"不知机而无泄，大安也。不避亲而密疏，大患也。"知道得越少，人就越安全。在亲密的人跟前脱口而出，往往酿成大祸。

秉持一颗善良、仁慈、爱恨都不要太激烈的心，等等，都是极严格的修身之道，坚心忍性，如履薄冰，别说秉行了，看一看，都会觉得很累了。然而，晏殊说："生之惟艰，何足道哉？"修身的不容易，在人世生存的艰难面前，根本算不得什么啊！

年少富贵之人，为何说出这样丧气的话？替他设身处地想一想，也不奇怪。晏家本寒门，在大宋官场上全无根基，他虽平步青云，位列公卿，晏氏满族的祸福，也从此全在他一人身上了。而他又不是擅长为家族谋私利的人，就连亲生的儿孙，他都从来不去向朝廷讨要恩荫……那么除了更刻苦地修身，最大限度地做好自己，好像也没什么好办法了。

“自知者弗窘也，识世者无求也。”有自知之明的人，不会陷入窘境。看透世相的人，无所欲求。终其一生，晏殊大抵都是这样要求自己的。

他和他喜爱的才人们

很多年后，晏殊的小儿子晏几道，贫困潦倒，别人介绍他去结识翰林学士苏轼，小晏回答：“今日政事堂中，半吾家旧客，亦未暇见也。”[6]现在朝中执政的高官，一半都曾是我父亲的门下，我都不想去见他们。这话说得傲慢，可也真不是瞎说。

正如王安石曾惊异的那样，晏殊在政坛上，人最不能及的长处，是未卜先知般的知人、识人，以及对人才不遗余力的提携。当其显赫之日，一时名士，尽出其门下。范仲淹、富弼、宋庠、宋祁、欧阳修、刘沆、孙抃、蔡襄、石介、王拱辰……多少青史留名人，都曾是晏府席上客。

晏殊在应天府兴办教育，请了范仲淹来做学官。后来又推荐范仲淹进入中央。适逢刘太后垂帘，冬至日，宋仁宗带领百官，拜贺太后于会庆殿上。不料范仲淹突然站出来，提意见说，普天之下，只能有一位天子。小皇帝再小，他也是九五至尊，何况他都二十岁了，断没有对他人行臣子之礼的道理。皇帝要叩拜娘亲，大可以回后宫去拜，大庭广众之下，还请直起腰杆子来，以免有损君王之体面。顺便就提出："请太后还政于天子。"

话出口，太后和小皇帝一时都愣住了。晏殊忧心不已，将范仲淹叫到家里来告诫道："难道就你一个人忠贞爱国？别人才不会夸你，只会说你哗众取宠，博取声名！再这么下去，就连累到我这个举荐人了！"

范仲淹怎么回答呢？他郑重地写了一封长信，信中道："某迂拙之效，不以富贵屈其身，不以贫贱移其心。傥进用于时，必有甚于今者，庶几报公之清举。如求少言少过自全之士，则滔滔乎天下皆是，何必某之举也？"[7]

您难道不是为了国家举荐我的吗？我这样做，正是要报答您的，以后类似的事情，我只会做得更多。如果您只想找那种少说少做少错的人，天下到处都是，您又何必特意举荐我呢？

晏殊得信，默然无语。长于阙下，历事三朝，他深知那九重宫禁后的阴寒，并不希望在这个时候激化帝后母子之间的矛盾。再说了，范仲淹此时是文学侍臣，并非谏官，他跳出来批评君主，这叫"越职言事"，本身就不合规矩，太后要发落他，轻而易举。

但范仲淹这个人，其座右铭是"宁鸣而死，不默而生"。凡他认定的道理，凡他觉得对国家有利的事情，你砍了他的头，他都不会改口。天底下没有任何人任何事，能阻止他一往无前的决心。

他就是这样的人，而晏殊也知道了。此事之后，范仲淹果然被贬外放。但他和晏殊之间半师半友的关系，终生未变。

与欧阳修却又是另一种情形。欧阳修算是晏殊嫡传的门生，从他手里金榜题的名。

对西夏用兵那年，晏殊是枢密使，主持全面军务。这一日大雪纷飞，欧阳修和朋友来到晏殊的西园别墅探望。晏殊大喜道："诗人来了！"摆上酒席，招呼大家赏雪吟诗。欧阳修便赋《晏太尉西园贺雪歌》一首，诗中道："主人与国共休戚，不唯喜悦得丰登。须怜铁甲冷彻骨，四十余万屯边兵。"边关的将士们正在雪里受冻呢，你身为军政大臣，却在家里这等快活？

欧阳修文名远播，每一落笔为诗为文，都流传广泛。他写出这样的诗，简直就是在向朝野宣告：晏殊身为执政，是如何耽于享乐，不恤国事。晏殊再好的修养也要生气了，对人诉苦道："从前韩愈也写文章，多刚直的人呐，参加宰相裴度的宴会，也只是应个景，说说'园林穷胜事，钟鼓乐清时'的场面话，不曾像他这样瞎起哄。"

西园事件后，晏殊见欧阳修如此能喷善怼，便推荐他去当了谏官。欧阳修果然极是胜任，每天下朝写弹章，上殿劾百官，就好像一只上了发条的柯尔鸭，锐意言事，鸡毛蒜皮如某官与嫂子的婢女私通生子，又某官不自爱娶了富商女儿为妻……竟然还都给他弹劾成功了！与婢女私通的某官自缢身亡，娶了商家女郎的某官终身禁止入仕。

于是满朝生怨，以惊人的效率，结下无数仇家。最大的仇家是宰相吕夷简。欧阳修每次在朝堂上触怒了吕夷简，晏殊便连夜给吕夷简写信，痛骂欧阳修。明眼人都知道，这是晏殊在屈意平息吕夷简之怒，以回护门生。

然而该门生的个性，正如《宋史》所言："天资刚劲，见义勇为，虽机阱在前，触发之不顾。"就算看到陷阱，也是昂首挺胸一脚踩进去的。偏偏晏殊此时又将欧阳修从台谏位子上拿下来，外放他去做河北转运使。

欧阳修的台谏同事遂集体上奏，欲留其在京城，朝廷不许。大家便将矛头对准晏殊，翻出李宸妃的旧账，群起而攻之，于是晏殊被罢相、贬官、外放。

这个事情，表面上是晏殊与欧阳修及其小伙伴的恩怨，但究其根源，实因宋仁宗朝的两大政治现象："台谏崛起"与"朋党之辩"。

宋仁宗亲政后，有意提高谏官的地位，放权给谏官，让他们弹劾官员，望风言事，无须证据。宰相被弹劾，必须自动停职，接受调查。谏官就算批评皇帝，也不会受到处罚。他这样做，本意是抑制相权，平衡朝堂势力。

"晏元献为政，富郑公入参政事，多置谏官，以广上听。上方向之，而晏公深为之助，乃用欧阳修、余靖、蔡襄、孙沔等并为谏官，谏官之势自此日横。郑公尤倾身下士以求誉，相师成风。上以谦虚为贤，下以傲诞为高，于是私说遂胜而朝廷轻矣。"[8]

没想到，台谏迅速地崛起为一股政治新势力，一旦抱团出动，其凛然、悍然之态，皇帝都弹压不住。这次把晏殊搞下台的蔡襄、孙甫，和欧阳修一样，都是晏殊的门生，都是他亲自提拔到谏官岗位上的。然而"六亲不认"正是谏官的必备职业素养，你能上哪儿说理去？

庆历四年(1044)，是北宋历史上具有重大意义的一年。由范仲淹、韩琦、富弼等人主导的"庆历新政"正在走向失败。究其原因，不仅是改革阻力大，还在于改革派"同气相求，同声相应"的激进态度，触动了宋仁宗身为君主的大忌："朋党"。

何谓"朋党"？士大夫各树党羽，互相倾轧，欺君误国也。面对宋仁宗的怀疑和质问，欧阳修撰《朋党论》，雄文恣肆，其中心思想是："我们是朋党，但我们不是小人之党，我们是君子之党，我们坚守道义，行为忠信，珍惜名节，所以请朝廷放心。"范仲淹也附议，对皇帝说："君子、小人各有其党，如果结成朋党是做好事，那么，对国家又有什么坏处呢？”

咦，你说自己是君子就是君子，说谁是小人就是小人？宋仁宗心里“咚咚”地打起了小鼓。

欧阳修接到了离京外任的调令。从根本上，就是宋仁宗的意思。晏殊呢，他身为宰相，位高权重，本身就处于君权与相权的制衡之中。改革派的骨干，大都是晏殊引荐上来的，不是他门生，就是他女婿。支持他们，皇帝未免更起疑忌。若不为新政鼓吹吧，年轻激进如欧阳修及其台谏小伙伴们，又不免大失所望，当他尸位素餐，是块绊脚石。

所以晏殊处于一个里外不是人的位置。而“庆历新政”诸君子，也紧随其后，一一被朝廷贬逐。

晏殊被贬后，欧阳修还恳切地写信来问：“恩师为啥对我越来越疏远了？”晏殊懒得回他。

后来晏殊去世，欧阳修写挽诗云：“富贵优游五十年，始终明哲保身全。”说我老师啊，他是一个为了富贵荣华，明哲保身的人！

傀儡赋，大家携酒哭青春

晏殊是不是明哲保身的人呢？

当年，宋真宗病重，丁谓、李迪二位相公斗得厉害。宋真宗烦透了，想叫他俩全滚蛋。不知何故，又改主意，要罢免李迪，留下丁谓。翰林学士刘筠因此拒绝草诏。宋真宗便又传唤刚升了翰林学士的晏殊。晏殊招之即来，来之能干活，便把诏书给写了。

丁谓是公认的奸臣，此事遂成为晏殊在青史上的一个污点。据旁观者言，当时晏殊入宫时，正值刘筠出宫，二人擦肩而过，晏殊羞愧，低头急步，不敢看刘筠一眼。

晏殊还被自家女婿骂成过奸臣。

庆历二年（1042），晏殊最器重的大女婿富弼，担任赴辽谈判使臣。临行前，宰相吕夷简改动了和谈协议条文，却未告知富弼。富弼因此认定吕夷简借刀杀人，想把自己害死在辽国。状告到皇帝面前，吕夷简轻描淡写道："这边不小心弄错了呢。"富弼不禁破口大骂。晏殊上来劝解："吕夷简不至于如此，大概真是搞错了。"富弼气塞胸臆，向皇帝厉声道："晏殊这个奸邪小人，伙同吕夷简一党，欺瞒陛下！"

晏殊此时是宰相兼枢密使，军国大权集于一身。吕夷简呢，作为宋仁宗最信任的老臣，体衰多病，本该退休了，却被委以"平章军国重事"——比宰相更尊隆的特别职位，是皇帝专门用来分化晏殊权力的。要说这二位会结成同盟，谁信呢？富弼说吕夷简要害自己，又无实证。改文书之事，也不可能不经皇帝同意私自行动。吕夷简与富弼之间，不过因公事小有争执，便要对朝廷重臣下死手，确实也"不至于如此"，当另有内情。

边事紧急，西夏、辽国皆陈兵国境，这关头，难道晏殊要上来为女婿助拳，两大当国，内讧起来？

吕夷简已风烛残年，正在为家族着想急流勇退的时候。晏殊呢，虽根基不如吕氏一族深厚，但年富力强，门生满朝，当也不至于怕他的。和稀泥，不过是"相忍为国"罢了。

彼此都看不顺眼，为国事互相忍耐，这“相忍为国”之事，说来容易做来难。宋代文人政治，最爱搞“君子小人”的对立。都说我是公心为国，对方是奸邪小人，定要赶尽杀绝，才能天下太平。有几人肯忍一忍的？晏殊特别能忍，这大概跟他的个性气质有关。他特别具备对外界环境的敏感和兼容性，故能识人、荐人，更能容人。

与同时代范仲淹、韩琦、富弼、包拯等名臣相比，他的确不是直言敢谏之人，欠缺“敢为天下先”的强烈责任感，于“是非黑白”的捍卫上，也不那么执着。他的长处，其实在于协调、包容与平衡。正合了“宰相者，上佐天子理阴阳，顺四时，下育万物之宜，外镇抚四夷诸侯，内亲附百姓，使卿大夫各得任其职也”[9]。这正是他被后人赞为“真宰相”的原因。

就算是“明哲保身”也罢，不可否认，朝堂政治中，也不能没有他这样的人。

庆历四年(1044)被贬之后，晏殊羁留地方长达十年，不能回京。这也是他生命最后的时光。随着与京城与庙堂的远离，随着衰老的到来，似乎有一些长年努力克制的东西，从他的灵魂深处散逸出来了。

“累典州，吏民颇畏其狷急。”[10]坐镇地方，作为最高长官，属吏与百姓都惧怕他的急躁与易怒。史书上这一句，不是什么好话。背后隐藏着的，是政务中可能发生的各种粗暴、不公，小人物的冤苦。

而这一切，细细想来，不是没有端倪可寻。还在京城的时候，府中曾抓到了窃贼，晏殊令人痛殴，竟将人失手打死了。还有当年因打落仆人门牙导致被贬的事情，世人常解读成晏殊为缓和太后之怒而自导自演，然而，如果并不是呢？如果，这个被称为“平生以风鉴自许，未尝用喜愠加人”[11]的人，他确实也有情绪不能自控的时候呢？

急与怒，又慢慢变成了颓唐。在陕西，知永兴军的时候，他经常闭门不出，十几天不问公事，以至于僚属有事禀报，竟被门房仆役敲诈阻挠。

也就是在这段时间，他作了一首词，《山亭柳·赠歌者》：

家住西秦，赌博艺随身。花柳上、斗尖新。偶学念奴声调，有时高遏行云。蜀锦缠头无数，不负辛勤。

数年来往咸京道，残杯冷炙漫销魂。衷肠事、托何人。若有知音见采，不辞遍唱阳春。一曲当筵落泪，重掩罗巾。

他说有一位歌女，自小辛勤学得一身惊人技艺，也曾压同侪，争翘楚，也曾飙高音，声遏行云，不亚于念奴再世，也曾名利双收，公子王孙追随。然而世变时移，人老珠黄，好歌喉仍在，却已经无人欣赏了。只得流落江湖，往来于咸阳与长安之间，大道旁，野店中，向客人寻些残杯冷炙。

和白居易之《琵琶行》一样，这首词，是借歌女的故事，浇自己的块垒。正所谓“同是天涯沦落人”，迁客何妨与娼妓灵魂共振。与“老大嫁作商人妇”的琵琶女不同，词中的歌女没有从良，仍在人海挣扎谋生。古道西风，斯人憔悴。然而，当我们细听她倾诉“衷肠”，会发现，她真正在意的，并不是寻求一个终身有靠，而是“不惜歌者苦，但伤知音稀”——这一身技艺，半生苦练，到如今都是“空负”了！

故而，她立愿：“若有知音见采，不辞遍唱阳春。”能够不拘皮相，欣赏她美妙歌艺的人，就像爱《阳春》《白雪》之调的人一样稀少。她要唱遍《阳春》，一酬知己。虽潦倒，心气却是倔强的、不甘的。

这阕词，在晏殊的作品里是少有的情绪外露而低落。这一年，晏殊已经年逾六十了。从少年登科开始，他自我克制了一生，从没有纵情过、肆意过，仍落得如此境遇：君王的弃置，故旧的凋零，门生的疏远……再怎么好风度、好肚量，到底意难平吧？借了歌女生平的掩护，倒难得地有了一次小小的发泄。

这不是他第一次与歌儿舞女辈起共鸣。还是在颍州时，州中有一妓，名唤刘苏哥，爱上一男子，欲嫁之，而鸨母不许。她心中沉悒，每值春和景明之日，便约了那男子，双双纵马出城，寻一高大坟头，相对恸哭，哭完又痛饮以酒，不醉不归。晏殊为她作一诗道："苏哥风味逼天真，恐是文君向上人。何日九原芳草绿，大家携酒哭青春。"

何谓"天真"？《庄子·渔父》："礼者，世俗之所为也；真者，所以受于天也，自然不可易也。故圣人法天贵真，不拘于俗。"指的是一个人不受世俗污染的天性与真情。刘苏哥一迎来送往的妓女耳，用情却如此炽烈，已是不俗。高踞坟头，痛哭狂饮，纵情任性之态，更有魏晋之风。

晏殊说，苏哥啊苏哥，待到芳草绿遍荒坟之时，请让我携酒同去，与你一起为那"青春"痛哭。何谓"青春"？青春是草木青翠的春天，也是人生最美好无邪的时光。哭它，是因为它已经完了，消逝了……

颍州，在今安徽阜阳。宋时城外有一"西湖"，风光明媚，堪与杭州之西湖媲美。这里是晏殊贬谪的第一站。在颍州，他游西湖，赏荷花，建"清涟"之阁，阁前手植双柳，饮酒赋诗自若，视荣辱如浮云之态，便是叫门生欧阳修来看着，也挑不出毛病。

然而这首诗，却隐隐吐露出他内心的悲伤。堂堂前宰相，士大夫的领袖，筵席上永远笑着劝酒的豪爽主人，为何要去那九原荒坟之间，与一妓女携手同醉同哭？世事翻覆，人情浇薄，大概是总有许多人事不堪细思，思量起来，还不如一位妓女的有情有义。

他爱刘苏哥的“天真”，他哭逝去的“青春”。巍巍庙堂，那泯灭天真之地，晏殊进入得太早了。再回首，读弟弟晏颖临死前留下的诗句：“兄也错到底，犹夸将相才。世缘何日了，了却早归来。”才知一切似冥冥中有天定。天才少年清澈的眼神隔着几十年时光望过来：“兄长，你以将相之才自许，如今，可知道错了么？”

“外眩刻雕，内牵缠索，朱紫坌并，银黄煜爚，生杀自口，荣枯在握。”晏殊有一篇《傀儡赋》，或许可以作为他对弟弟的回答，亦可看作他对自己一生的总结：朱金紫贵，华丽炫目，其实不过是个线牵木偶罢了。

宋仁宗至和元年（1054）六月，因病势沉重，晏殊请旨，得以回京求医。皇帝以宰相之礼待之，并要亲自前来探病。晏殊谢绝道：“老毛病而已，就要好了，不值得陛下担忧。”次日，晏殊醒来，对家人说：“我梦见骑一白马过长桥，桥断，白马奔逸，我跌落桥上，看白马独自登天而去。想来我的大限到了。”于是撒手人寰。朝廷议定谥号为“元献”，取“善士贤人”之意，赞扬他在国事上的秉心公正，和在荐举人才上的不遗余力。

晏殊留遗嘱薄葬，墓内不置陪葬品。二十余年后，有盗墓贼挖开晏殊的坟，百般搜寻无金银，竟碎裂尸骸以泄愤。而相邻另一高官之墓室，因厚葬财宝多，贼人高兴，遗骨便得以保全。

哎，厄之于人，如影随形，死后亦难避。生前富贵草头露，身后风流陌上花，肉身与名利皆速朽，只有诗歌永存——因着那一代代的“天真”和“青春”而留存下来。

玉楼春

绿杨芳草长亭路。年少抛人容易去。楼头残梦五更钟，花底离情三月雨。

无情不似多情苦。一寸还成千万缕。天涯地角有穷时，只有相思无尽处。

鹊踏枝

槛菊愁烟兰泣露。罗幕轻寒，燕子双飞去。明月不谙离恨苦，斜光到晓穿朱户。

昨夜西风凋碧树。独上高楼，望尽天涯路。欲寄彩笺兼尺素，山长水阔知何处。

是非功过成败休说，读他的诗歌吧！这个人……清瘦的、和煦的，时常自我奉劝伤春悲秋无意义，“不如怜取眼前人”的人，他也曾写下如此一往情深的词句，为了那早已不知身在何处或者从未在这世上出现过的人事，庄静地、缠绵地，诉说着自己的相思……

注释：

[1]〔元〕脱脱等《宋史·列传第一·后妃上》，中华书局 1977 年版，第 8614 页。

[2]〔宋〕苏象先《丞相魏公谭训》卷四。

[3]〔元〕脱脱等《宋史·列传第四十二》，中华书局 1977 年版，第 9571 页。

[4]〔宋〕叶梦得《避暑录话》卷上，《全宋笔记》第二编第十册，大象出版社 2006 年版，第 267 页。

[5][法]罗曼·罗兰《巨人传·米开朗琪罗传》，《傅雷译文集》第十一卷，安徽人民出版社 1983 年

版，第 152 页。

[6]〔元〕陆友《研北杂志》卷上，“四库全书”本。

[7]〔宋〕范仲淹《上资政晏侍郎书》，《范文正公集》卷十，国家图书馆出版社 2017 年版。

[8]〔宋〕朱熹《三朝名臣言行录》，《朱子全书》第 12 册，上海古籍出版社、安徽教育出版社 2002 年版，第 458 页。

[9]〔汉〕司马迁《史记·陈丞相世家》。

[10]〔元〕脱脱等 《宋史·列传第七十》，中华书局 1977 年版，第 10179 页。

[11]〔宋〕苏颂《司空侍中临淄公晏殊谥元献》，《苏魏公文集》卷二十， “四库全书”本。

外一篇：他们的光荣与梦想

陆游：想当将军的诗人

“此身合是诗人未？细雨骑驴入剑门。”驴跟诗人，好像是一对天作之合的拍档。

诗人的气质，跟高头大马的确不搭调，而驴，体格小巧，加上缓步而行的翩翩风度，就很相得益彰了。唐代郑綮说：“诗思在灞桥风雪中驴背上。”边走边比画，推好呢还是敲好，也只能骑驴。

驴背平坦舒适，弱不禁风的小媳妇都可以安然坐着回娘家。马骑乘起来，就正式且粗犷得多，要配鞍，否则颠死你；得经过训练，不然摔死你；还要身姿挺拔，被坚硬的马鞍逼迫着，在马上，人只能保持一种紧绷而待发的状态。连赏花那么优雅的事，骑马去就会变成一场盛会，一次游行：“一日看尽长安花”“踏花归去马蹄香”。昂扬，且快意。

驴性愚执，形容冥顽不灵者，会说“春风过驴耳”，诗人通常也有这种毛病，主观想法太多，不听劝谏。和马相处时间久了，是战友，是同志，风里雨里共进退，一个眼色，莫逆于心。驴则更像游伴，再相处融洽，私底里都有些小别扭，你想往东，它偏往西，这时候你俩得好好就地协商一下了。

驴跟马的区别，陆游是很知道的。此身合是诗人未？剑门关下，陆游很不高兴地嘀咕着，这一生，才不乐意骑驴，才不爱当诗人！他想骑的是战马“的卢”，想做的是将军如卫青、霍去病。他不是将军，连战士都算不上。八十四年的人生里，真正的军旅生涯只有一年多，而且是文职，而且年纪不小了。这一年的事情，他用足后半生来回忆和书写。

“衣上征尘杂酒痕，远游无处不销魂。”过剑门关这一年，陆游四十九岁。孔子云“五十而知天命”，不该再发牢骚、再有无谓梦想。

岳飞、秦桧已死，被皇帝生涯弄得心力交瘁的宋高宗退位，换了年轻气盛的宋孝宗，上来雷厉风行，批秦桧，平反岳飞，起用老将张浚北伐，没几日，兵败如山倒，朝野仓皇。热腾腾的激情，碰上兜头一大瓢冷水。主和派开始猛放马后炮，主战派必须有人为国耻负责。刚刚被皇帝因爱才而赐进士出身的陆游立刻又被免职了。“交结台谏，鼓唱是非，力说张浚用兵。”罪名说大不大，说小不小，基本上属于派系间的打击报复，不久，被弄到夔州去当了通判。

通判这个官位非常有意思，州郡长官的副职，协助处理事务，虽然只是八品官，却是由皇帝亲自委派的，可以直接向皇帝奏报州郡内一切官员的情况，暗地里起着监察与制约地方官的作用。

可见，皇帝此时对陆游还是颇有回护。只要站对队伍，抱对大腿，前途还是很光明的。很可惜，陆游这个人，天生一根筋，好像磨坊里的那头驴子，给他一只悬在眼前的胡萝卜，能转个一生一世。

那根胡萝卜，就是岳飞也曾经执着过的“靖康耻，犹未雪”，就是“王师北定中原日，家祭无忘告乃翁”。

陆游的家在汴梁，世代为官，到他这一代，风云突变。两岁时，金军攻陷汴梁，他被母亲抱在怀里，随着乱军和呼号的流民逃到江南。即使年纪幼小，他也是南渡之民，血液里有流亡的耻辱记忆，有故国三千里的不堪与思念，像火一样灼烈，像刀锋一样尖刻。无日可忘。

早慧孩子的志向，被长辈的哭泣与追忆敲打，长成了热血沸腾的青年。习文，学剑，钻研兵法……像将要脱弦的箭，直指前程。

因为家世，早早荫补为“登仕郎”，一个名义上的正九品，通往仕途最起始的阶梯。不过，必须参加一次吏部的考核，才能正式授予官职。进临安城应试这年，陆游十六岁，首尝败绩。十九岁，参加贡举考试，入闱，在礼部又被刷了下来……

自从有了科举，科举就成了所有读书人孜孜以求的事。考场如赌场，碰对主考官的喜好，难度不亚于猜对庄家的点数。刚拿到好牌，人家又出老千，天时、地利、人和，缺一不可。也不知陆游到底差了哪一点，一蹉跎，到了三十而立的关口。少年意气消磨尽，中年愁绪逼人来，对于平常人，三十岁大概就是这么个状态，可对于陆游，年龄，恰是他一生中常常忘记的事情。

这一次，简直是场闹剧。他参加的是专门给现任官员和恩荫子弟准备的考试，文章深受主考官陈子茂的赏识，录为第一。可是同场有秦桧的孙子秦埙，秦桧递话要让孙子当头名。陈子茂为难了半天，最后把陆游放在了第一，秦埙第二。他本以为这已经是做足了让步，然而秦相爷的指示，岂是可以讨价还价的？差一毫儿没办到，那也是不给相爷面子。秦桧大怒，再一看陆游的卷子，满纸洋洋洒洒，力透纸背，写的都是光复国土、征税要从富人征起等等，主战派与改革派那一套，越发地恼火。

陈子茂被革职，陆游以反对和议之罪，被取消殿试资格，好好的一个进士出身，又去乎若浮云了。

终于等到宋孝宗继位，秦桧也死了，新朝锐意图强，爱才如渴，把在野名声已经很响亮的陆游召来，一番应对后，龙颜大悦，直接赐进士，外放镇江府通判。镇江府，南宋对金军东部防线的重镇，向来被视作东线司令部。若干年后，宋宁宗时代，被委以北伐重任的辛弃疾，亦镇守此地，写下这样的句子："何处望神州？满眼风光北固楼。"镇江，北固楼前，是志士们持戈报国、扫净胡尘的希望之地。

可见，朝廷这个委派，既有分寸，又寄托了对陆游的期望与信任。这时候，人心不是不振奋，君臣不是不相得的。

北伐事败，无力再战，不得不再次向金国求和，以太上皇宋高宗为首的主和派占据上风，陆游短暂免职后，被调到夔州——今天的重庆奉节。官职没有差别，却身在后方，离开了南宋军事力量的中心。我的理解是，这是宋孝宗在压力之下所做的一次妥协，对主战派力量的保存。

事实也证明，此后，陆游仕途的起伏，屡次起用，旋又受抑，直观地体现着主战派与主和派的激烈斗争。

直到淳熙十三年，陆游又被起用，知严州军州事，再次上京面圣。这年，宋孝宗六十三岁，陆游六十一岁。离第一次君臣相对已经三十年了。当年都意气风发，现在呢，一对发须斑白的老人家。皇帝对陆游仍然满怀激情的纵论国是不置可否，只对他多年来的诗文成就大加赞赏，并谈起严州山水甚好，谆谆道："先生可多写诗。"

陆游很失望。他在退隐的日子里，无一刻忘记报国的雄心。而报效的对象——皇帝本人，却已经这样心灰意冷，这样的面圣又有什么意义？

对于宋孝宗，这一次召见，或许只是他对于年轻时代理想的一次怀旧，对中兴大业的一次凭吊。朝野上下，举目不见可用之材，将军多老死，当年曾热烈拥护自己的主战派臣子们，在朝堂上沉默地腆着圆润的肚子，面目模糊，已经分不清谁是谁。

只求中外无事，平安度日。三次北伐，无不失败，甚至才着手准备，便已夭折。人才凋零，内外掣肘，这一生的挫折，皇帝的感触其实要比忠心的臣子来得更深。

因此，皇帝也就更趋向于现实主义。不要以为贵为天子者就可以为所欲为，恰恰相反，当了皇帝，就再不能像平常人那样，哪怕偶尔的小小任性。

陆游是平常人，而且是诗人，所以他居然可以至死都保持着一颗乐观的心，锲而不舍，信念不颓。

很可能，作为皇帝的宋孝宗，对于陆游的欣赏中也是带着些许羡慕的——他是泥塘般现实里，奇迹般未曾磨灭的一缕理想之光。虽然已经没用了，可存在着，总能给心情带来一点安慰。

陆游骑驴进入剑门关，后面跟着载着全家老小的车队，逶迤行来，雨雪交加。剑门天下险，一夫当关，万夫莫开。李白当年经过，惊呼："蜀道难，难于上青天。"陆游可没感叹的兴致，他心中有一种不好的预感。回头望去，关山重重，不见一个故人。"南郑"，他的嘴里噙着这个地名，却始终不忍吐出，那个地方、那些人，以后大概再也不会见到了。

曾是一生最踌躇满志的时光，这辈子所遇最莫逆的伙伴……不，应该说，是战友、袍泽与兄弟。

王炎，这个名字应该被记住。他是最赏识陆游的人，也是一位帅才。但是，玩笑一般，历史慢慢湮没了他所有的雄心和努力，多年经营，化为春梦，一切，发生在1172年那个秋天。

王炎，河南安阳人，以坚忍与实干精神，深得皇帝信任。数年之间，便成了朝野瞩目的重臣。当朝廷里主战派、主和派以及中间派们仍在争辩不休时，王炎已经挽起袖子，一头扎到四川，真刀实枪地干起来了。

将帅帐移至汉中南郑，因为离前线更近。组建武装，不拘一格，地方上的“义军”和契丹、女真的流民都收编不误，并专门以这些剽悍的外族人组成了战斗分队。众所周知，两宋的武装力量，向来是官兵不如地方自卫队，地方自卫队又不及胡人及胡化汉人。唯一麻烦的是难以统管，而王炎恰恰是个擅长统领与招延的人。他的帐下，集中了南宋的一时俊彦，多半是海内名士，包括陆游在内。亲自发信邀请，恳商军国大计，对这些怀才不遇的士人，王炎给予充分信任，他们也倾心相报。

虽是文职，却穿上了军装，持长剑骑快马，巡游于边境，勘察地形也好，处理军务也好，冒险中总带着快意；闲时结伴入山打猎，呼喝声与笑声震落树叶。“上马击狂胡，下马草军书。”多少文人梦想的人生境界，终于出现了。于是，豪情万丈，不思故乡。

秋天到的时候，诏书亦到了，改虞允文为四川宣抚使，王炎离职进京待命，第二年被彻底免职，请回老家。原幕府成员四散如星，被分别调至各处，陆游亦被调至成都——也就是这次骑驴入剑门的原因。

原谅我详细地记述这件事情，否则就无法传达陆游的郁闷之情。这是他离理想最近的一次，也是幻灭来得最突然的一次。

关于王炎的意外被削职，回想起来，大概也在意料之中。其实大家心照不宣：王朝的家族遗传病又犯了，或者说是代代难以摆脱，连外族入侵都不能与之抗衡的梦魇——“武将跋扈，拥兵自重”。岳飞当年就栽倒在这里。

而在南郑，在军中大帐，一个实干与礼贤下士的主帅，一群狂放的文士幕僚，难得的理想与行动力相携，从陆游的回忆诗词中来看，这就是一段激情燃烧的岁月；但是我们换个角度来看，其中，是否会发生一些事，说过一些话，因为过于热烈，而显得不太合时宜，甚至——招忌?

新的宣抚使虞允文，和王炎是老对头，历来不和，仅从这种人事安排，便已可窥朝廷的心迹。后来，陆游把在南郑写下的诗词大半都藏起来，藏着藏着，竟然藏丢了。

中国古代的文人，都很会藏东西、藏心事，藏的结果，便是怨。孔子教导后生曰："大家都来学诗吧！诗可以兴，可以观，可以群，可以怨。迩之事父，远之事君，多识于鸟兽草木之名。"

诗可以激发情志，可以观察社会，可以结交朋友，可以怨刺不平。近可以侍奉父母，远可以侍奉君王，还能知道不少鸟兽草木的名称。

这一大串诗的效用里，"怨"和"远之事君"，是被后辈们用得最熟练的。陆游在剑门关下，就有这样一首怨词：

清商怨

江头日暮痛饮。乍雪晴犹凛。山驿凄凉，灯昏人独寝。

鸳机新寄断锦。叹往事、不堪重省。梦破南楼，绿云堆一枕。

从词面上看是一首典型的闺怨词。上片写本人，我这漂泊的游子，在雪后初晴的江边，惨白如病的夕阳里独饮闷酒，在山边驿站里，胡乱地睡去。下片写她，那家里的思妇，如织回文锦的苏若兰般坚贞而多情，她辗转反侧，为回忆和思念所苦，在梦中重温过去的欢乐，却又要面对梦醒时分。

没什么新意，只是简练干净。陆游是诗坛巨擘，填词于他只是诗之余兴。这阕《清商怨》，体格是词，细品时，倒具备诗的气质——清寂而寥阔，让私人范畴的情感变得堂堂正正，有怨怅，却又光风霁月。问题在于，陆游这次是带着家小的，游子在，思妇也在，打出闺怨旗号，却是为着谁呢?

借闺怨以抒其志耳。用男女之情喻君臣际遇，是中国诗歌的传统。层层绮丽的细布轻纱，将为难、尴尬乃至残酷的东西包裹起来，就可以用肉质的心去贴近去摩挲了，也容易被怨怅的对象接受。而词这种体裁，特别适合抒发不能明言的心事。陆游想表达的，就是离开南郑后，对朝廷的失望、忠而见谤的悲郁，还有际遇难逢的愁苦。游子和思妇都是他，一个是身体在外的漂泊，一个是心灵内在的坚守。

一直到了成都，心情才稍有好转。陆游在掌管边防军务的四川制置使范成大门下，做一个参议官的闲职。成都很好，百姓淳朴，生活安逸，吃吃喝喝，赏花讲古，五十岁的人，足可以养老。

但陆游浑身不得劲，着急，心里无着无落的，只好继续猛搞创作。这家伙作诗作词最勤的时候，总是他最不乐意当诗人、词人的时候。

双头莲·呈范至能待制

华鬓星星，惊壮志成虚，此身如寄。萧条病骥。向暗里，消尽当年豪气。梦断故国山川，隔重重烟水。身万里，旧社凋零，青门俊游谁记?

尽道锦里繁华，叹官闲昼永，柴荆添睡。清愁自醉。念此际，付与何人心事。纵有楚柁吴樯，知何时东逝? 空怅望，鲙美菰香，秋风又起。

头上新添白发，平生壮志成空，又远离家乡，于是很消沉，豪气没有了，沦陷的国土隔着重重烟水，再也回不去了，意气相投的朋友也散了。你以为这位作者总算识了趣，不痴想不折腾了？才不，下半阕就露了马脚。世人都说成都好，我偏觉得不好，繁华没意思，清闲好无聊，不如回老家归隐呢！

词是呈给范成大的。范成大当然看得懂，这种嚷嚷归隐的把戏，他当年也玩过的。地位不同，关于时政的郁闷却是相通的。陆游跟范成大是老朋友了，关系不错，虽然是上下级，却俨然诗酒之交。很多话就不那么避讳了。比如这首词，如果换了不那么相知的人来解读，难道不是在抱怨长官对自己不重视，暗讽长官身为朝廷重臣却无作为吗？

范成大不是一般官僚，他理解，没意见。陆游的同事们，看在眼里却很不高兴了。逮到机会就痛心疾首地打报告，说陆游放肆无礼，纵酒颓放，等等。

积极维护尊卑秩序的，往往是秩序里的小人物。他们痛恨不守规矩的人，愤怒之情胜过被冒犯的尊长本人。像陆游这样的人就特别碍眼，因为，你的特立独行、放纵飞扬，虽然与他们无涉，却是在分明地嘲讽着他们的立身信念。当他们发现，自己无比宝贵的生存智慧，在别人那里，可以轻而易举被摒弃——最气人的是竟然也没什么不良后果，那么，那些谨小慎微，赔过的笑脸，付出的自我贬抑……还有什么意义？

所以，像陆游这样的人，如果过得很差，还会博得几声同情，但如果总在眼前活泼地蹦来跳去，大家就会很盼望他摔跟头了。

尽管他也曾为小小的官职，为了找点俸禄养家，措词哀苦地去求人，可一掉过头来，喝了几口酒，就开始发狂："黄金错刀白玉装，夜穿窗扉出光芒，丈夫五十功未立，提刀独立顾八荒。"壮烈孤绝的形象，出现在一个半老贫穷的小官员身上，这当然是矛盾的，很难为世俗所接受的。作为后代读者的我们，却知道，这是陆游啊，这一点也不奇怪。

这也可以从侧面解释，为什么陆游作词的数量，竟不及作诗之十一。词虽然也可豪放，但表达起情绪来，还是太含蓄太婉转了，哪有诗，尤其古风来得痛快淋漓？

陆游后来干脆自号放翁，并大言道："一树梅花一放翁。"这种人，卑琐小人都能轻易让他绊上一跤，拍掌看他的笑话。但是，想听到他认输，很难。除非，他自己向命运举手投降。

王安石：在缺马的朝代找一匹老马

诉衷情

当年万里觅封侯，匹马戍梁州。关河梦断何处？尘暗旧貂裘。

胡未灭，鬓先秋，泪空流。此生谁料，心在天山，身老沧洲！

陆游的悲痛，是整个南宋有志之士的悲痛。后人论及，往往会痛恨主和派的投降主义，归咎于天子昏庸。然而，如果没有这些阻碍，南宋真的就能成功地"还我河山"？

人们都知道，军事力量一直是两宋王朝的致命弱点，经济、文化都已发展到高峰，却受制于外族的武力威胁，跟强汉盛唐没法比。但也要了解，北宋之建国，本来就先天不良，它承接了五代十国的烂摊子，名义上统一，实际上是分裂成了几个并立的民族政权。北宋所能真正掌控的范围，仅在传统的中原地带。起点既不高，生存环境又不佳——正逢辽、西夏等游牧民族向定居过渡、建立王朝的上升时期。

比起盘旋于境外的草原铁蹄，靠兵变起家的赵家天子，深知对于皇帝宝座的安稳，内乱比外敌更直接更可怕，所以皇朝的立国之本，就是抓紧兵权，重文抑武，守内虚外，建立高度发达的文官政治体系，武将地位一再压低，在文人政治生存环境空前宽松，文采风流鼎盛的同时，武将素质却每况愈下，终至于战事起时举国无可用之将才。

将才凋零，自然兵不堪用。高度中央集权的用兵制度，兵将分离，文官带兵，减少了拥兵自重的可能性，却也“将无常师，兵无常帅”，无法训练出高素质高效率的部队。于是采取人海战术，以数量来弥补质量不足。

军备是宋朝财政的重头消耗，北宋前期，每年的军费开支即已超过财政支付能力。不得不鼓励军队经商，结果官兵武艺更加废弛，只好再扩充军队。最高峰时全国军队一百二十万，受天子直辖的禁军就占了八十万，都用于拱卫京师，弹压地方，一旦有战事，根本不受将帅调派。南宋时岳飞之所以战绩辉煌，就是靠了亲手建立训练的“岳家军”。成绩出来，朝廷的猜忌也跟着来了。

游牧民族全民皆兵的时候，大宋王朝的职业军人们，走走私，经经商，合资开个茶楼酒店，小日子快活得很。国家却苦了，每年向辽、西夏交岁币也就罢了，还要给这支庞大的军队按月发饷，实在让执政者叫苦连天又无可奈何。

军事力量薄弱，还有一个很重要又很荒诞的原因：两宋严重缺马，是中国历史上最缺少马匹的朝代。尤其到了南宋，像陆游，他那么想骑马，就不能找匹马过过干瘾吗？始终骑在驴背上跑来颠去，实在也是因为，在日常生活中，就算普通官员，想找匹马骑，也是很不容易的。

冷兵器时代，战马是衡量军事力量强弱的重要指标。没有战马，就没有能在战争中作为制胜关键的骑兵部队。北宋一开始对辽战争就胜少败多，这就是一个重要的客观因素。

为什么没有马？历来产马的地方——西北、塞北、关东、西南，全被其他民族政权占走了。中原地带农耕为主，环境很不适宜养殖马匹。只能高价去向辽、西夏和大理去买马。这种情况下还敢跟人打仗？一打仗立刻被封锁战马进口。到了南宋，与北方势成水火，每战就会损失大批战马，每一战败，恢复元气就难上加难，不得不和议以求休养生息。主和派对主战派恨得要命，老实讲，也是有一定道理的：你不顾实力，左倾冒进，难道不会害得大家全体完蛋？

滇、川、藏三角地带丛林中那条茶马古道，就是自唐宋以来，用中原茶叶与边疆各国进行马匹交易的通道。南宋时，“关陕尽失”，西北地带的茶马交易已经无法进行，只得把重心转移到西南。大理也是产马区，马以个子小、能负重、善走山路著名，却并不适用于作战，只堪运送军粮。战马还是西北的好。

平时民间，只得驴子骑。这是个驴子普及的朝代，翻开两宋诗文，驴的出场率远高于马。《清明上河图》反映汴京繁华实景，里面的马也寥寥。陆游关于驴和马的怨念，就很好解释了。但是呢，用曹操的诗来说：“老骥伏枥，志在千里；烈士暮年，壮心不已。”陆游骑不成马，在后人看来，也没什么关系了，他早已在岁月里，把自己变成了一头悲壮的老马。

对于军队缺马这种心头患，两宋王朝都想了不少办法，可以说是一部可歌可泣的外交史与商战史。北宋经历的两次政治革新尝试——范仲淹的庆历新政和王安石的变法，重头内容都涉及马。

王安石的“保马法”，让民间养马，然后再由政府出资买回，听起来很好，却和其他新法一起，很快流产了。

关于王安石的“熙宁变法”，从刚开始一直到千年后的今天，毁誉不一。只有两点是毫无疑问的：它像中国历史上的每一次变法，在阵痛中摇摆前进；而不论成果如何，首倡者，都只能有一个黯然悲凉的结局。

熙宁九年，推行新法六年后，五十五岁的王安石退居江宁（今南京）。新法推行过程中的斗争令人厌倦；无休止的应对争论和排除阻扰；突如其来的罢相；被诬告谋反，理由荒谬得让人听到的一瞬不是愤怒而是失笑；吕惠卿等人的背叛和暗算，让人直接对人性产生怀疑；寄予厚望的爱子王雱，聪慧机灵，才气逼人，亦在这一年病亡，年仅三十二岁。

心灰意冷，激流勇退。不退也不能。仍在推行中的新法，像一艘开往未知海域的轮船，刚刚启程，就已经挤满了精明能干的野心家、利欲熏心的投机者，作为老船长的王安石，早已被挤到船舷边。

在江宁的日子，据记载，是这样的：“王荆公不耐静坐，非卧即行。晚卜居钟山谢公墩，自山距州城适相半，谓之半山。畜一驴，每食罢，必日一至钟山，纵步山间，倦则即定林而睡，往往至日昃乃归。”[1]

就是骑着驴子，来来回回地在山水间走，每日如此。王安石是个坐不住的人，这一点可以想象。当年，他可是号称“拗相公”，说起国事，不惜跟好友翻脸，不惮在皇帝面前抗辩，厉声高呼：“天变不足畏，祖宗不足法，人言不足恤！”这种人，心里有一团烈火，烤焦了自己不在乎，烧到了别人，那也只好说声抱歉，谁叫你挡在他的理想前面。比如苏轼，王安石是那么欣赏他，说：“不知更几百年有如此人物。”当苏轼一再上书反对新法时，他还是毫不迟疑地清除障碍，对神宗皇帝道：“苏轼确实才高，但所学不正……”要求黜退之。

对于变革者来说，最大的痛苦，不在于反对者众，而是反对者中，有亲朋好友，有向来推重欣赏的人，你知道他们都是好人，是君子，甚至是爱自己的，却还要面对他们的反对与质问。一万个敌人的仇视，痛不过一位朋友的误解。在王安石推行新法的过程中，这样的名单可以列出很长……

想到这一点，再回想起“拗相公”的称号，想到江宁山间骑驴而踽踽独行的那位老人的瘦小身影，才更感觉到一种理想主义者的悲凉。战争时代的理想主义者如陆游，人们都赞赏他的报国心和勇气。和平年代，同样怀抱富国强兵理想行动着的人们，却被指责与猜疑包围。和平时期无英雄，不是没有，而是人们并不需要。

退居江宁的王安石，每日例行的山间游走，说是纵情山水，猜想起来，还是一来为驱闷，二来也不无对山外消息的期待，他并不能真正忘情。

渔家傲

灯火已收正月半，山南山北花撩乱。闻说洊亭新水漫，骑款段，穿云入坞寻游伴。

却拂僧床褰素幔，千岩万壑春风暖。一弄松声悲急管，吹梦断，西看窗日犹嫌短。

这是元宵节过后，满城彩灯收起，开始出城探春。江南春天来得早，和京城大不同，此时已经是满山的花烂漫。

王安石平时的行走路线大概是这样的：他住在白塘的“半山园”，离城七里，离钟山七里，如果入城，就坐只小船，但大部分时间是去爬爬山，到寺里与和尚谈谈经。这次，他听说山西侧涔亭的春水初涨，便想过去瞧瞧。“款段”，本来是指驽马行动迟缓，然而，王安石用来说他骑的那头驴。刚退居的时候，神宗皇帝曾赐给他一匹马，但是可能水土不服，很快就死了。

王安石曾特地写诗以记之，《马毙》：“恩宽一老寄松筠，晏卧东窗度几春。天厩赐驹龙化去，谩容小蹇载闲身。”诗中颇有自嘲意味，此身已闲，马是无福再骑了，就弄只驴子混混吧！

这也可以看出宋代马匹稀少，平时出入骑马，是很特别的待遇。当然官员上朝，按规定必须骑马，以示尊重。而主动骑驴，就是表明正式地回到了民间，接受平民况味的生活。王安石现在就把自己当平民，一路爬上山，不嫌云深路滑，想找个游伴。游伴能有谁呢？很难说，也许是山寺的和尚，或者寄寓寺中的文士、画家。

但也许，游伴只是个幌子，或者运气不好没找到，因而跑到僧房内自个儿睡下了。王安石在钟山定林寺有一间自己的书斋，号“昭文斋”，由僧房改成的，或许词中所指即此处。此处的清寂，与外面千山万壑的春暖花开，形成视觉上的强烈对比，让人有一种欲静而不得静、欲闲又不得闲的奇妙预感。果然，他这一觉睡得并不安稳，被松涛声惊醒了。松涛声在门外，一声比一声急切，如有人吹着悲郁的笛管。这时，窗边已映上西沉落日，如果是心底无事的人，此时该出门观赏山间暮色吧，那也是很美的啊。王安石却只觉失望：让我多睡一会儿也好啊……

虽说人老来嗜睡，可看看王安石 ——非行即卧，走得累极了，就随便靠在树上睡觉，状态实在不能算正常。那是心中有太多的郁结，行不能散之，再以睡忘之。

菩萨蛮

数家茅屋闲临水，轻衫短帽垂杨里。今日是何朝？看余度石桥。

梢梢新月偃，午醉醒来晚。何物最关情？黄鹂一两声。

此篇集前人诗句成词，极工巧又浑如天成。旷达随性，读者几乎都要被他瞒过去了，可是，“看余度石桥”的一个看字，露了马脚，如果真是那么出尘那么潇洒，你要人家“看”你作甚？这样细一琢磨，心里真是伤痛，而且完全无法对人说。大概也只有那头长年陪伴的驴子，听过这老人无数的叹息吧？

苏轼：如此春夜，如此河山

一年又一年，山花开落，岁月悠长。山外，却是急风骇浪，谁在步步进逼，谁又在釜底抽薪？

1085年，宋神宗赵顼驾崩，仅十岁的第六子赵煦继位，在祖母太皇太后高氏的垂帘听政下，开始了皇帝生涯。高太后是坚定的守旧派，她立刻起用退隐的守旧派领袖司马光，向新党新政开刀。所有变法措施，雷厉风行，以秋风扫落叶的气势一一罢除。

山中的王安石，亦垂垂老矣，多年修身养性，早有心理准备，听到消息，夷然不以为意。直到“免役法”也被废止，才愕然失声：“亦罢及此乎？”徘徊良久，终于忍不住长叹了：“此法终不可罢也。”

司马光闲居十五年，今日重新主持朝政，也已风烛残年，只恨苍天不给自己多些时间，能把王安石的痕迹清除得更干净些。这对当年好友，今日宿敌，在政治上做了最彻底的决裂与对抗。

所有的争斗被时间来收拾。一年后的夏与秋，两人分头去世，各享年六十七岁和六十五岁。司马光尚年长两岁。

高太后的清除行动仍在继续。连变法期间从西夏夺得的千里土地，亦交还西夏，以免动刀兵。于是内外升平，其乐洋洋，史称“元祐之治”。辽、西夏亦称颂“女中尧舜”之名。唯一可惜的是，她对孙子赵煦及其出身寒微的生母太过严厉，弄得小孩子很憋屈，起了逆反之心，对祖母暗中怀恨，一腔少年热情，都投入到对老爸宋神宗的怀想崇拜中了。终于熬到老祖母被死神带走的那天，开始亲政的哲宗皇帝，立刻召回新党人士。八年流放时光，把他们个个变得形销骨立，神色阴冷，像从瘴雨蛮烟中回来的怨灵。

有了太后、皇帝的亲自率领，北宋自此陷入党争泥坑。元丰党人，元祐党人，互诟对方为小人，为国之大害，必欲除之而后快。

有一个人，在混乱中显示出了卓尔不群的风姿，或者说不合时宜的傻瓜天赋。此人就是苏轼。党争中最倒霉的就是他。新党当政，旧党上台，他都惨遭打压。

原因很简单，他不站队伍，只说自己想说的话，结果，人人当他站错队伍。这次司马光废除的“免役法”，多年前，苏轼是反对的，并且力争，弄得王安石怒目而视。外放各地当地方官，转了十几年回来，他又改变想法了。说哎呀，那时候我偏见太深，太浅薄啦，仔细想想，这个免役法，其实还是不错的！于是站在朝堂上反对司马光："专欲变熙宁之法，不复较量利害，参用所长。"你只想着打击报复，根本不管是非了吗？这次，司马光也怒目相向了，两人辩论多日，司马光可是大宋朝第一的认死理——哪里辩得过他，苏学士只得悻悻：什么司马光，你改名叫"司马牛"好了。

可惜，这些笑话，大概也传不到病榻上王安石的耳里了。

"司马牛"和"拗相公"，一世之英才，都不为私利，只为政见，依然斗到你死我活。政治的残酷，在于伤及灵魂，把人变得不再像自己。有几个人能像苏轼那样单纯，在恶劣的环境中还能开着没心没肺的玩笑？

苏轼的单纯，还在于他经常仗着聪明，去口头刻薄别人，他完全坏在一张嘴上，玩笑就罢了，还总讲真心话，不看时间、场合、脸色。所以我怀疑，他一生这样倒霉，但到底得罪的是谁，敌人在哪里，估计到死他也弄不明白。

被王安石的新政赶出京城十几年，还遇上了天降横祸的"乌台诗案"，指控他用诗文谤讪新政。当然这种事苏轼是干过，可对方如此气势汹汹，必欲杀之而后快，完全是政治阴谋。李定、舒亶，主持此事的两名新进变法人士，年富力强，雄心勃勃，钻研数月，一心借苏轼将所有反对派一网打尽，连同司马光、范镇等人一并斩草除根。

如果不是神宗皇帝也觉得有些罪名罗织得可笑，加上以太皇太后为首的保苏派大力求情，苏轼这条命，连同那根滑稽的舌头，可真要断送掉了。

在保苏派中有一个意想不到的人，就是隐居山间的王安石。得到消息后，他连夜派人驰书，直送皇城，请求道："岂有圣世而杀才士乎？"抛弃政见，只为公道，只为惜才，这才是王安石之所以为王安石，是为真国士，而非一权臣。

四年多以后，公元1084年夏天的某一日，半山园中，出现了一位特殊的访客，此人正当盛年，体硕髯丰，言笑朗朗，正是刚从黄州谪居地回来的苏轼。

苏轼，此时可称其为东坡先生了——带着家小在黄州东坡开荒种地，故自号为“东坡”。他此行是接到神宗皇帝手诏，移官河南汝州。皇帝说念苏轼黜居思过这么多年，也差不多了，可以出来将功补罪了。虽然官职微小且无实权，但从偏远的湖北，调到了京城门口，着实是个好兆头。大概，也预示着朝廷的新动作，对新旧两派人士的重新评估和使用。

东坡先生接旨当然要带着全家老小再次开路，可是他并没有直奔汝州，湖北到河南是向西北方向，他却沿着长江绕圈，跑到了东南的江苏境内。一路上慢慢吞吞，走亲访友，看望他弟苏辙也就罢了，居然还能跑到了王安石的家里。因为奔波劳累，最小的儿子还染病夭折了，全家恸哭，上书朝廷，备说饥寒苦楚，无力再行，请求就近到常州去居住。神宗皇帝竟然也很痛快地答应了。

此番行动颇为费解。我琢磨，大概是他终于长了点惊弓之鸟的政治智慧，发现皇帝这次根本就是不怀好意。变法人士在耀武扬威，守旧派中坚分子司马光等在蛰伏，把自己拉出来放在中间显眼地带是干什么？不会平白又当了炮灰吧？圣意难测，京城那是非之地，还是能躲开一时是一时吧！

于是想出了这么个拖延的主意。去见王安石，一个可能是表示感谢，还有的确好奇，这个政坛大对头是怎样的人呢？再者，就是想探探风声，现在局势到底怎么样？

经历了“乌台诗案”的磨难和黄州的历练，东坡先生已经不是逮谁都讲真心话了。信任是一个方面，另一方面也是怕连累别人。“乌台诗案”中，仅因收到他一首赠诗就跟着获罪的朋友也有的啊！

别人不可见、不敢见，但王安石不妨去见。王安石此时以老宰辅之身退居山林，正该避嫌，不与朝中人多加往来，却也欣然见了苏东坡，而不考虑大家都身份尴尬，处境微妙。我想，除了两人的确有互相的“致命吸引力”，还因为，对于彼此的品性，都有一个确信不疑的保证。

关于苏轼与王安石的这次会面，有很多传言，尤以邵伯温的《邵氏闻见录》最为活灵活现。邵伯温这个人，特别憎恨王安石，认为北宋之乱亡，都是王安石变法惹的祸。

他在笔记中说道，东坡力劝荆公为国仗义执言：“今西方用兵，连年不解，东南数起大狱，公独无一言以救之乎？”荆公说我管不了，不敢管了，比画着两根手指道：“二事皆惠卿启之，安石在外安敢言。”然后又非常小心翼翼地说：“出在安石口，入在子瞻耳。”今天的话，你可别跟他人说起啊！

既然如此，邵氏又如何能知道呢，还是如此绘声绘色的现场版？王安石不可能对人说，那只可能是苏轼了。苏轼嘴巴虽然大，但以其人品，也不至于将别人叮嘱不可外传的“私房话”又传扬出去。

其实，以二人当时的政治处境和各自立场，应当不会谈到敏感的时事问题。最关键的是，吕惠卿这几年也并不受神宗信任，扔在外面当地方官去了，并没有在朝中兴风作浪的能量。王安石又如何会把责任推到他头上？笔记中如此这般的渲染，主要目的还是暗示王安石有把柄在吕惠卿手中——什么把柄又会让“三不畏”的王安石心虚至此呢？看官自己想象吧！

事实上，苏轼在江宁，与王安石也就是谈诗论文讲佛理而已。苏轼是上可陪玉皇大帝，下可陪卑田院乞儿，跟谁都能交朋友、有话说。一个智慧的头脑，总是希望能与另一个智慧的头脑相遇，那种共鸣与碰撞，但使能旗鼓相当，就算敌人之间也会互相敬重。

苏轼与王安石的这次会面，结果是互相倾倒。别后，东坡去信："某游门下久矣，然未尝得如此行，朝夕闻所未闻，慰幸之极。"王荆公之学识深厚，果非虚言。而荆公对东坡之才更是早就爱惜有加。

交谈中，王安石建议苏轼不如干脆也在附近买田求舍，抛开政坛是非，做个逍遥人。但苏轼婉拒了："骑驴渺渺入荒陂，想见先生未病时。劝我试求三亩宅，从公已觉十年迟。"

劝与拒，都有相当的理由。王安石性虽执拗，却是明白世态人心的"野狐精"，深知仕途险恶，出于惜才，劝苏轼早日归隐。苏轼年富力强，天性爱热闹，虽然好容易吃一堑长一智，叫他放下一切，却也难下决心。何况，一新党领袖，一旧党名人，居然住到一起，王安石是无所谓，但苏轼自己，恐怕也难以向司马光等朋友交代。而他后来在相距并不远的常州，真的买了田地，大概就是个折中的方案。

还有一个原因我是这样想的：苏轼虽然很欣赏王安石骑驴的卓绝形象，"骑驴渺渺入荒陂"，但是那种清寂、高古，他自己，可不太乐意。

苏轼与驴的确不投缘。他喜欢骑的是马，连在黄州那样艰苦的日子，还弄到了一匹马骑，估计是做知州的好友送他的。在困境中，他当然也能夷然自守，可表现形式与王安石的静默完全不一样。他聚众喝酒，偷宰耕牛，喝得大醉，半夜里爬城墙，还自己在家里酿酒，酿出来的液体，自我吹嘘是很好喝，但所有喝过的人都疯狂地拉肚子。

这种人，哪怕一时间被整得噤若寒蝉，但稍不留神，他就又大开大阖起来，没有什么能约束他飞扬活泼的天性，没有什么打击能让他失去纯真与顽心。他当然会嫌骑小毛驴来得不够爽利。而且东坡先生还是个高大的胖子。

西江月

照野弥弥浅浪，横空隐隐层霄。障泥未解玉骢骄。我欲醉眠芳草。

可惜一溪明月，莫教踏破琼瑶。解鞍攲枕绿杨桥。杜宇一声春晓。

词前有小序："顷在黄州，春夜行蕲水中，过酒家饮。酒醉，乘月至一溪桥上，解鞍曲肱，醉卧少休。及觉已晓，乱山攒拥，流水锵然，疑非尘世也。书此数语桥柱上。"

他的寄情山水，和王安石就很不一样，他是真豁达，真的苦中作乐，乐到忘了苦，并且得意忘形起来。

如此春夜，如此河山，马儿也禁不住想要踏水，飞奔，尽情享受这清新温暖的晚风。但做主人的，反而沉静了，主要是喝多了，不好酒醉驾驶。而且，他不想让那满溪的明月光，被马蹄踏破。这是醉后的诗性，带着孩童般的天真。于是，他睡着了，直到被鸟儿叫醒。你知道，这将又迎来一个无比美好的清晨。和荆公总是在黄昏时无奈地醒来，真是完全不一样。

于是，读者也跟着高兴起来。苏轼的词，很多时候，的确像一匹骄傲而快活的马儿，带着你的心灵，情不自禁地奔跑，迎风长啸。

王安石与苏轼别后的第二年，时势发生天翻地覆的变化，神宗皇帝急病去世，守旧派翻身上台。苏轼亦青云直上，官至翰林学士、礼部尚书。

谁也想不到，就在不远处，更残酷的流放在等着他，更蛮荒而美丽的土地，在为他盛开荆棘中的花朵。

同时，在江宁的王安石，将半山园捐给佛寺，自己搬到秦淮河边一民房居住，并安静地病逝在那里。

时间就这样流逝了。谁的尘埃落定，谁的风云再起，在史册里都不过几页纸。唯一不变的，是这莽莽大地，眼前万里河山。那些致力于让河山更美的人，历史怎么说也没关系，大地会有记忆。

多少年后，有一个叫梁启超的人，在他的书里，热情地赞扬陆游与王安石。关于陆游，他说："诗界千年靡靡风，兵魂销尽国魂空。集中什九从军乐，亘古男儿一放翁。"关于王安石，他说："若乃于三代下求完人，惟公庶足以当之矣。悠悠千祀，间生伟人，此国史之光。"并说，古今中外唯有英国的克伦威尔可以与之相比。

另一个叫林语堂的人，则讨厌王安石，超级崇拜东坡先生："苏东坡的人品，具有一个多才多艺的天才的深厚、广博、诙谐，有高度的智力，有天真烂漫的赤子之心……这些品质之荟萃于一身，是天地间的凤毛麟角。"

在我看来，其实他们都很好，都是仰之弥高，近看却感到亲切的可爱人物。我还相信，殊途同归，有一天，在地下相遇，他们会真正地比邻而居，谈天说地共饮共醉——"司马牛"与"拗相公"也绝对能够重新成为朋友。